U0885055

读客® 知识小说文库

读小说，学知识

巫童 著

长篇小说

暗杀1905

1905年，发生了上百起政治暗杀，慈禧、袁世凯、孙中山、蔡元培……他们不是正在被人暗杀，就是在去暗杀别人的路上。

翻开本书，重回那个惨烈、紧张、诡异的大变局时代。

海峡出版发行集团 | 海峡书局
THE STRAITS PUBLISHING & DISTRIBUTING GROUP

图书在版编目（CIP）数据

暗杀 1905 / 巫童著 . -- 福州 : 海峡书局 , 2015.1

ISBN 978-7-80691-898-2

Ⅰ . ①暗… Ⅱ . ①巫… Ⅲ . ①长篇小说—中国—当代
Ⅳ . ① I247.5

中国版本图书馆 CIP 数据核字 (2014) 第 054270 号

暗杀 1905

著　　者： 巫童
责任编辑： 魏芳
特约编辑： 张福建　朱若愚
策　　划： 读客图书
版　　权： 读客图书
封面设计： 读客图书　021-33608311
出版发行： 海峡出版发行集团
海峡书局
地　　址： 福州市鼓楼区五一北路 110 号海鑫大厦 7 楼
邮　　编： 350001
印　　刷： 北京海石通印刷有限公司
开　　本： 680mm × 990mm 1/16
印　　张： 16.75
字　　数： 258 千字
版　　次： 2015 年 1 月第 1 版
印　　次： 2015 年 1 月第 1 次印刷
书　　号： ISBN 978-7-80691-898-2
定　　价： 32.00 元

如有印刷、装订质量问题，请致电 010-85866447（免费更换，邮寄到付）

目录

第一章
御捕门的重重危机

夜杀

在赶往清泉县的夜路上，衡州府义庄里那四具骸骨的模样，还在胡客的脑袋里不断地浮现。

胡客始终觉得不可思议。

半个时辰之前，他在义庄里亲眼所见，四具骸骨的盆骨表征，竟出人意料地完全一致。骨盆狭窄而高，耻骨弓角度窄小，躺在乌黑发霉的棺材里的，的确是四具男尸，而非两男两女。

“你确定是这四具？”胡客只看了一眼，便侧过头问。

“就是这四具。”一旁掌灯的老头很肯定地说，“张明泉亲自送来的，当着我面把棺材搁这儿，错不了的。”

胡客仔细地检查了骸骨，没有被动过手脚的痕迹，棺材里躺着的，确实是四具男尸。

这就与传言大相径庭了。

“死的不是他们！”这个念头有如浮光掠影，在胡客的脑海中一闪而过。

“张明泉住在哪里？”他随即扭头问。

盆骨是区分骸骨性别的关键，这一点胡客是知道的。女人的盆骨宽而浅，男人的盆骨窄而高，乃是仵作行人人尽知的道理。胡铁匠一家四口是两男两女，可眼前这四具骸骨分明都是男性，不可能对上号。身为衡州府衙的检验吏、以精于验尸而名闻整个湖南省的张明泉，没有理由验不出来。可他为什么一口咬定死的是胡铁匠一家人？

张明泉一定在撒谎！胡客心底雪亮，要想找到胡铁匠一家四口，看来必须从这位远近闻名的仵作身上下手。

掌灯的老头是义庄的看守，负责看管衡州府地界内无人收领的死尸，这十几年里，没少和张明泉打交道。他如实地说了张明泉的住址，并且向胡客透露了一个消息：张明泉两天前就已经离开了衡州城，至今没有归家。

“他和朱师爷一道去了清泉县，听说……”掌灯的老头压低了声音，“听说巡抚大院的四太太死了。”

对于什么四太太的死，胡客表现得漠不关心。别说是巡抚家死了人，就是大清的皇帝死了，他也毫不在乎。他在乎的，只是如何解决摆在眼前的问题。既然知道了张明泉的下落，那就该动身了。他快步走出义庄，翻身上马，抖擞缰绳，循着夜幕下的官道，向位于清泉县北郊的巡抚大院风驰电掣般驰去。

胡客心知肚明，事情只可能比他想象的更为复杂，此去巡抚大院，说不定会遭遇一些匪夷所思的变故。但是五年零十一个月的刺龄，以及三十一次“出刺”无一失手的纪录，让他有理由对此行充满信心。

对于即将到来的一切，他自认为已经做了足够的心理准备。

可是当驻马于巡抚大院的正门外时，他才意识到，事态已发展到多么严重的地步。

时值五更，启明星已经悬上了夜空，但四下里仍被漆黑的夜色所笼罩。在这个世道混乱、贼匪横行的年代，眼前这座堂堂巡抚大员的宅邸，不仅没有安排下人看守，反而门庭大敞。从正门望入，巡抚大院内不见任何灯火，漆黑中透着一股子沉沉死气。过堂风拂面而过，胡客的鼻尖轻微动了动。他嗅到了混杂在风中的淡淡的血腥气。

落鞍下马，在正门前的空地上，胡客站定不动。

他在犹豫。

虽然已经感觉到了巡抚大院内暗伏的危机，但是胡客没有选择退避。事实上，他身后已经没有了退路。无论巡抚大院曾发生或即将发生什么，为了找到胡铁匠一家四口，进而解决“六断戒”的事，他必须踏足这处陌生之地。

胡客的右手摸向了腰间。那里有一柄贴身的梅花匕——他身上的最后一件武器。接着，他迈出了右脚，从一尺半寸高的门槛上跨了过去。

迎面而来的是一方开阔的前院。院内死一般的沉寂，虫不吟，鸟绝啼。这是一个万分危险的信号。踏足其间，没走几步，胡客已能清晰地感受到从四面八方汹涌而至的杀气。

在前院的正中央，他停下了脚步。

黎明前的黑暗总是特别的浓，特别的厚。在这又浓又厚的黑暗深处，五十多条黑影，正在蠢蠢欲动。

过去的一个月里，从北直隶到湖南省，胡客已不记得血战过多少场，只记得手里的武器前前后后总共更换了七次。然而这群暗扎子，嗅着赏金榜上八千两黄金的榜头而来，好比追逐血腥味的鲨鱼，杀退一拨又来一拨，似潮水般永无止尽。这群暗扎子是绝不会空手而归的，这一点胡客再清楚不过。既然如此，那就在此做个了结吧！

胡客将梅花匕抽出，反握于手中，同时从怀里取出一张脸谱，一张没有五官的净脸谱，缓缓地罩在了脸上。

短暂的对峙过后，黑暗深处忽然响起了一声短促的指啸。

五十多个暗扎子猛地群起而动，各式兵刃在黑暗中闪烁着星星点点的寒光，朝位于垓心的胡客杀奔而来。

能在赏金榜上位列榜头，胡客的能力自然十分强大，否则在过去的一个月里，在辗转千里的追杀中，他早就不知死过多少次。

这群暗扎子在巡抚大院内设伏，试图倚仗人多势众来袭杀胡客，很有点飞蛾扑火的味道。飞蛾扑火，未必是自取灭亡，只要数量足够多，扑得足够猛，烛火终会有被扑灭的那一刻。

胡客很快感受到了山呼海啸般的压力。在原地撑持了片刻后，他果断杀开一个缺口，一边力战，一边向巡抚大院的深处退去。

退入正堂时，胡客负伤两道，击杀四人。

退入偏厅时，胡客负伤五道，击杀十一人。

退入中庭时，胡客已负伤十一道，击杀二十三人，同时重伤十余人！

直至东天空浮白，战场已经转移到了凝翠园的月洞门外。

此时的胡客，已然遍体鳞伤。尽管这些伤都不足以致命，但却使他的损耗加重了数倍。用强弩之末来形容他，再合适不过。

然而在他的身前，还站立着十多个战力充足的暗扎子。

这些暗扎子，个个久经考验，但在他们或长或短的杀手生涯中，却从未遇到过如此强劲的对手，也从未经历过如此惨烈的厮杀。虽然已经将胡客围定在月洞门前，但此时的他们，在经历这一场惨烈的厮杀后，已然心惊肉跳，有的手脚甚至不受控制地发颤，一时之间，竟不敢再贸然扑杀上去。

但对峙总是短暂的。

这场夜杀的结局，如同逐渐明亮的天色，很快就将见分晓。

黑袍捕者

在十多个暗扎子缓过劲来，准备再一次动手时，一声悠长如埙响的呜呜，却忽然从北面传来。

如同听到了来自地狱的丧乐，十几个暗扎子猛然间变了脸色。

领头的暗扎子举起右手，短暂地犹豫了一下，摊开的手掌最终捏成了拳头。这些暗扎子几乎没有任何犹豫，当即选择了撤退，尽管脸上都带着极不甘愿的神情。他们连同伴的尸体也顾不上，只是扶起伤者，迅速地退出了巡抚大院，消失在南面的荒林里。

在暗扎子蜂拥撤退的同时，身受重伤的胡客，却朝巡抚大院的更深处快步走去。

循着过堂风中的血腥气，胡客穿行于各处建筑之间，往上风向寻去。很快，他来到了暖阁的门外。在这里，血腥气已经浓烈到了极致。毫无疑问，此处就是血腥气的源头。

暖阁的门被胡客推开了，首先映入眼帘的，是地上横七竖八或躺或卧的尸体，以及凝固成滩如破碎红地毯般的鲜血。

躺在地上的，全都是巡抚家的人。这些人死状各异，不像是死于一个人之手，但奇怪的是，每一具尸体的脸上，都留下了血写的数字。胡客只是随意地扫了一眼，便从三具尸体的脸上看到了“十六”、“九”、“廿一”等字样。

胡客没心思管这些死尸，他的目光很快定格在西北侧的墙角。在那里，蜷缩着两个人，两个瞪大了眼睛的活人。

胡客迈开脚步，跨过尸体，向那两人走去。

从那两人的角度来看，正一步步走来的胡客，浑身鲜血淋漓，而脸上戴着的净脸谱，使其看起来仿若没有五官，整张脸如同沙漠般平整而荒凉。正因为如此，那两人的脸上写满了惊恐，手脚不停地往后收缩，尽管他们已挤在墙角，身后无路可退。

走到两人的跟前，胡客站住了脚。他的脸微微向左偏转。净脸谱上留有两条眼缝，胡客又阴又寒的目光穿过眼缝，落在了身型略瘦的那人身上。

“胡启立一家四口在哪？”胡客的喉结哽了哽，发出了沉厚威严的声音。

胡启立就是胡铁匠，而被问话的身型略瘦的那人，正是衡州府衙的仵作张明泉。此时的张明泉，脸色铁青，喉头打结。毫无疑问，他心中惧怕难安。

胡客的声音第二次响起：“义庄里的四具骸骨都是男性，你不可能验不出来。我问你，胡启立一家四口呢？”

张明泉的身体情不自禁地打起了哆嗦。在他的身边，身为衡州府衙师爷的朱圣听，着急地嘶喊起来：“张老二，你如果知道什么，就快说啊，快说啊！”可张明泉不知是出于害怕，还是另有苦衷，始终没有开口。

胡客的声音第三次响起了，也是最后一次：“我最后问你一遍，胡启立一家四口，到底在哪？”最末四字，发音已低沉到了极致。

朱圣听似乎比张明泉还要焦急百倍，他抓住张明泉的肩膀使劲地摇晃，不停地大呼小叫。

张明泉仿佛一下子从幻梦中惊醒过来似的，发了一身的冷汗。他看了一眼身旁焦虑万端的朱圣听，然后哆嗦着说：“那天验尸，我……我发现尸体不对劲，想去衙门禀报，可转过身就……就看见义庄门口站了一人……他威胁我，让我不准说出去，否则会杀我全家老小……我怕得很，只好报了假，说死的是胡启立一家……我是被逼的，我……我没有办法啊……胡启立一家人，我不知道……真不知道在哪……我不敢骗你……”在战战兢兢回答的同时，他一直用一种惧怕的眼神偷偷去瞟胡客的脸，像一个犯了大错的下人，一边低头认错，一边偷瞄老爷的反应。

“威胁你的人是谁？”

“他蒙了脸，我……我不知道……”

胡客没有再问，而是静静站在那里，仿佛在思考什么事情，又像是在聆听周围的动静。朱圣听和张明泉无比紧张地望着他，如同等待最终的生死裁决。

这一刻，空气也仿佛凝滞了。

胡客的声音忽然响起，打破了这种凝滞：“进来吧。”

门外一声轻笑，一个披着深黑色外袍的男人闲庭信步般走了进来。这个男人的容貌如阳光般俊朗，眉目如画，下巴上留有一撮小胡子，像是书香门第的公子哥，但他手握一柄弧口控玉刀，一块圆形铜腰牌悬在腰间，左摇右晃，显然又是练家子出身。

这个男人一走进来，目光就始终没有离开过胡客。至于张明泉和朱圣听，他连正眼都没瞧一下。

“这些人是你杀的？”那男人看了一眼地上的众多尸体，语气平淡，像在询问一件再平常不过的事。

胡客没有答话，只是把双手平平地举起。

“你不再逃？”那男人的语气中微微透着惊讶。

胡客仍然不答，只是将双手平举在空中。

那男人也不再问，取出一副精铁镣铐，锁在了胡客的手腕上。接着，在朱圣听和张明泉惊诧疑惑的注视下，胡客就那样被带走了。暖阁外忽然传来似埙发出的呜呜声，三短一长，随即响起一大片动静，有穿黑袍的人接二连三地或从屋顶上跃下，或从遮掩物后走出，如潮水般退去。

朱圣听和张明泉哆嗦在墙角，仿佛做了一场梦，眼前发生的事，如同远古谜题般难以解释。

走出巡抚大院，那男人亲自给浑身是伤的胡客上了止血药，随即命令其他黑袍人拿来五副铁镣，锁在胡客的身上，外加一根铁链从脖子缠绕到脚踝，然后将胡客塞入一辆特制的马车里。这辆马车的车厢镶有铁皮，厢门用铜锁锁死，仅有一扇巴掌大小的窗户开在侧面，供空气流通和送入清水粮食，与其说是马车车厢，倒不如说是移动监狱。

一个黑袍人从后方快步奔来，神色严肃地向那男人低声禀报："贺捕头，已经查明，四下里还伏有暗扎子，大概二十来个，你看要不要动手？"

"我们人手不足，没必要节外生枝。"

黑袍人看了一眼马车，说："这些暗扎子肯定是冲他而来，他主动让我们擒获，就是想拿我们当挡箭牌。贺捕头，我们一抓他走，这帮暗扎子必定尾随而至，到时候可不好对付。"说着试探性地问，"不如……先将他放了？"

贺捕头严厉地瞪了他一眼："此人是老佛爷钦点的要犯，总捕头限期缉拿，我们苦苦追了一个月，由北直隶一直追到这里，损失了十多个弟兄，尚且没摸到他一根寒毛。现在好不容易拿住了他，岂能再放？"

黑袍人不敢再劝，点了一下头，毕恭毕敬地退下。

这群黑袍人以十骑围护马车，另有三骑突前开路，三骑掉后断尾，三骑往来探风，贺捕头亲自坐镇车头，除去休息进食，昼夜不停，沿官道向北速行。

过湘潭时，探捕飞报，尾随的暗扎子数量有所增加，跟随甚紧。贺捕头令所有人不予理会，折而向东，全速行进。

过浏阳时，探捕飞报，前方桃花村有大批暗扎子秘密集结。贺捕头令所有人不予理会，转向北行，绕过桃花村行进。

过平江时，探捕飞报，尾随的暗扎子，数量已激增至两倍。贺捕头令所有人不予理会，折向正西，提速行进，以最快的速度赶到橘子洲头，然后换行水路，向北进发，过湘江，入洞庭，直奔岳阳。

将至岳阳时，先行探捕驰船回报，暗扎子水陆并进，欲在前方洞庭湖口实施劫杀。贺捕头令船队就地转向，避开岳阳，往西横渡洞庭，入藕池河，一天内逆行两百里，绕了个大圈子，在天心洲抵达长江口。

至此，黑袍人一行终于将尾随多日的暗扎子摆脱。一行人休整一夜，第二天清晨包船顺江而下，两天一夜便抵达汉口，在汉口换乘最快的一班货客轮。

直到汽笛鸣响，"新铭号"缓缓驶离汉口码头，站在甲板上的贺捕头，迎着微寒的春风，才颇有些得意地松了口气。如果这群追击的暗扎子不是在长沙府的桃花村才开始行动，而是提前在衡州府境内就动手的话，贺捕头及其下属只能以寡敌众，后果将不堪设想。

轮船加速，风渐渐大了，贺捕头走回了四号官舱。

胡客的脸谱早已被摘下，贺捕头坐下来，盯着这个从头到脚都被锁死的人。这是他第一次有机会仔细地打量眼前这位犯人。

胡客的相貌并非凶神恶煞的类型，反而阔脸粗眉，肤色黝黑，怎么看都不像是一个杀人狂，只是眉目间多了几分常人所不具有的孤傲气质。从眼角和额头上的纹理来看，胡客尚且年轻，但他的脸看上去却是那么的饱经风霜，如同一个年岁不大的人，早已历尽世态炎凉，遍尝人生悲苦。

贺捕头开始饶有兴致地发问。

“听总捕头说，你姓胡名客，当真叫这个名字？”

“你在直隶、奉天、山东一带犯下多宗大案，接连刺杀了七位朝廷命官，到底出于什么目的？看你的手段，像是刺客道的青者，可是在我们掌握的青者名册上，却没有你的名字。”

“你逃遁千里，一路不停，为什么偏偏要在清泉县落脚？”

贺捕头笑了笑，继续发问，尽管眼前这个犯人始终一言不发，他也根本不期望会有奇迹出现。

“你为什么要沿途打听胡启立的下落？为什么要去王巡抚家中，询问胡启立的去向？”

“听说胡启立是个铁匠，他姓胡，你也姓胡，你们到底是什么关系？”

“这么多暗扎子不惜与御捕门作对，辗转千里也要追杀你，却是为何？王巡抚一家惨遭灭门，是你干的，还是那些暗扎子所为？”

胡客仍然不答，甚至连眼皮都没有抬一下。

“不答也无妨。”贺捕头简单地笑了笑，“我只管缉拿，不管审讯，这本不该由我来问，我只是稍感好奇罢了。”他令下属好生看守，然后自行出了官舱，去餐厅用饭。

计中计

坐在餐桌前的贺捕头，开始习惯性地观察四周形形色色的人。

通过穿着、言谈和举止，贺捕头能很快地对每一个人进行八九不离十的分类。在这一过程当中，他如一只编织完圈套后蹲守在角落里的蜘蛛，能准确地捕捉到任何潜藏在暗处的信息。

这一次，他若无其事地用了晚饭，然后若无其事地站起来，接着若无其事地走回了四号官舱。

舱门一关，他一脸淡然的神色立刻变得严肃，比六月的天变得还快。

刚才在餐厅里，坐在他右首的两桌人，一桌是客商打扮，相互寒暄闲聊；另一桌是平头百姓穿着，操着一口不知是什么地域的方言，天南地北地胡诌。

但他敢肯定这两桌人的身份都是假扮的，没有一个例外。

从他走入餐厅，到坐下用餐，再到起身离开，在这一段并不算短的时间内，这两桌人竟从始至终没有一个人看他一眼。换了真是普通的客商和寻常的百姓，有人在身边坐下吃饭，即便不打声招呼，至少也会有意无意地看上一眼吧。

贺捕头没料到这些暗扎子这么快就跟了上来，而且还上了同一艘货客轮，眼下不清楚对方的实力，不敢轻举妄动，唯一能够做的，就是全神戒备，不给对方留下任何可趁的机会。

“再忍耐几天，只要到了上海，一切就好办了！”

整晚，御捕门的人轮番值守，看死了四号官舱，对每一个过往之人都冷然瞪视，吓得左右路过之人无不敬而远之。暗扎子们并没有趁夜色动手，天一亮，第一晚就算安全地过去了。

“不可松懈，白天也要轮班值守！这些人既然敢上船，就一定会赶在抵达上海前动手。”

贺捕头心知肚明，如果抵达御捕门设在上海的东南办事衙门，这些暗扎子，就彻底没有机会了。

所以，他们一定会在船上动手的，一定会的！

贺捕头没有料错，一点也没有。

船过鄱阳湖后，驶入彭泽地界，在途经八宝洲时，终于出事了。

一声清晰的爆炸声响起，轮船产生了明显的晃动，船体出现轻微的倾斜，刺耳的警笛声划破了江面的宁静。轮船急向左转，最终在浅水区搁浅，避免了沉没。

船上工作人员四处通知，船舶主机遭受人为性炸损，底舱渗水严重，轮船已无法航行。为防出现意外情况，所有乘客做好就地下船的准备。

在一片惊恐、抱怨、咒骂声中，轮船配备的几艘救生小船开始在江面上往返，载送乘客陆续登上八宝洲江岸。

贺捕头没有立即下船，而是第一时间找到水手询问停泊地的情况，得到的回答是：八宝洲为长江上一块面积巨大的冲积洲，四面环水，无桥可通，洲上有一小城，名叫棉船镇，镇上的居民如果要离开八宝洲这座江上岛屿，只能通过渡船从北面窄湾横渡长江，方能登上陆地。

贺捕头问清楚八宝洲和棉船镇的情况后，顿时明白了暗扎子们的目的。

在这段江域炸毁船舶主机，迫使轮船搁浅，逼御捕门的人上八宝洲。此洲实为江心小岛，四面环水，与外界通讯受阻，在岛上下手，一来御捕门的人插翅难飞；二来可以避开轮船上的安保执勤队；三来地形更加开阔，无论得手与否，都比在轮船上更方便撤离。

短暂地思索之后，贺捕头决定不再逃避。从清泉县到汉口，一路之上，他逃避的次数已经足够多了。这一次，他决定做出回应！

他命下属看死官舱两侧的过道，不准任何人靠近，然后亲自来到一号官舱门外。

“新铭号”上共配备了六间官舱，供有消费能力的达官贵人们使用。此次驶往上海的班次，除了一号和四号官舱外，其余四间均无人住。

一号官舱门外有十来个清兵把守，气势汹汹地将贺捕头拦住。

一个顶戴砗磲花翎的官员正在打包东西，听到动静，打着哈哈从舱门里大大咧咧地走出，嚷嚷道：“怎么了？怎么了？你是什么人？”眼睛像打量一条狗似的，在贺捕头的身上东扫西扫。

贺捕头瞥了一眼他的顶戴花翎，冷哼了一声："小小的六品官，也敢摆出这么大的阵仗。"

这官员是一名升迁调职的宣抚使司佥事，常混地方的官儿，最善察言观色，一见贺捕头的神态举止不类常人，急忙收起倨傲，态度恭谦了许多："不知阁下是……"一瞥眼，见到贺捕头腰间悬挂的铜腰牌，顿时吓得急跪而下，"啊哟哟，下官有眼不识泰山，这……这里给大人请安了！"一边向背后挥手，所有清兵会意，急忙收起武器，一起跪下。

"起来吧。"

"谢……谢过大人。"那官员仍不敢站起，"不知大人驾到，有何差遣？"

"借你的人一用。"

贺捕头借了那官员的四个清兵，带回四号官舱，让他们更换衣服，其中一人换上胡客的衣服，戴上净脸谱，套上锁链，假扮成胡客，另外三人则扮成黑袍捕者。

"贺捕头，这一手能成功吗？"次捕曹彬看着正在换清兵衣服的贺捕头，不无担心地问。

贺捕头停下动作，说："能不能成功，那要看对方够不够聪明了。"

一切准备就绪后，御捕门的人押着假胡客，迎着江风，从甲板的左侧登上了救生小船。

与此同时，在船舷的一处转角，一个客商手扶栏杆，正有意无意地朝江面上眺望。在他的身后，一个乡绅打扮的人凑近问："要动手吗？"

客商微微一笑："不用了，我们要的人，根本没有走。"

客商的眼睛没有被蒙蔽。

虽然登上救生小船的黑袍捕者人数是对的，但他们的脚步出卖了自己。在上救生小船时，小船左右摇晃，有三个捕者显现出下盘不稳，被押的脸谱人同样脚步虚浮，且身高略矮了一点，再加上已照过面的贺捕头并不在其中，客商凭此断定，御捕门是用李代桃僵之计，一方面明修栈道，引自己去追假胡客，另一方面，贺捕头则正好带着真胡客暗渡陈仓。

“不用理会小船，等它一走，我们就直扑官舱。小船上的捕者再想回救，便来不及了。”

片刻后，救生小船载足人数，驶离新铭号，向岸边划去。

客商大手一招，四下里忽有十几人聚拢，都是商人和百姓打扮，一起朝官舱的方向疾走而去。

走出不远，过道的对面，十几个清兵簇拥着一个官员耀武扬威地走来。客商一边避让一边挤出笑脸：“官老爷好！兵爷们好！”那官员摆摆手，大摇大摆地走过，向甲板方向而去。

当官的一走，客商脸上的假笑立刻消失，疾步赶到四号官舱外，从门上的玻璃窗户望进去，舱内空无一人，令手下查看其他五间官舱，同样无人。

客商剑眉一横，顿时明白过来。

“是刚才那拨清兵！”

于是又急忙赶回甲板，那官员与十几个清兵已经乘坐救生小船驶离了新铭号。

商人目光一扫，落在了船尾一个身型极似贺捕头的清兵身上。

想混在清兵队里逃走？没这么容易！

商人收回目光，一声低喝：“动手！”

霎时间，一块纯黑色的方形重铁锤，穿破了暗白色的天空，划开了激荡的江风。这块几十斤的重物，掠过一道抛物线，有如从天而降的黑色流星，携急坠之势，砸向救生小船的船尾。咔嚓声中，小船的船尾下压，船头翘起，险些翻了个转。船尾被铁锤砸出一个大洞，江水汹涌倒灌，船体倾斜，眼看就要沉没。小船上的人纷纷跳水，寻找漂浮物救命。

与此同时，另一艘救生小船以最快的速度划向出事水域，开始“救援”行动。

救援船上的人不是别人，正是这群商人和百姓打扮的人。名为救人，实为抓人。领头的客商站在救援船的船头，每当有落水者靠近，他就伸手拉起。这一拉一拽，他就能试出被救者是普通人，还是受过专门训练的御捕门捕者。

相继有十多名落水者被救起，但一一试过，其中没有一个是御捕门的人，而假扮成清兵的贺捕头，也一直没有见到。

放眼眺望，江面上还有四个落水者，正奋力朝岸边游去。

有近处的救援船不上，偏要游向更远的江岸，干出这样吃力不讨好的事，身份肯定有问题。客商冷冷一笑，一挥手，划船的手下奋力抡桨，救援船朝前方的四个落水者飞驰而去。

眼看就要追近，四个落水者却像事先约定好似的，忽然一齐从水面消失，钻入了水下。

“不用了！”客商拦住几个想跃入水中潜水追击的手下，命令划近岸边，分出一半的人手把守江岸，不让贺捕头等四人有上岸的机会。客商亲自坐镇救援船，重新划回到江上，让手下备好劲弩。人在水中最多能憋气半刻钟，只要有人一冒头，就立刻动手。“下手时看准了，”客商说，“最好能抓到活的！”

客商并没有等待多久，因为很快救援船的船底就传来了震动。这种震动十分明显，伴随着清晰的节奏感，就像闹元宵时的腰鼓乐。

救援船上的人脸色都一变：有人正在水底凿船！

这种很普通的小型木船，如何经得起凿击？只几下，船底就开始出现轻微的渗水。

这一下，不下水是不行了。四个人在得到客商的授意后，口叼匕首，跃入了水中。

船底的凿击顿时中断，继之而来的是鲜血。翻涌而起的鲜血，像倒入江中的朱砂墨，片刻间就染红了附近的江水。但一直不见有人露头。守在岸边的人中，又有几人相继跃入水下，潜向救援船底，支援同伴。

最终，在杀伤对方六人后，贺捕头等四人寡不敌众，在水下被生擒，贺捕头的左脸颊还被划出了一道口子，俊朗的面庞上鲜血刺目，平添了几分烈性。

在船上和岸边众多乘客的注目下，这群客商和百姓打扮的人，堂而皇之地押了贺捕头等四人，迅速地离开了江边。

贺捕头等四人被带到八宝洲上一片无人的小树林里，客商喝问：“脸谱人呢？”

出乎客商的意料，被擒住的四个人，竟然全都是御捕门的捕者，胡客压根不在其中。但客商确信之前没有看走眼，被押上救生小船的脸谱人脚步虚浮，而且身高有出入，绝不可能是胡客。这等李代桃僵之计，骗骗旁人还行，却如何逃得过他的法眼？

贺捕头忽然笑了，带有一丝轻蔑，也带有一丝得意。

被御捕门的人押上救生小船的，的的确确是由清兵假扮的胡客，但真正的胡客，也与假胡客一同上了船。那十多个御捕门的捕者当中，除了有三个清兵假扮的，还有一个是由胡客所扮。

贺捕头非常清楚，单纯的李代桃僵计，根本骗不过这群精明的暗扎子，于是他在李代桃僵的基础上又加了一手移花接木。即便是一招计中计，贺捕头仍然不放心，于是用三个清兵来假扮黑袍捕者，多制造了一层幌子，同时把自己作为诱饵的一部分，让暗扎子误以为是他亲自带了两个捕者，留守在轮船上看管真正的胡客。

知道真相后的客商有些怔忡，随即变换了一种眼神来打量贺捕头。正是眼前的这个人，在离开衡州府后，屡次三番改变行进的线路，让暗扎子们多次精心设下的埋伏付之东流；也正是眼前的这个人，明知留在轮船上，会被抓住，却不惜以身犯险，拿自己来做诱饵，引诱暗扎子们上当。

客商忽然有些敬佩眼前这个生就了一张文人脸的捕者。

在一百零二年前，也就是嘉庆八年（1803年）的闰二月二十日，当嘉庆皇帝经过紫禁城的顺贞门时，潜伏在暗处的御厨陈德，持一柄牛角尖刀，实施了刺杀皇帝的壮举。虽然刺杀未能成功，陈德也当场被擒，但嘉庆皇帝却从此落下了心病，再加上当时白莲教起义席卷川陕等地，白莲教教徒在全国各地秘密刺杀官员，所以不久之后，在嘉庆皇帝的授意下，御捕门正式秘密创立。御捕门在管辖上划归内务府治下，却直接从皇帝处接受指令，与粘杆处——由雍正所创立，擅使血滴子的特务组织——并立共存。

御捕门顾名思义，专事缉拿与朝廷作对的人，尤其是刺客。所以自成立伊始，御捕门的捕者与刺客杀手们，就是水火不容的天敌。

如果不是因为这层关系，这位领头的商客，一定愿意与贺捕头成为交心的朋友。

但这注定不可能，客商只能暗自叹一声气。

叹罢，就开始分派人手，四处打听，追踪那群黑袍捕者的下落。顺着打听到的消息，客商带人一直追到了八宝洲的北岸，在岸边发现了几艘被砸烂的渡船。放眼望去，江水滔滔，不见任何帆身船影。

“这是你的意思吧？”客商扭头问贺捕头。

贺捕头轻轻一笑，不置可否。

“你让下属们先行渡江，毁去其余船只，看来你是抱了必死之心，根本就没打算活着离开八宝洲。”客商对眼前这人又添了几分敬佩，但身份使然，他只能又一遍地叹惋，“如果换了是我，恐怕我也会这么做。”

客商立刻分派手下人四处去寻找，最终在附近寻到了一户渔家，弄来了一只打渔的旧乌篷船，一行人分为三批，好歹渡过了长江。在对岸，江边停泊着一艘无人照看的渡船，这让客商更加坚信御捕门的捕者已经渡江。他急忙派手下四处打听，却没有人看见过一群穿黑袍的人。

“一定是换了衣服。”

想想这群黑袍捕者已经去了两个多时辰，而且不知从哪里追起，客商就有些恼恨。但他没有别的选择。既然揭了赏金榜，即便是天涯海角，他也必须去追。

于是他摊派开人手，像猎犬一样，开始分头追踪。

但客商终究还是追错了方向。

因为这个贺捕头，远比他想象的还要精明。

黑袍捕者们按照贺捕头的布置，剑走偏锋，来了一个反其道而行之。他们从始至终就没有离开过八宝洲。

此时的他们，正在棉船镇上的秘密监狱里。

监狱风云

棉船镇，置于江心孤岛八宝洲之上，四面皆长江合围，属于易守难攻的要冲之地。历朝历代，尤其是元明清三朝，但凡天下动乱，多半会有农民军占据此岛，据长江天险而守，极其顽固。后来为控制这块险要之地，清廷在洲上置城镇，设衙门，筑监狱，并派重兵驻守，棉船镇由此成为军事重镇。直到太平天国起义，长毛军一度打下半壁江山，清军设置在棉船镇上的据点也被攻破。起义后来虽被镇压，但当时全国内忧外患不断，清廷疲于应付各地大小战事，没有时间来重筑棉船镇的防御工事，因此曾经的军事重镇，慢慢地蜕变成为一个生活化的小城。但在这层生活化的表皮下，却是一些阴暗的东西。当年在东北角上修建的兵营监狱，如今已改造成一座地底秘密监狱。因八宝洲孤立江上，逃跑不易，此处设置的秘密监狱，成为了清廷关押江南一带重犯要犯的隐蔽之处。

贺捕头不在，次捕曹彬，便成为这群黑袍捕者的领头。

乘救生小船登上八宝洲后，曹彬带领众捕者来到八宝洲的北面。

他向附近的船家支付银两，买下所有能找到的渔船和渡船，集中到岸边，命令假扮胡客和捕者的四个清兵乘船渡江，有多远走多远，而他们渡江后留在对岸的渡船，正好可以误导追来的暗扎子。然后，曹彬命令将剩余的船只通统砸毁，同时又刻意留了一些打渔用的旧乌篷船没买，接着命所有人换上平民百姓的衣服，悄然返回棉船镇，来到衙门，找到当地的地方官员。曹彬出示腰牌，吩咐地方官员即刻带他们去秘密监狱。

那官员不敢怠慢，领曹彬等人来到棉船镇的东北角，找到狱司，狱司签下通行令，一行人进入地底秘密监狱。

秘密监狱不算大，但墙坚壁厚，内部三横七纵，共有二十一间相互隔开的牢房，散发出一股又霉又湿的恶臭。

胡客被锁入了最深的一间黑牢。

狱中关押的犯人共有十来个，全都是各地犯了滔天大罪的重犯。曹彬询问狱司得知，所有的狱卒中，最迟的一个是半年前进来的，而那些在押的犯人当中，最晚的一个，是在两个月前关押进来的。

曹彬稍微放心了一些，毕竟暗扎子们不是神仙，总不能未卜先知，提前两个月甚至半年派人来监狱中卧底吧。但他还是不敢大意，命令将其他犯人都转移到较远的牢房，使关押胡客的牢房孤立出来，并且由他亲自保管牢房的钥匙。十几个黑袍捕者分为两组，在牢房外轮流看守，以防备意外情况出现。

曹彬命地方官员及狱司狱卒保守消息，如有泄露，提头来见。地方官员和狱司连忙点头哈腰地答应。

至此，曹彬算是完成了贺捕头的所有布置。

到了约定的时间，贺捕头并没有来到秘密监狱会合。曹彬急忙派出人手打探消息，得知贺捕头及三位捕者已被暗扎子抓走，暗扎子们上了当，想方设法渡过长江，在北岸寻找。

如今暂时不用担心胡客被暗扎子劫走，但贺捕头的事却不可不急。

曹彬派出两人，命令他俩无论想什么办法，都要渡过长江，然后避开暗扎子的眼线，分头去通知上海的东南办事衙门和西安的西北办事衙门，一方面派出捕者解救贺捕头，另一方面派大批人手赶来棉船镇，押送重犯胡客，不再走上海绕行，而是直接上京复命。

曹彬亲自守在牢房外，从中午一直守到了傍晚。

夜幕来临时，地方官员和狱司亲自来到狱中，恭请曹彬及诸位捕者大人前往镇上的枕江楼，说是已设下晚宴，要为各位大人接风。

胡客这等重犯，逃走了几乎就没法再抓住，必须严密看守，不过狱司和地方官员如此配合御捕门，这个面子又不好不给。反正暗扎子已经离开了八宝洲，眼下风平浪静，于是曹彬让下属们好好看守胡客，他一个人随行赴宴。

枕江楼是棉船镇上最好的酒楼，这一晚已经客满为患。这些客人，大都是“新铭号”上的乘客。洲北的渡船全被毁掉，许多乘客无船渡江，只能在江岸边等待。一些渔家为了赚钱，把自家几乎不用的旧乌篷船划出来载客，但也只是杯水车薪，过江者只在一二，大部分人都被困在八宝洲上，只能来到棉船镇上过夜。

地方官员抿了一口酒，脸色微红：“咱们这镇子啊，好久没这般热闹了！不过说来倒也奇怪，不知是哪个人那么缺德，把岸边的渡船都给毁了。”

“是啊，谁会这么混蛋。”曹彬笑着附和了一句，将杯中的上等醅酒一饮而尽。

席至半途，忽有狱卒奔来禀报，说九江府方面来人，押三名案犯入秘密监狱关押。

狱司正要签署关押令，曹彬忽然问：“是男是女？”

“回禀大人，案犯都是男的。”

“犯了什么事？”

“听说三个案犯都是江洋大盗，结伙在饶州府和南康府流窜作案，前后抢了五家商行，后来在九江府作案时，被抓了个现形，因为不肯招供所抢财物的去向，所以押送到咱们这里来审问。”

曹彬立刻站起，取外套披上了。白天刚把胡客关进去，晚上就有案犯送到，谁知道这里面有没有鬼。饭也不吃了，曹彬即刻随狱卒回秘密监狱。曹彬是饭局的主角，主角要走，地方官员和狱司只好丢下筷子，一起陪同。

八个押送吏就等在狱门口，曹彬过目了九江府衙开具的押送公文，又看了审讯的相关供词，接下来便是验明案犯的正身。

三个案犯生就了一副江湖草莽模样，单看外表就是实实在在的江洋大盗，其中一个满脸横肉的大汉，脸上挂着一道触目惊心的淤黑色刀疤。三个案犯不知是对这个陌生的监狱环境感到恐惧，还是因曹彬身上所散发的黑色气质而感到害怕，竟一直在轻微地颤抖。这一细节，被曹彬看在眼里。

他不动声色地挥了挥手。

三个案犯被押入秘密监狱，关进一间黑牢，牢门吱呀合拢，咔嚓上锁，狱中重新恢复了宁静。

曹彬搬来一条凳子，放在关押胡客的牢房外，一屁股坐在照明火盆的阴影里。

他把三成的注意力放在胡客的身上，另外七成，全都给了新关进来的三个案犯，以及守着案犯的八个押送吏。

这里面必定有问题，曹彬在心中不断地提醒自己。

在曹彬看来，这三个案犯，太不像样了。他们的不像样，体现在自相矛盾上。虽然长相凶神恶煞，可一进监狱，既没打也没骂，竟然会不停地发抖。这样的货色，也敢流窜作案抢劫五家商行？这样的货色，也敢在九江府衙大牢中死不招供所抢财物的去向？

八个押送吏，同样不像样。他们的不像样，体现在尽职尽责上。自入御捕门以来，曹彬走南闯北，少不了与地方上的官吏们打交道，在官场上，他也算是老江湖了。如今，国家内忧外患，朝廷内部又分成数派，被搞得乌烟瘴气，官场上黑得发焦，官吏们的心都像是煤炭做的，越是底层的官吏，黑得越是厉害。那些身居高位的官员，树大招风，一要顾全脸面，二怕落人把柄，贪个污受个贿，行事懂得低调，多少知道收敛。底层的官吏则不同，面对的是平头百姓，作威作福成了司空见惯的事情，可一旦到了真正该干本职工作时，却又总是磨洋工不出力。

这八个押送吏却一反常态，不但连夜把案犯送到，还亲自留在牢房外看守，如果说一两个是这样，曹彬还想得通，但八个都这样认真负责，这里面就有鬼了。再加上见到曹彬时，八个小小的押送吏，竟然没一个表现出巴结的嘴脸，反而言谈举止间都透露出抵触的情绪。要知道，地方上的官吏知道御捕门的人要来管辖范围内办事，扫地迎接都来不及，唯恐一个不小心怠慢了这些神仙，被扣上一顶刺客的大帽子，下辈子连投胎去哪里都不知道。

至于文书、供词之类的东西，都属于可伪造的范围。

所以说，这里面实在有问题。

曹彬就这样目不转睛地盯了近两个时辰，没有任何动静不说，八个押送吏反倒或坐或躺，在牢房外的过道里睡着了。其中有一个押送吏，呼噜声打得震天响。

曹彬准备玩一个花招。

既然蛇不肯露头，那就引它出洞。

曹彬靠在牢门的柱子上睡过去了，其余捕者似乎也被他的睡意所传染，先后打起了哈欠。捕者们一个个地舒展着懒腰，相继去地面上的狱卒守备房睡觉。

监狱里变得很安静，当然，这要除开滚天雷似的呼噜声。

夜至后半段，响彻了整晚的呼噜声忽地戛然而止。这一下，狱中算是真正安静了下来。

昏暗的过道里，有窸窣之声响起。这是那种躺在床上听见老鼠在床底活动的声音。

当然，行动起来的肯定不是老鼠，而是一个押送吏。他蹑手蹑脚地走出了监狱，片刻后又蹑手蹑脚地返回，像做了一回贼。他用很轻的声音说：“嘿，都起来，他们已经睡熟了。”

话音一落，其他七个熟睡的押送吏像弹簧一般，一骨碌翻身而起。

“那边还有一个，先解决了再动手。”一个押送吏朝狱道深处的曹彬指了一指。

两个押送吏轻轻地抽出大刀，朝熟睡的曹彬一步步走去。其余六个押送吏，则一间牢房一间牢房地挨着查看，极小声地唤着某个名字，像是在找什么人。

两个押送吏走过了黑暗的过道，来到了曹彬的身前。借着头顶的火光，二人开始观察。眼前这个御捕门的捕者，睡得十分深沉，脸上隐约挂着一抹微笑。两个押送吏相互看了一眼，心中都在冷冷地发笑，眼前这个人死到临头了，竟然还在做美梦。

两把刀举了起来，火光照映在光溜溜的刀面上，反射出闪闪的亮光。两个押送吏相互对视，忽然一齐点头，大手一劈，手中的刀狠狠地砍了下去。刀面上的亮光一斜，从曹彬的眼睛上抹过！

“嚓”的一声，刀刃深深地嵌进了木凳子的四方面上。两个押送吏尚未明白发生了什么，眼前就一黑，闷哼一声后，彻底失去了意识。

远处的六个押送吏听到响动，扭过头来。只见黑乎乎的过道深处，在火盆的阴影下，曹彬高大的身影直立如山，两个押送吏一左一右，被他提在手中，不见任何动弹。

六个押送吏一时间没有回过神来，愣了一愣，才刷刷刷地抽出大刀，潮水般向曹彬涌了过去。六对一，胜算似乎很大，六个人都是这么想的。但很遗憾，因为先前的两个同伴，在倒下之前，也是这样的想法。

曹彬的身影忽然动了。

静立如松，疾行如风，曹彬如同一只俯冲下山的猛虎，在闪转腾挪之际，接连打出了六拳。每一拳携雷霆之势，绕过明晃晃的刀锋，不偏不倚地落在对手的太阳穴上，没有遗漏一个，没有偏差分毫。

等到地面上的捕者们听到响动，飞速冲下来时，八个押送吏已经全部趴在了地上。事后经检查，其中七人脑部充血，直接毙命，还有一人体质不错，抗击打能力较强，再加上曹彬有意留他一命，好进行审问，所以残留了一口气在。

此时的曹彬，内心倒颇为讶异。在他看来，这八个暗扎子，不应该弱到这种不堪一击的地步。

难道是搞错了？他忽然想。

他审讯了三个被押来的案犯，三人争先恐后地招供，说是受了八个押送吏的逼迫，不得已才来充当犯人。至于这八个押送吏到底想干什么，他们压根不知道。

三个“案犯”哀求曹彬放他们一马，曹彬则面无表情地离开了牢房，任凭三人在牢房里哀号。

仅剩一口气的押送吏，被关入了刑房。刑房与牢房是分开的，隔了一堵厚墙，相互之间有一条漆黑的通道相连。关押在秘密监狱中的犯人，无不对这条通道感到毛骨悚然。这监狱里的狱卒，个个心狠手辣，且各式刑具齐备，可谓花样百出，应有尽有，附近府县不肯招供的犯人，一旦押到这里来，十有八九都老实了。只不过因曹彬等人的到来，狱司给所有狱卒下了不准施用酷刑的命令，以免犯人撕心裂肺的叫喊声惊扰了御捕门的众位大人。

东天空微微发亮的时候，昏迷了大半夜的押送吏，被当头泼了一盆凉水，当即清醒了过来。

他被反绑在十字刑架上，头脑发晕，太阳穴火辣火辣地痛，昨晚挨的那一拳，着实不轻。

这是一个很年轻的人，容貌不过二十五岁左右。他的上衣被剥去，赤裸的背上刺着两列字，一边是“手提三尺剑”，一边是“割尽满人头”。他的眉宇间满是硬朗，双眼瞪视坐在身前的曹彬，如同看见了不共戴天的仇人那般，鼻孔外扩，像野牛一样呼哧呼哧地喘着粗气。

“你叫什么？”曹彬提出了第一个问题。

押送吏怒吼起来：“老子行不更名，坐不改姓，吴樾是也！”他对曹彬杀害七位同伴的愤怒，在充塞了整个胸腔后，终于找到了宣泄的口子，淋漓尽致地爆发出来。

曹彬嘴角不屑地一抽：“北方暗杀团？”

“没错，老子就是北方暗杀团的成员，你也知道吴爷爷的大名！”吴樾额头上的青筋一根根地跳起，“你这个满清的狗腿子，帮着清廷做事，迟早有一天会不得好死！”

“这么说，你并非暗扎子？”

“什么狗屁锥子扎子？老子是汉人，堂堂正正的汉人！”

“你混进来想救谁？”

“要杀就杀，要剐就剐，哪来这许多废话！”

“不肯说？”

吴樾双腮鼓起，脸部肌肉发横，一副天塌下来都无所谓的样子。

曹彬冷冷发笑：“行刺前广西巡抚王之春的革命党人万福华，曾被秘密关押在此处。我知道有个叫吴樾的人，是光复会的会员，也是革命党人，你如果真是吴樾，那你就是来救万福华的了？只可惜，姓万的已在几天前被转押其他监狱了。”

“放屁！”吴樾鼻孔一翻，“老子来救谁，关你什么事？”

曹彬手一挥，抽了吴樾一个响亮的大耳刮子：“在我面前，嘴巴最好放干净些。”

这一掌实在力大，吴樾的左脸颊登时红肿起来。但他丝毫不肯屈服，反而更加凶恶地瞪视曹彬：“老子的嘴既不干也不净！老子来救谁，关你什么事？”

曹彬又反手抽了他一耳刮子。

吴樾的右脸颊也跟着肿了起来。他的嘴角渗出了鲜血，却振聋发聩地怒吼：“他妈的，老子来救谁，关你什么事？”他像疯了似的嘶吼，“关你什么事？关你什么事？他妈的关你什么事？！”

这一次，曹彬选择了不再理会。对于这类与朝廷作对的人，他曾经想了很久，始终无法理解。在他看来，所谓的革命党人，都是些精神上有毛病的人，都是些彻头彻尾的疯子。他返身走出了刑房，不再理会身后传来的吴樾“关你什么事”的嘶喊声。当他走完黑漆漆的通道时，身后响起了胜利者的大笑。那笑声是如此狂妄，肆掠地张扬在黑暗中，整座地底监狱，都似震颤了起来。

曹彬忽然有了一丝失败者的感觉。他自嘲地笑了笑，走到关押胡客的牢房外。狱司早已派狱卒送来了早粥和咸菜，所有捕者都没开动，等着曹彬。曹彬接过一碗盛好的粥，一边思索某些事情，一边漫不经心地吞咽食物。其他捕者早就饿了，纷纷抓起碗筷，开始谋杀粮食。

吃了几口，曹彬忽然游魂回体，垂下头，用奇怪的目光盯着土瓷碗里的白粥。

他发现了异样，可是已经来不及了。

周围的捕者们，一个接一个地倒下，瓷碗摔碎的脆响，哗啦哗啦的，像风铃的摇曳声。

曹彬看见弯腰盛粥的狱卒一直弓弯的背，慢慢地直了起来。他伸出手去，想抓住狱卒，可浑身无力，反而因扑得太猛，脚底踉跄，一下子扑倒在了地上。

他闭眼前的最后一幕，是那狱卒从他的身上摸去钥匙，打开了牢房的门，朝胡客一步步地走去……

曹彬是第一个醒过来的。

他醒来的时候，发现自己躺在原本关押胡客的牢房里。那些胡客曾享用过的锁镣，一件不少地铐在了他的手脚上。胡客已经不见了。不仅胡客，整座秘密监狱里的犯人都不见了。劫胡客的人不仅将刑房里的吴樾以及其他在押犯人全都放走，还把狱司狱卒和御捕门的捕者们分别锁入了二十一间黑牢。

在曹彬的眼前，两行石灰洒成的清秀的字，彰显在又湿又潮的地上："御捕大人，多日押护，辛苦辛苦。人已带走，连带腰牌一块，碎银五两三钱，铜钱一十六枚，切勿挂念。"落款是"姻小妹拜谢"。

错愕之间，曹彬仿佛听到了一串银铃般轻快的笑声，从他耳边哗啦啦地飘过。

"姻小妹？"他可从来没听说过这个人。这个姻小妹不但救走了胡客，还拿走了他的御捕门腰牌，连他身上仅有的五两三钱银子也被悉数取走，甚至一十六个铜钱都一个子不落，着实古灵精怪。

千算万算，想不到最后竟会栽在如此简单的小伎俩上，而且是栽在一个女人的手上。曹彬连想死的心都有了。如果就这样丢了胡客，怎么对得起牺牲自己来引暗扎子上当的贺捕头？想到这里，他浑身一挣，锁镣带动铁链，哗哗地作响。

与此同时，一艘帆鼓的小船，像沧海中的一粒粟子，点缀在烟云渺渺的长江江面上。

船篷下，胡客于蒲团垫上端坐，神情漠然，一言不发。一个容颜姣好的女子，坐在他的对面，含情脉脉地、又带了些怨恨地看着他。

"你的伤好些了吗？"女子朱唇轻启。

"你为什么不说话？"女子黛眉微蹙。

胡客黝黑的脸上，始终没有半点表情。他仿若一个聋子，听不到外界的只语片言。

"还记得吗，与我共髻束发时，你曾答应过我什么？"女子握起胸前的一串项链，那是以蔓草纹相缠的水晶璎珞，"你说过你一定会做到的，可事到如今呢？"

面对诘问，胡客一如既往地沉默。他平视船篷外，望着那雾霭沉沉一阔千里的江面，微微入神。

如此沉默了好一阵，女子才又张了张嘴唇：“如果我告诉你，你可以不用过‘六断戒’呢？”

胡客猛地抬起头来，深沉的眸子里流露出星星点点的光芒。他忽然间的神采飞扬，反倒让女子的心一沉。她感觉自己像受了莫大的委屈。她说，用发泄的口吻：“你丝毫不关心我这个结发的妻子，是吗？你都没有问一问，这段时间我一个人是怎么过来的？一提到不用过‘六断戒’，你立刻就来了精神。”

“是谁说可以不用过的？”胡客终于开口了。这是他长时间沉默之后，说的第一句话。

女子愈发不悦：“为了你，我不远千里，从北直隶一直追到衡州府，你在山东和河南两次陷入重围，如果不是我暗中布阵种毒，你怎么逃得出御捕门的包围？那些暗扎子过了八宝洲就要在船上动手，如果不是我把轮船炸了，御捕门的人又怎么会警觉？我还把自己打扮得那么丑，在又脏又臭的牢狱里做了半天任人差使的狱卒！我为你做了这么多，你却丝毫不把我放在心上，你……你就只关心，只关心……”她越说越气，到最后气结于胸，话没有说出来，却有一种想大哭一场的冲动。

“到底是谁？是谁告诉你可以不用过的？”

女子鼻酸的感觉，因胡客这一句冰冷的问话，霎时间消失得无影无踪。她放弃了。既然说了等于白说，又何必继续浪费口舌呢？在又气又恨又不甘心地瞪了胡客一眼后，她说：“没有人告诉我，是我随口说出来骗你的。”

胡客眼睛里的神采瞬间黯淡了下去。

“我知道，你生闷气，是因为你不想让我救你。你受了伤，只是暂时借御捕门的力量来抵御那些暗扎子，等伤一好，御捕门的那帮蠢人，根本就困不住你。你根本就不想我来救你，是吗？”她撅了撅嘴，叹着气说，“好啦，你别生气了，这次算我不对，还不行吗？”见胡客仍没有反应，她又问，“你是不是还在烦恼‘六断戒’的事？其实你不必这样的，车到山前必有路，船到桥头自然直，何必去想这许多？”

“你不懂。”胡客总算开口了，只心事重重地说了三个字。

女子默然了。

片刻后，她伸出手去，握住了胡客的掌心：“如果到最后你还是下不了手，大不了我陪你躲到天涯海角，就算兵门毒门的青者一齐找来，我们拼死一搏罢了。敌他们不过，能够死在一起，也不枉此生。”

小船落帆后，泊靠于长江北岸。

船夫掏出了耳中的软塞，那是女子为防他偷听，强迫他戴上的。船夫揉搓着胀痛的耳朵，望着这对年轻男女的身影慢慢走入白茫茫的雾气中，直至消失不见。

胡客与女子并肩行走在江边。

“你接下来有什么打算？”女子捡起一颗小小的石子，扔入江水，激起几圈涟漪，随即便被汹涌的江水卷得无影无踪。

“去衡州府。”

“你还要回去？”女子有些诧异。

“他们没死，我必须要找到他们。”

女子点点头，想起刺客道的“六断戒”，不禁叹了声气。她忽然想，如果自己不是从小无父无母，不是一个孤儿，那自己会不会也像胡客这般，在“六断戒”的面前，历经种种纠结和挣扎？

为了营救胡客，女子已经耽搁了不少时间，她还有待办的任务在身，不能再陪胡客走下去了。约定办完事在长沙府的醉乡榭会面后，两人准备告别了。

“这东西，也许你用得着。”女子把一块圆形腰牌给了胡客，那是将曹彬关入牢房时，从其身上取走的御捕门腰牌。一想象曹彬醒来后吹胡子瞪眼的模样，女子就忍不住笑出声来。

告别之前，女子像忽然记起了什么似的，叮嘱道：“你一个人行事时，务必要小心。你现在在道上的名气已经不小，所以尤其要小心那个神出鬼没的刺客猎人！”女子的神色关切备至，“我听说两个月前，连‘藏血’都在山西汾州府被他杀了，我担心他有一天会找上你。”

胡客点了点头。这个刺客猎人，是最近这些年才横空冒出来的，专杀刺客道上成名的青者，这些年里，已有好几位厉害的青者死在此人的手上。胡客没见过这个刺客猎人，不知他长什么模样，甚至连他是男是女都不清楚。

见胡客点头，女子露出了淡淡的欣慰的笑容。她心想，他虽然看起来冷漠孤僻不近人情，可是心里终究能听进去我的话。她情不自禁地环绕了两只手，将胡客紧紧拥住。胡客没有躲避。他也抬起双臂，将女子抱入怀中。

不舍的拥抱过后，在杂生着杉木和乌桕的林中，两人分手了。

分手的一刹那，女子的心里忽然满是慌乱。为什么见到他时，总觉得他那么冰冷无情，那么惹人生厌？而他不在时，却又总会千方百计地记挂他的好？她不明白，为什么目睹他的背影远去，会有一种空空落落的感觉，如有一股冷泉涌至心头，将一整颗心都打湿浸润，而后如这林子里的雾气一般，渐浓渐郁，萦绕辗转，难消难散。

站在原地，目送他远去，直至消失的那一刻。她心头一颤，忽然柔肠百转。

第二章
鱼肠剑的前世今生

金谷香刺杀案

距离胡客在巡抚大院里被贺捕头带走，已经过去了整整二十天。在这二十大里，张明泉和朱圣听无时无刻不在担忧。

他俩是巡抚大院灭门案中仅剩的两个幸存者。虽然暂时保住了平安，但在亲身经历了这场人间惨剧后，两人都已是惊弓之鸟。张明泉还好，回来后的第三天，就硬着头皮去府衙办事了，毕竟王家那么多尸体，都摆在义庄里等着他去检验，好歹要拿出一个验尸结果来。人能等，尸体却不能等，再磨蹭下去，一具具的肉体就要腐烂生蛆了。朱圣听则不同，他怕到躲在家中，整日整夜闭门不出，生恐一迈出家门，就有灾祸落到头上来。

一直到平安度过二十天后，朱圣听才终于壮了壮胆子，第一次迈出了家门。他去了一趟张明泉的家，询问有关胡启立的事。在茶房里，他对张明泉说：“你好歹给个准信儿，胡铁匠到底死了还是没死？”

在接受查办灭门案的公差们的问询时，张明泉隐瞒了胡启立一家没死的事。他怕说出去后，那个在义庄威胁过他的蒙脸人会来兑现承诺。但面对共同在巡抚大院经历过生死的朱圣听，他就没有继续再隐瞒的必要了。

“那天接到任务后，我很快赶到义庄，验了四具被烧焦的尸体。尸体的鼻腔和喉道里没有灰，很显然四人是先被杀死，再被放火烧尸的。我原以为死的是胡铁匠一家，可是从骨架上看，四具尸体的盆骨一样，都是狭窄而高。”张明泉分开食中二指，比划了宽度和角度，然后用铁定的语气说，“胡铁匠夫妇育有一子一女，可四具尸体都是男性，所以我敢肯定，死的不是胡铁匠一家四口，而是另有其人！”

“这么说，死的应该是王幕安派去的四个人了。”朱圣听揣测道，“难怪啊，我们把衡州府各大县乡找通了，也找不到这四个人的踪迹，原来他们早已经死了。”

“是啊，验尸的时候我也这么想，估计打铁铺的火是有人故意放的，目的就是想烧毁尸体，不让人辨出面目，造成是胡铁匠一家四口被杀的假象。当时我就想，必须赶紧回府衙，将事情禀报给知府老爷。可是我一转身，就看见一个蒙面人站在门口……后面的事，你都知道了。”说到这里，张明泉叹了声气，“朱师爷，你说这能怪我吗？换了是你，你能撑得住？”

朱圣听毫不犹豫地摇起了头：“你张老二胆子比我大，你硬撑不住，我这个连死人都不敢碰的人，拿什么来撑？不过我实在想不明白啊，胡启立一个小小的铁匠，怎么会扯出这么多篓子？你说，”朱圣听眉头一扬，“他当真是一个铁匠吗？”

就在两个人大眼瞪小眼，谁也给不出一个合理解释的时候，张明泉的妻子推门而人，说外面有人拜访，在客厅里候着。

“谁？”张明泉问。

“我不认识。”

“男的女的？”

“男的，说是你的旧友。”

“旧友？”张明泉暗自疑惑。身为仵作，他的寻常工作便是验尸，尸体则被老百姓普遍视作阴晦之物，所以这个职业的特殊性，决定了他在生活中没有多少朋友。

张明泉和朱圣听一起来到客厅，在这里，张明泉看见了所谓的“旧友”——胡客。

胡客没有戴脸谱，而是以本来面目示人，所以朱圣听和张明泉不知道眼前这人就是二十天前在暖阁内吓得他们魂飞魄散的脸谱人，只是瞧着身型有些眼熟。

“阁下是……”张明泉瞧了半晌，还是不认识，心里犯着嘀咕：“这是哪门子旧友？我怎么一点印象都没有？”

胡客的脸色如同阴云密布，他说，用刀子般的目光直视着朱圣听：“朱师爷也在啊，很好，很好。”

朱圣听一下子就瘫了。这声音，这眼神，错不了，绝对错不了！

张明泉也听了出来，嗓音打起了哆嗦：“是你……你……”

“如实地回答我。”胡客说。

“是，是……”两人忙不迭地应声，丝毫不敢违逆，仿佛站在眼前的不是生人，而是来自地狱的罗刹鬼官。

胡客问的第一个问题，是义庄里威逼张明泉的蒙脸人有何特征。这个人既然逼迫张明泉承认死的是胡启立一家四口，那么胡启立一家人的失踪，十有八九与此人有关。

张明泉开动脑筋，紧锣密鼓地回想，一点一滴地描绘。在他的记忆里，这个蒙脸人体型微胖，身高中等，没有留辫子头，长发齐肩，嗓音有点老，最重要的是，他的右手齐腕而断，没有手掌。

回答完后，张明泉紧张地看着胡客。

“这些天里，有没有其他人来找过你们？”

“有的……都是办案的公差。”

“除此之外呢？”

“那就没有了。”

“说一说胡启立的事。”

张明泉和朱圣听有些不明白，相互看了一眼，问：“说……说什么？”

“把这段时间里所有关于胡启立的事，无论是看到的，还是听到的，全都一五一十说出来。”胡客在厅中央的太师椅上坐下，抬眼看着两人。

朱圣听和张明泉被胡客锥子般的目光盯住，如芒在背，惶恐不安。

“是，是……这就说，这就说……”朱圣听率先开了口，他哆嗦着嗓音，“那得从……得从王巡抚在上海被刺说起了……”

朱圣听口中的王巡抚，便是清泉县巡抚大院的主人——前广西巡抚王之春。

在广西任巡抚期间，王之春因预借法兵镇压革命党一事，激起国内轰轰烈烈的拒法运动，事情闹大后，朝廷为平息各界民众的不满情绪，只好委屈一下王之春，先将他解职，待罪京师，不久后迁寓上海。

正是在王之春闲居上海期间，轰动一时的“金谷香刺杀案”发生了。

光绪三十年冬月十九日，晚，天气浅寒。

王之春坐在轿子里，忍受着起伏不定的颠簸。此时的他，丝毫没有意识到，不远处的目的地——位于英租界四马路的金谷香西菜馆，有一场围绕他的暗杀计划，正在秘密地展开。

以镇压太平天国起义出身的王之春，能屹立官场三十余年而不倒，其嗅觉之敏锐，自然不言而喻。当他意识到餐厅的侍者有问题时，急忙借口推托，离席下楼，企图逃走。然而潜伏在楼下的革命党人万福华，在千钧一发的当口拦住了他，并掏出手枪，对准了他的脑袋。

王之春被这突如其来的状况吓得动弹不得。如无意外，枪声一响，他的老命就将呜呼哀哉。这本是他任巡抚时镇压革命党而应得的下场。

然而意外却发生了。

王之春实在命不该绝，万福华屡扣扳机，枪却始终未响。

说来可笑，负责行刺的万福华、陈自新等人都携带了手枪，陈自新等人假扮成侍者潜伏在二楼上，万福华一个人埋伏于楼下，别人的手枪都是新购的，唯独万福华的手枪是借自友人张继之手。这把借来的手枪，撞针已经老坏，万福华事先并未试用，是以不知。

这戏剧化的一幕，令刺杀与被刺杀的双方都愣住了。

王之春最先反应过来，立即奔走躲避，同时大呼救命。

无巧不巧，馆外的街道上正好有一群英租界的巡捕经过。这群巡捕冲进餐厅，抓捕了万福华，其余革命党人均趁乱逃走，刺杀行动宣告失败。

该案牵连黄兴、章士钊等人被捕入狱，蔡元培、杨笃生、秋瑾等多位名士奔走营救，成为当年轰动一时的大案。

逃过一劫的王之春，情绪低落到了谷底。被朝廷暂时解职不说，还被革命党人视为非拔不可的眼中钉，这日子还怎么过？每时每刻，他都困顿在恐惧和彷徨的情绪里。这位时年六十二岁的老人，最终决定永远地退出政治舞台。他想回家乡清泉县静居，做一个不问世事的清乐翁，过几年舒坦日子。

返乡的途中，沿途地方官员们纷纷前来迎送，设宴为他送别。王之春深谙官场之道，不愿在退休之际得罪某人，于是一一赴宴，命三儿子王幕安，先行押运行李和财物返乡。

王幕安此次返乡，从水路换陆路，行程逾千里，一直是顺风顺水，平安无事，直到离清泉县仅剩下二十里地的沙子垅。

“三炷香”

沙子垅是清泉县北官道上的必经之地。王幕安随父亲在外多年，是以不知早在两年前，沙子垅就聚集了一批亡命之徒，占山建寨，杀人越货，成为方圆百里内最大的土匪据点。

匪信子早就踩过货色，近百号匪崽子窝在沙子垅旁的阴龙沟里，等着“割稻”。

后面发生的事十分简单。

傍晚时分，王家的马队经过，土匪杀出，镖师不敌，王幕安及妻妾随从望风而逃，财物和行李全部被劫。

一口口的扣锁大箱被挂在扁担上，经流土坡、吊藤崖、悬木桥和桐树林，摇摇晃晃地抬进了山巅寨。

寨中高挂灯笼，张罗酒席，庆祝“丰收”。一张张酒桌首尾相连，摆成圆圈状，以讨个圆圆满满的彩头。

秦副寨主主持丰收宴，按照惯例，要先给关二爷拈上三炷香。

接着就是当众“开流”。所有的箱子被抬到圈子中央，秦副寨主一声令下，箱子一口接一口地打开。

毕竟是巡抚大员的家财，货色不菲，坝子上的欢呼声一浪高过一浪。

开到第十一口箱子时，锁撬掉了，箱子却怎么也打不开，仔细一检查，原来是被铁钉钉牢了。在得到秦副寨主的首肯后，撬锁的人一斧头斫下去，木箱子稀里哗啦地破了，露出一口黄澄澄的铜皮箱子来。

匪崽子们的眼睛立刻都绿了，不少人更是站了起来。

这木箱套铜箱，箱中藏箱，必定是宝物！

铜箱子是用鬼头锁扣住的，在鬼头的两边，分别有两个红色的字，左边是“二”，右边是“十”。

这鬼头锁材质奇特，结构精巧，撬了几次，丝毫不见动静，铜箱子又没法砸破，撬锁的人只好偏转了脑袋，向一个面黄肌瘦的男人求助。

这个面黄肌瘦的男人是山巅寨的开锁行家。他卷起袖子，走到箱子前，先嗅了嗅鬼头锁两边的字迹，发现是用血写成的。所谓“血锁鬼头，趁早收手”，瘦子是个识相之人，立刻把卷高的袖子放下来，不敢开了。

秦副寨主却不信邪，命令打开，瘦子仍是不肯，站在原地左右为难。

秦副寨主是个暴脾气，抓起一柄板斧，照准鬼头锁就是一斫。他臂粗力大，鬼头锁立刻断裂，啪地掉落在地。秦副寨主掀起铜箱盖，表情当场就凝固了。原来铜箱里既无凶险，也无宝物，却只有一封信，封壳子上写着五个字——“白老板亲启”。

白老板是山巅寨的正寨主，三天前去磅礴山接亲，按日程要明日正午才能返回。

这可奇了，明明是抢来的箱子，却用鬼头锁锁住，暗示不可打开，可里面偏又放了一封捎给白老板的信。秦副寨主也算见多识广，可如此自相矛盾的古怪事，他却从所未遇。

左思右想，始终觉得不妥，秦副寨主擅作主张就把信封给撕开了。摊平信纸，三个用松烟墨写成的大字出现在纸上：“三炷香”。

莫名其妙，实在是莫名其妙。

秦副寨主想了想，忽然咧开大嘴笑了起来，向匪崽子们问道：“谁他妈开的玩笑？还三炷香呢！这信纸倒是香得很。”说着把信纸凑到鼻前嗅了一下，“是哪位大妹子干的？”

寨子里的女人有十来个，但都不承认。肯上山当匪婆的女人，大都五大三粗，大字不识几个，即便识字的，也不会使用这么香的信纸。

秦副寨主认定是匪崽子开的玩笑，见没人承认，索性就不当回事，把信装回封壳子内，压在案桌上，等明天白老板回来定夺，接着命令匪崽子把剩下的箱子迅速开完，然后就是吃丰收宴。

秦副寨主站起来，端起大碗，说了一通畅快话。

“来，弟兄们，干了这一碗！”

一碗烈酒下肚，秦副寨主打了个饱嗝，脸色就青了，向前重重地扑倒在酒桌上，七窍里竟一丝丝地流出血来。

在他的身后，内堂关二爷画像前的三炷香，星子一灭，不早不晚，刚好燃尽。

“三炷香”，是用来敬奉死人的；信纸上宛如栀子花般的清香味，配上烈酒，恰好是致命的毒药。

要进入沙子坨的山巅寨，沿途须过四关，分别是流土坡、吊藤崖、悬木桥和桐树林。这四关依山势而建，“关关守得严，上下过春点”。“春点”就是“切口”的意思，意即对上切口才能放行。四关之中，数那悬木桥最难，建在两断崖之间，一夫当关，万夫莫开，想硬闯过去，根本没这可能。

凶手聪明至极，事先准备了一封信，把装信的箱子混在王幕安的马队里，借土匪的手抢上山去，不费吹灰之力便过了四关，而土匪“割稻”成功，势必要开宴庆祝，一开宴庆祝，势必就要喝酒，一旦闻过信纸上的香味，再饮下烈酒，即刻生成剧毒，如此便能杀人于千里之外。只不过死的本该是白老板，想不到秦副寨主却做了替死鬼。

翌日正午，白老板迎亲回寨，一路敲锣打鼓上山，正撞上寨子里唢呐哭天，红白辉映，倒煞是有趣。

新娘子盖头还没揭，就被冷落在了一旁。头等大事，自然是追查凶手，给秦副寨主报仇。

一查，就查到马队的主人是清泉县的王幕安。白老板虽然生了一张儒雅脸，骨子里却匪气十足，对头虽说是巡抚大员的公子，可既然欺负到头上来了，这口恶气如何咽得下去？当下命令匪崽子们擦枪磨刀，准备即刻下山，前去踏平王家！

白老板气势汹汹地冲回房去换匪装，此行是去杀人放火，总不能穿着新郎官的衣服去吧。可他这一进房，就再也没有机会走出来。

俗话说得好，溜得走初一，躲不过十五。有时候运气背到极致，别说十五，连一个完整的日头都过不去。

白老板被发现死在了挂红铺新的婚床上，梳着刀头辫的脑袋不见了，被人齐脖子割了去。想必他死时正在换匪装，所以赤裸着上身。在他的后背上，发现了两个血写的字：“十一”。

自从昨晚秦副寨主死后，沙子坨上下戒备森严，外人根本不可能混进寨子，匪崽子们当时都聚集在坝子上候命，没人有时间去谋杀白老板。

只有一个解释。

山巅寨中有一个上山的外人，只有一个，一个没有经任何盘查就上山的外人。

然而这个人已经逃跑了，留下了一袭艳红色的喜袍，和一扇在风中摇曳的窗户。

还好，只要过不了悬木桥，就没法下沙子垅，除非她选择跳崖。

龙三副手一声号令，上百号匪崽子一起行动，搜山！

“就算是挖地三尺，也要把凶手挖出来！”

五件命案

在白老板被杀的同时，朱圣听扶正了头上的瓜皮棉帽，怀着忐忑不安的心情，走进了巡抚大院。

怒气冲天的王幕安，上来就是劈头盖脸一通臭骂，什么玩忽职守、失职懈怠，总之所有能想到的罪名，全都安在了朱圣听的头上。最后下达了任务：半个月内，必须剿灭沙子垅的土匪，荡平山巅寨，夺回被抢的行李和财物，少一件就提头来见！

朱圣听一边赔着笑脸，一边暗暗叫冤，知府大人明知要挨骂，就以病推托，让他这个师爷来顶口水。再说了，沙子垅的白老板每月初一和十五按时给府衙送“份子”，比朝廷的俸禄还准时，这说剿就剿，不是断自己的财路吗？

驰报知府大人，知府大人倒是痛快：“剿！”土匪得罪得起，巡抚大人可得罪不起，虽说是退休的巡抚，可到底瘦死的骆驼比马大。

等到了规定的最后期限，朱圣听拿着兵符去新军营抽调了五百人，抄上家伙就奔沙子垅而去。途经巡抚大院门外，所有人一起摇旗呐喊。在王幕安的眼皮子底下，场面必须做足，而说到剿匪，倒不会真剿，只是去劝劝白老板，让他归还财物，然后搬家去别的山头而已。

然而令朱圣听没有想到的是，往日半里一门营的沙子垅，今日一连四个关卡竟全都无人把守。抬头仰望，山巅寨静悄悄的，似乎鬼影子都没一个。

山巅寨的夹板门大敞，朱圣听还在几百步外，就嗅到了风中飘来的血腥气，刺激得他胃脏倒腾，直欲作呕。

进入寨子，眼前的景象，令朱圣听和随行的五百名士兵心惊胆寒！

寨中三厅十二院，到处都是死人，上百号匪崽子，竟全部被灭口，或被割首，或被穿胸，或被腰斩，死状极其惨烈，每具尸体的脸上或手上，都发现了血写的数字，其中数字“十一”最多，不知道代表什么意思。地上的血液尚未完全凝固，应该是一两个时辰之前刚发生的。只有关在牢房里的二十来个人还活着，这些人大都非老即弱，是遭匪崽子抢劫后，被抓上山来当苦力使的。据这些人讲述，事发当时，牢房外一片鬼哭神嚎，根本没人知道发生了什么事。

朱圣听急忙派人搜查寨子，发现所有抢来的财物都在，这才松了口气。

朱圣听虽说是府衙的师爷，吃公家饭的，可骨子里却是多一事不如少一事的脾性，奉若圣旨的人生原则就是得过且过。眼前这等死上百人的非同小可之事，如果发生在太平年代，上面有人盯着，或许还要硬着头皮管一管，但眼下时局混乱，朝廷风雨飘摇不说，各地的衙门和军阀更是暗怀鬼胎，甚至可以说随时都有可能改朝换代。上头的官僚们个个忙着拉关系寻靠山留后路，谁会来管这鸟不拉屎的山头？朱圣听定了定神，决定此事就这么着，不往深了调查，反正死的都是一群可有可无的土匪，就当什么事也没发生过。他不愿也不敢在这凶险之地久留，只求不招惹是非，能向王幕安交差就行。

朱圣听一把火烧了山巅寨，也算是处理了上百具尸体，以免发生瘟疫，顺着水源传播，接着把幸存的二十几个老弱苦力放了，押着财物下山，来到巡抚大院，对王幕安说已经剿灭了土匪。王幕安远远望见沙子垅方向浓烟冲霄，也就信了。王幕安要回了被抢的行李和财物，又格外相中了几件古董。朱圣听私留了几件珍品，又挑了几件上等货转送知府大人，剩下的，一部分分给手下的士兵，一部分上缴朝廷，也算是功劳一件。

只是山巅寨被灭口的景象，在往后的时间里，一直阴魂不散地纠缠在朱圣听的脑海里。

王幕安运气不错，不但追回了财物，还白捡了几件上等古货，算是小赚了一笔。

在这几件古货当中，有一件十分奇特，是一块径长五寸、厚约半寸的圆形木盘。木盘一面光滑，另一面刻有九个很奇怪的图案，每个图案似乎都不完整，给人一种支离破碎之感。

起初王幕安并没有在意，将这件古货扔在一边，过了几天又想起，找出来把玩，这才发现木盘上的九个图案可以推动，最终拼成一副完整的山水图。这时，咔的一声，木盘的上下层分离开来，原来这九个图案是开盘的机关。在木盘的夹层中，一块方形的铁块掉了出来。这铁块约半个手掌大小，只有一粒米那么厚，上面既无图案也无刻痕，打磨得十分光滑。

左看右看，铁块的六个面光滑平整，普通至极，实在没有什么奇特之处，王幕安不禁大觉奇怪，这样一方平平无奇的铁块，为什么会被如此隐蔽地藏在木盘里?

过了几天，县里的铁匠胡启立，给巡抚大院送来新铸的铁器。既然是铁匠，对铁器懂得肯定多，王幕安就把胡启立叫到书房，拿出铁块，让他瞧瞧可有什么古怪。

胡启立拿着铁块一掂量，就说这东西不对劲。

王幕安问哪里不对劲。

胡启立说："重了。"

按照胡启立多年和铁器打交道的经验，这么大小的一块铁，不会有这么重。

"这铁块里头还有东西，别的东西。"胡启立很肯定地说。他说这话时，额头上的疤痕，跟随岁月的皱纹一起起伏。

王幕安把铁块交给胡启立，要他拿回去切开，看看里面裹着什么东西。胡启立点点头，拿着铁块，一瘸一拐地走了。

第二天，胡启立没来。

第三天，胡启立还是没来。

第四天，王幕安坐不住了，差人去打铁铺。胡启立不在铺子上，听说出去办事了，不过他的老婆孩子都在家中。去的人在打铁铺守到傍晚，终于守到了骑马归来的胡启立，于是把胡启立"请"来了巡抚大院。

胡启立把切开成两半的铁块还给了王幕安。王幕安见铁块的内部有一个小小的扇形凹槽，就问里面的东西在哪里。

胡启立说里面是空的，根本没有东西。

“你当我是黄口小儿吗？”王幕安拍案而起，“少在我面前装蒜，里面如果没东西，应该更轻才是，你那天怎么会说它重了？”

面对王幕安的喝问，胡启立无话可说。

王幕安认定铁块里藏有宝物，保不定是什么价值连城的稀世珍宝，被胡启立私藏了，于是把胡启立截留在府上，威逼他交出来。胡启立一口咬定里面什么也没有，死也不改口。

胡启立和巡抚家的公子爷杠上，一夜未归家，这个消息好比蒲公英的种子，见风就跑，县城里一下子轰动了，如同炸开了锅，连邻县的人都沸腾了，好像胡启立是什么焦点人物似的。胡启立的老婆连夜赶来，哭着喊着要人，也被王幕安吩咐下人轰了回去。

第二天，朱圣听听到风声，心急火燎地赶来，好说歹劝，让王幕安最好把胡启立放了。

王幕安怒了：“我王某是什么人？他姓胡的又是什么东西？一个臭打铁的，难不成有玉皇大帝撑腰，要你来求情？”

朱圣听见王幕安不肯听劝，只好给他讲了辛丑年，也就是三年前，衡州府发生的五件命案。

衡州府的治安虽然不好，但也不算太差，这些年里发生的命案并不多。但辛丑年间的五件命案，却长时间沸沸扬扬，闹得满城风雨。这五件命案发生在二月到腊月之间，凶手没有留下任何痕迹，至今仍未告破。但这五件命案有两个显而易见的共同处。首先，五个死者都与胡启立有关系，他们都曾得罪或者说是欺压过胡启立，尤其是其中一个叫何二娃子的烂痞子赌徒，是杀死胡启立小儿子的第一嫌疑人，只不过官府没有找到证据，再加上何二娃子在大牢里耍痞子性，死不承认，最终被释放出来；其次，五个死者的身边，都发现了一节沾有鲜血的竹筒。

至于凶手留下这节竹筒的含义，衡州府的男女老少都在猜测。有人说，竹筒多半代表凶手的身份，很可能凶手的名字里就有一个竹字，凶手这是杀人留名；也有人说，凶手是个自命清高之人，以竹自表；还有人说，凶手说不定是住在某处和竹有关的地方……总之各种猜测，林林总总，应有尽有，莫衷一是。

虽然不能确定凶手真正的身份，但毫无疑问，有一个人从始至终贯穿了五件命案——胡启立。

胡启立作为最大的嫌疑犯被抓进了府衙大牢，但无论如何审问，都得不出个所以然，再加上确实寻不到证据，最后只能将胡启立放了。死者的家属，以及四村八店的街坊邻居，纷纷跑来打铁铺，或威逼或哀求或询问，想从胡启立的嘴里问出点真材实料来，但通过多次接触，所有的人最终都判定，胡启立确实对此事一无所知。在这一点上，他和每个人都是一样的。所有人只能猜想，很可能是有人躲在暗中，为胡启立报仇雪恨，讨回了公道，至于是谁，连胡启立本人也不知晓。从此以后，衡州府所有的人，都变得知趣了，再没有人敢轻易去招惹胡启立一家人。

得知这五件命案后，王幕安也多少被吓到了。虽然是个我行我素的纨绔子弟，但对于危及性命的事，王幕安还是十分惧怕的。一个人越是富有，就越是怕死，这是放之四海皆准的道理。所以王幕安当场就拍胸口表态，不会再去找胡启立的麻烦，并当着朱圣听的面，把关了一晚上的胡启立给放了。朱圣听得到了王幕安的保证，松了口气，放心地走了。

但是王幕安不找胡启立的麻烦，并不代表他不找回铁块里的宝物。

当天晚上，他左思右想，还是不肯吞下这个哑巴亏，就派了四个手下去打铁铺，找胡启立要回属于自己的东西。他千叮咛万嘱咐，要四个手下必须客客气气，不能硬来，即便实在要不回，那也罢了，回来从长计议就是。

去的四个手下，这一去，就再也没有回来。

天亮的时候，消息传来，胡启立一家四口惨遭灭门，打铁铺被一场大火烧得精光。王幕安当场就蒙了，急忙派人去找办事的四个手下，哪知却怎么也找不到。

张明泉验过四具焦尸，并受蒙面人的威胁而做了假证，说死的是胡启立一家四口，是被利器先杀死，然后被大火焚尸灭迹。

王幕安心想，派去办事的四个手下，一定和胡启立闹僵了，一时冲动动了手，结果不小心闹出了人命，索性一不做二不休，将胡启立夫妇和一对子女一并杀死，然后放火烧毁现场，脚底抹油跑路，可是这个黑锅，却最终要扣在王幕安的头上。

果然，王幕安派人杀死胡启立全家的传闻，很快就在坊间传开，成为衡州府人人必备的谈资，走到哪里，被人问起，如果不知此事，那是要遭人笑话的。

朱圣听风风火火地再一次赶来，找王幕安问清楚了情况，回去禀报知府大人，随后派出大批公差，四处查找逃逸的四个手下，但一直杳无结果。

于是王幕安开始了日夜不停地担心，于是衡州府的每个人都挂怀起了这件事。人人都在想，辛丑年间的五件命案，还会不会再一次上演。

到底是众望所归。

该来的，终究还是来了，虽然迟到了一个月。

阎老头的信

一个月后，王幕安和朱圣听的担心，终于变成了现实——王幕安最宠爱的四太太，被发现死在了吊水阁的镂雕褶纹床上。

这位四太太死的时候，身上穿着云南滇缎做的水线花绒睡衣。在她的左胸偏右一寸三分的位置，睡衣被割开了一个大洞，乳房附近的皮肉一条条地向外翻裂，碗大的一块肉被挖去，留下了一个血淋淋的肉坑，很像一朵开放了的红莲。此外，在她的脸上，留下了一个血写的“九”字，不知何意。

朱圣听和张明泉听到这一凶杀消息后，马不停蹄地从府衙赶到了巡抚大院。张明泉第一时间验了尸。他从四太太左胸处形如红莲的肉坑中，发现了一节塞得很深的三寸长的竹筒。

当这节沾满血浆的竹筒被取出来时，王幕安的脸色一下子变得雪白。他想起了朱圣听讲述的发生在辛丑午间的五件命案，那五位死者的身边，也同样发现了竹筒。他强撑着想站住，可两腿哆嗦着不听使唤。终于，像泰山崩塌一般，他的身子软倒在了躺椅里。强烈的恐惧感，掏空了他的身子，让他的眼睛里只剩下了洞悉命运后的绝望和悔恨……

眼见王幕安颓然地倒在躺椅里，朱圣听也是慌乱不已。

朱圣听与这件事没有多大关联，他甚至劝过王幕安别去找胡启立的麻烦。但死的毕竟是前广西巡抚王之春的儿媳妇，而巡抚大院的地头又归衡州府管，如果王家出了什么事，尤其是王幕安出事的话，朝廷一旦追究下来，衡州府大大小小的官吏都落不得好，尤其是朱圣听。他从率兵剿山巅寨开始，巡抚大院的事情，基本上都是由他在负责。一旦出了事，首先就会拿他开刀。所以此刻朱圣听所表现出来的状态，丝毫不比始作俑者王幕安好多少。

过了良久，总算有些缓过了神，朱圣听忽然从椅子里直起了腰板："王公子，或许有一个人，能够救你性命！"

王幕安像遇到了活命神仙一般，猛地从躺椅里跳了起来，迫不及待地追问是谁。

"五塘铺的阎老头。"朱圣听说。

"阎老头？"王幕安没听说过这个人。

朱圣听告诉王幕安，在辛丑年间的五件命案发生后，关于凶手留下的竹筒有什么含义，一直热议不止。在纷纭的说法当中，他曾听到过一个最为奇特的说法，说竹子如果留在死者的身外，就代表该杀的人已经杀完，如果留在死者的体里，就代表该杀的人还没杀完，在第二种情况下，如果竹子是留在死者的胸腔内，则表示尚未被杀的人已是俎上之肉，必死无疑。这一点，很符合四太太的死状——胸中藏竹。

"我不知道可不可行。"朱圣听说，"但这个奇特的说法，就是出自阎老头的口。"

这种时候，哪怕只是一根细细的稻草，王幕安也要紧紧拽住。"走！"他说，"现在就去！"

阎老头的家是一座孤立在山脚道旁的土坯草房，离最近的五塘铺村子约有半里路。

王幕安和朱圣听抵达时，道旁的片地里有一个老头正在锄地。老头见了两人，把锄头支在地上，问："二位可是来找阎老头的？"

朱圣听点了点头。

"二位总算来了，可让小老儿好等！"老头丢了锄头，一边擦着汗，一边朝阎老头的草房走去，"二位请进。"

王幕安和朱圣听对视一眼。朱圣听问："你就是阎老头？"

老头摇摇头。他将两人引入草房。房内白布缟素，案上香烛齐备，供奉着一方灵牌。老头指着灵牌说："这才是你们要找的人。"

"阎氏子鹿山人之灵位。"

王幕安盯着灵牌一字字地读下来，绝望之感像一柄重锤，一锤锤地击打在他的胸口。一旁的朱圣听急忙问："阎老头是……什么时候死的？"

"半个月前死的。阎老头没后，村子里就凑了份子替他料理了后事。"老头说，"他死之前，留下了一封信，说不出一个月，就会有衣着光鲜的贵人来找他，叫小老儿代为转交。小老儿在地里候了十多天，今儿个总算把二位贵客给等来了。"

绝望的王幕安如同看到了最后一缕曙光："信呢？赶……赶紧拿来！"

老头拉开旁边的小柜子，取出一封蜡封的黄壳子信。王幕安急忙夺过来拆开，动作慌乱，连信纸都不小心被撕破了一道口子。

信上的字迹逶迤如蛇，笔画散乱，阎老头落笔时多半大限将至，有气无力，是以字迹并不清楚。

勉强读来，前面四列是四句打油诗：

"请君骑马走一遭，来时风寒路迢迢。见不得面莫叹悔，我赠数言君听好。"

接下来是一段话：

"使君须知，鳞刺所及，无路上天，无门入地。唯守备妥善，其一击不达，必远遁千里，此外无法可表。"

按信中的意思，对付这位没有人性的对头，逃避是没有用的，唯一可以保命的法子，是尽可能多地聚集人手，将整个巡抚大院守备妥善，让凶手没有可趁之机。凶手一旦出手而没能实现必杀，就会主动退去。只是信中提到的"鳞刺"，究竟指的是什么，阎老头没有言明，王幕安和朱圣听自然也不知道。

阎老头虽然留了话，但是离开五塘铺很久后，朱圣听和王幕安仍然疑惑不解。他们实在想不通，阎老头为什么这么肯定，在他死后会有人来找他，而且是衣着光鲜的贵人。在疑惑不解的同时，两人也十分忐忑不安，尤其是王幕安。

“其一击不达，必远遁千里。”

一个杀人不眨眼的凶手，真的会这样“客气”吗？

怀着满腹的疑窦，两人在傍晚时分赶回了巡抚大院。

四下里的农家野户都升腾起了袅袅炊烟，一天中最为惬意的时光到来了。可是对于王幕安而言，却是最为提心吊胆的黑夜如期而至。王幕安根本顾不上吃饭，急忙安排人手，四处去雇青壮年来看家护院，同时让朱圣听连夜赶去新兵营，向管营大人借了一百兵丁，赶回巡抚大院来驻守。

眼看有将近两百人在看家护院，王幕安心神略定，这才招呼一家人吃饭。可一上饭桌，却发现有一张椅子空着。

少了一个人！

刚坐下的王幕安噌地就站了起来。

他无法不紧张。因为少的是他的独子，上个月才刚满九岁。

王幕安急忙派人四处去找，很快噩耗传来，说是在后门外的土路上，发现了小少爷的尸体，已经被抬到了堂下。

面对儿子的尸体，王幕安呆立木然，家中的其他人，则嚎哭不止。

朱圣听的目光落在了小少爷苍白的脸蛋上，那里有一个血写的“八”。朱圣听忽然记起，在四太太的脸上，有一个血写的“九”，同时不禁想起围剿沙子垅山巅寨时的场景，上百号匪崽子被杀之后，脸上或手上都留下了血写的数字，难不成山巅寨也得罪了胡启立？而这些血写的数字，又到底代表了什么意思？

在王家人悲痛地度过了一个夜晚后，沿途应邀参加各类宴会的王之春，在天亮之后终于到家了。

王之春因金谷香刺杀案而产生的种种负面情绪，随着一路把风赏景和回到故土而一扫而空。原本兴致不错的他，一跨入家门就迎来了丧孙的晴天霹雳。在得知了这段时间里家中发生的所有事情后，这位早已迈入花甲之年的老人，面对孙儿的半大棺材，如一个丢失了最喜爱玩物的孩童般，哭得老泪纵横。

老头子一哭，儿子媳妇就跟着哭，下人们也都做样子哭，一个个地嚎啕大哭，哭完了，把泪一收，所有人都巴巴地望着王之春，等这位一家之主拿主意。

王之春瘫软在藤椅里，脸上老纹抽动，良久良久，终于叹息着开了口：“看来……只有请他出山了。”

黄童拜拱

王之春从贴身的行李箱中找出了一方檀木盒，从檀木盒中取出了一个锦缎袋，又从锦缎袋中抽出了一块土黄色的四方布。这块四方布略有褪色之处，显然已是多年的旧物。王之春在四方布上着墨落笔，加盖了私人印章，封入信封，吩咐牛管家速去七十里外的雾寒山无涯观，找一个道号道权的秦姓老道士，将信件亲手转交，无论如何也要请他下山。

王之春亲自把牛管家送到门口，千叮咛万嘱咐，牛管家一脸郑重，骑上马绝尘而去。

王幕安见了父亲这等架势，忍不住询问这个秦姓老道士的来头。王之春却不肯透露半分，只是说：“幕安啊，为父猜想，这个姓胡的铁匠，多半有刺客道的人在背后给他撑腰。如果不幸被刺客道的人盯上，别说你请来这些人看家护院，就算是躲进军营里，也是毫无用处。如今，只有这位秦道士能救我们王家了。只盼他看在二十多年前我曾救过他一命的分上，肯下山来这一趟。”

牛管家不辱使命，在傍晚来临之前，领着秦道士赶了回来。

王之春当即率领全家老小在前院里跪下，只求秦道士能帮王家除危解困。

秦道士扶起王之春，询问此间的情况。

在听完讲述后，秦道士神色变得凝重，在查看了四太太和小少爷的尸体后，他的脸上露出了为难的神色。王之春满含希望地望着他，他却摇了摇头，一屁股坐在了内堂的门槛上，显得心事重重。王家人顿时心头一冷，像被当头浇了一盆凉水。

过了许久，秦道士才一边叹气一边站起来，拽着王之春的袖子到一边，压低声音说："王大人，你当年曾救过我一命，我一直感念在心。可我没想到情况竟这么严重。眼下这事儿，我实在是不敢管啊。"

王之春立马急了，老脸上的皱纹一根根地全颤抖了起来。他用双手紧紧地抓住秦道士，像溺水之人拽紧了最后一根救命稻草。

秦道士的脸上写满了无奈："王大人，你知道这些血字代表什么吗？唉，我实在不敢插手。怨只怨你，都打算辞官归隐了，怎么还去招惹这些煞星？"

王之春心里也苦，哆嗦着嘴唇："你好歹给我留下个法子吧……"

秦道士叹了声气，想了想说："好吧，我勉力试上一试，看能不能与他们接上话。"

秦道士在正门外的空地上，竖起两块土砖，盖了一片琉璃瓦在上面，做成一个拱状，又在拱面上放置了六个大小相等的小木块。这些小木块是秦道士当场用木头削出来的，呈一字型摆开。做完这一切，秦道士呼了口气，招呼所有人退入巡抚大院内，关上了大门。

王之春问这是何意，秦道士不答，只示意所有人不要出声。

王家人全都屏息凝神，静静地等待着，尽管他们根本不知道要等待什么。一丝紧张的气息在空气中若有若无地游离。王之春不知为什么，双腿竟渐渐地发起抖来，需要儿子王幕安搀扶着才能站住。天空中有一道黑影掠过，一只乌羽鸟收起翅膀，落在了墙角光秃秃的树枝上。它并没有打算在此间停留，似乎只是为了喘上一两口气。它在霜冻的春寒里悲伤地啼叫了两声，扑扑地振翅飞走了。

忽然，大门外"哗啦"一响！

清脆而又响亮的声音！

王家人都惊得一抖，唯独秦道士一动不动。这位形貌颇有几分仙风道骨的华发道士，脸上原有的一丝盼望神情，也在瞬息间消失得无踪无影。他说，用一种耐人寻味的语气："他们不买我的账，看来我这个黄童不中用了啊，我……"他摇摇头，"我实在是帮不了……王大人，你好自为之吧。"

说完这话，他牵了坐骑，在王家人惊诧的注目中，拉开大门，一步步地远去，只留下大门外一地的琉璃瓦碎片和散落各处的小木块，任凭六十二岁高龄的王之春在背后咳嗽喘气地嘶喊和挽留。

秦道士走了，天也彻底黑了。

“爹，现在可如何是好？”王幕安焦急地问。

王之春想了想说：“唯有先照着阎老头的话做了。把家里的人都叫到暖阁吧，那里依池傍水，守起来容易，你吩咐找来的这些人，在暖阁周围守备妥善。等平安度过了今晚，明天天一亮，我们全家人就去府衙避难。”说完这话，他重重地叹了口气。想来他心中也没有半点把握。

不管怎样，这是眼前能想到的最为稳妥的办法了。王幕安急忙按照父亲的话去办。

鳞刺

“唉！”讲到这里，朱圣听重叹了一声，“那天晚上，我什么响动都没有听到，可是一觉醒过来，却发现王巡抚他们……竟然全死了……只有我和张老二还活着。我俩吓得不行，缩在墙角不知所措，然后你就进来了……”

从午前到午后，几乎都是朱圣听一个人在说。他将事情从头到尾、翻来覆去地讲述了一通。讲述完后，他还在冥思苦想，生怕漏了什么。张家人好几次来催吃午饭，张明泉都一一屏退，并吩咐有要事商议，不要再来打扰。

听完事情的来龙去脉后，胡客陷入了沉思。“那封信呢？”片刻后，胡客忽然问。

“爷，”朱圣听小心翼翼地询道，“您说的是阎老头的信吧？”

见胡客点了一下头，他忙说：“信不在我这里，一直是王幕安拿着。眼下巡抚大院被衙门封了，每天都有公差把守，不好进去，而且那地儿太大，怕不好找。”

“信里当真提到了鳞刺？”

“爷，我真不敢骗您。我记得很清楚，信上白纸黑字，写着鳞刺，是鳞片的鳞，鱼刺的刺。”

胡客闭上了眼睛，神情如汪洋大海般深邃。

胡客不说话，朱圣听和张明泉也不敢弄出声响。两人就那样笔直地站着，一动不动。

良久，胡客终于睁开眼睛：“带我去见姓阎的。”

朱圣听一愣："可是……他已经死了……"

"死人也要见。"

"是，是。"朱圣听虽然听不太明白，但绝不敢再多言半句。他连忙备马，与张明泉一道，领着胡客前往五塘铺。

在马背上颠簸时，胡客再一次陷入了沉思。他想起六年前那个大雨滂沱的夜晚，在练杀山的一处荒洞中，他第一次听到关于鳞刺的故事。如果不是今天朱圣听提及，他早就遗忘了这段尘封了六年的记忆。

"莫非这世上真的有鳞刺？"他暗暗地想。

鳞刺，在胡客不足六年的刺龄中，是他所知范围内，刺客道上最阴狠毒辣的杀器之一。在练杀山的那位带头人，曾面带敬畏地告诉他，鳞刺的前身，是"上古十剑"中的第八剑：鱼肠。

所谓"上古十剑"，是指：轩辕夏禹剑、湛泸、赤霄、泰阿、七星龙渊、干将、莫邪、鱼肠、纯钧、承影。

排在第八位的鱼肠，是春秋时期铸剑大师欧冶子的得意作品。此剑用赤堇山之锡，若耶溪之铜，经雨洒雷击，聚天地精华，方淬炼而成，因满刃花纹毕露，宛若鱼肠，遂得名鱼肠剑。当时的天下第一相剑大师薛烛，在第一次见到此剑时，就发出了惊愕的感慨声：

"鱼肠剑逆理不顺，不可服也，臣以杀君，子以杀父！"

时光回溯到公元前515年，四月丙子日，吴国公子光府。

吴王僚满面春风，大大方方地坐上了酒宴的首席。他之所以接受公子光的宴请，并非因为完全信任公子光。相反，他对公子光保留了应有的猜疑。他的儿子庆忌与手握兵权的母弟掩余、烛庸均征伐在外，公子光在这个时候宴请他，极可能另有所图。

但他还是去了，因为他的自信。

他派出的卫队，如长龙一般，从王宫一直排列到公子光的府上，宴厅的门户和台阶两旁，夹道而立着效忠于他的甲士。有了如此严密的防护措施，谅他公子光也不敢有何异举。王僚露出了信心满满的微笑。从目前的形势来看，一切都在他的掌控之中。

觥筹交错，推杯换盏，渐然酒席过半，两人都有些微醺微醉。公子光忽然借口腿脚疼，身感不适，离开了宴席，一瘸一拐地走进了内堂。一入内堂，他的双腿立刻恢复了正常。他紧张地看看左右，见没人跟来，于是打开了一扇隐蔽的暗门，快步走入了阴暗的地下室。

王僚望着公子光离去的背影，脸上的酒意立刻消失了。他一点也不害怕，相反，竟有几分期待。他看了看四周手持长戟的甲士，心想："公子光啊，尽管放马过来吧！只要你敢有所异举，我正好借此机会，一举铲除你这个心腹大患！"想到此，王僚仰头饮尽了杯中琼酿，朗声大笑，连呼："好酒，好酒！"

事态的发展让王僚有些失望，因为公子光好半天没出来，倒是传菜的奴仆们来了。

把守大门的甲士仔细搜查了这些奴仆的全身，没有发现任何武器，于是放行。

一道道精致的菜肴端了上来，摆放在王僚的面前。王僚原本还有警惕之心，但一连三个奴仆，都在献完菜后小心翼翼地退了下去，连看都不敢看他一眼。王僚放心了，紧绷的神经逐渐放松。

就在这时候，第四道菜端上来了。

一股诱人的菜香远远飘至，已经放松了警惕的王僚，情不自禁地提了提鼻子，向前欠了欠身。实在是太香了，他的眼中只剩下炙好的金黄色的鱼，却忽略了那高举菜盘、低眉下首的奴仆。

这奴仆正是专诸，为了这一刻，他已经隐忍了整整三个月。

他开始热情地向王僚介绍这道菜。他说，这道菜名叫"梅花凤鲚炙"，梅花是严冬腊月间采集的寒梅，凤鲚是只在太湖里才有的凤尾鲚鱼，用寒梅举火，慢慢烤炙鱼肉，炙足一个半时辰，再淋以秘传酱汁，方成此菜。

"大王，请让我为您分鱼吧。"

王僚已经垂涎欲滴了。他扭头看了看内堂的入口，不见任何动静。

公子光，谅你也不敢胆大妄为！他这样想着，放心地点了点头。他丝毫没有意识到，死亡离他只有咫尺之隔。

专诸开始认真地分鱼，一股浓郁的香气飘起，在空气中游离。周围的甲士们不由自主地咽了咽喉咙，目光朝"梅花凤鲚炙"瞟去，心中暗暗羡慕能享此口福的君王。王僚情难自禁地闭上双眼，凑近，深深地吸了一口。他嗅到了令人垂涎欲滴的菜香，以及隐藏在这股香气中的杀气！

王僚瞪大了眼睛，然而一切都晚了。

一股凛冽的杀气从鱼腹中激射而出，狻猊铠甲一层层被刺透的脆响，清晰无比地响在他的耳边！

当鱼肠剑刺透王僚的第三层狻猊铠甲时，伴随一记沉闷的脆响，剑身从中折断。剑断，然杀气未断。只余一半的鱼肠剑，仍然刺进了王僚的心脏，当场结束了这位吴国第二十三任君王的性命。

周围的甲士们这时才回过神来，像潮水一般扑上，一支支长戟捅向了专诸……

在内堂地下室里的公子光听到了喧哗声。他知道时机到了！他振臂一呼，率领埋伏的武士从地下室里杀出。王僚已死，众甲士群龙无首，斗志全无，象征性地抵抗了一阵便彻底崩溃了。公子光率部尽诛王僚的部下，随即自立为吴国君主，是为吴王阖闾。

因感念专诸杀身成仁的大义，阖闾即吴王位后，册封专诸之子专毅为上卿，厚葬专诸于泰伯皇坟之侧，并亲设“专诸塔”以祭奠其亡灵。阖闾将折为两段的鱼肠剑函封，藏于深宫，永不再用。

专诸隐太湖学治鱼三月，献“梅花凤鲚炙”，藏鱼肠剑于鱼腹，成功刺杀吴王僚，助公子光谋得王位。专诸用其生命，成就了这位后来西破强楚，北威齐晋，南服越人的一代霸主。

“专诸进炙，定吴篡位”，这次史诗般的刺杀，记载在《左传》、《史记》等传世文典当中，史称“专诸刺王僚”，又称“鱄设诸刺吴王僚”。经此一役，专诸成功跻身“春秋战国五大刺客”之列，这把“臣以杀君，子以杀父”的鱼肠剑，也自此千古扬名。

时光荏苒，千年一日，转眼到了唐代。继春秋时期的欧冶子、干将、莫邪之后，天下终于又出了一位铸剑大师。此人姓张，名鸦九，曾铸鸦九剑，与“上古十剑”齐名。

唐朝的大诗人白居易曾咏诗《鸦九剑》，有句云：

“欧冶子死千年后，精灵暗授张鸦九。

鸦九铸剑吴山中，天与日时神借功。”

据传张鸦九曾得鱼肠二节，注入黑铁，熔而为一，铸成了鳞刺。

传言鳞刺通体墨黑，长三寸七分，重一斤四钱，闻风颤音，见血变色，从问世之日起，便被誉为天底下最阴狠毒辣的杀器之一。

胡客想起那位带头人神秘地讲完关于鳞刺的段子后，忽然朝火堆里扔了一截干柴，冲一脸惊诧的他笑了起来："这些都是传言，说说而已，当不得真。"

但彼时年少的他，却多么希望这些都是真的啊！好长一段时间里，他对鳞刺朝思暮想，满怀憧憬，如稚童对精美玩具的那种向往。然而，这些美好的愿望，终究抵不过时间的摧磨，在流逝的岁月长河中默然无声地散去。

六年后的今天，胡客脑海深处这段被尘封许久的记忆，终于再一次被唤醒。

就在胡客沉浸在回忆中时，朱圣听的喊声忽然响在耳畔："爷，快看，那就是了！"

第三章
国有国法，道有道规

藏头格

顺着朱圣听所指的方向望去，一座孤零零的土坯草房，出现在胡客的视野里。那是一座无人居住的破败房子。竹篱笆内的矮树上，龟裂土墙正中悬挂的破箩箕上，长出青苔的青灰瓦上，一片死气沉沉。

朱圣听热情地拉开竹笆，热情地推开房门，像主人般热情地招呼胡客："爷，您快请进！"

走进房中，所有的摆设和朱圣听上次来时一样，只是尘埃略微积厚，如同蒙上了一层灰色调的阴影，所有物件都破败到了无生气。

胡客看过了阎老头的灵位，又在房中简单地转了一圈，然后问阎老头葬在何处。朱圣听和张明泉急忙跑去五塘铺村上打听，问清楚了阎老头坟墓的方位，然后带胡客前去。

阎老头葬在一座背倚竹林的荒芜的小山包上。那是一片坟地，被村里人唤作小坟岗。村里除有钱人家为显赫家世，人死后葬在家族墓地外，大多数穷人死后都埋葬在此。小坟岗上的坟墓千篇一律，基本上都是没做任何修饰的小土包，好的也就是立块碑而已。大部分坟墓的坟头上长满了茅苇和艾草，像盖了一层白色和绿色相间的参差不齐的棉被。俗话说，坟头长草，后辈运好。死者的亲人后代们，大都不敢轻易割去坟头的杂草，唯恐毁坏了祖先庇佑的鸿运。阎老头已经死了一个多月，但坟墓看上去还是崭新的，坟头上连根草芽子都看不见，幸亏他没有后人，否则就冲他这秃顶坟，后人只怕要倒足八辈子的霉运。

墓前有块打磨粗糙的石碑，刻着“阎子鹿之墓”五个字，简简单单，没有多余的字样。两旁的墓虽然荒凉，但好歹碑上还刻了生辰、葬年等等，碑前也有烧尽的烛头和香头，只有阎老头的墓前是光溜溜的，什么也没留下，相较之下，倍增凄惶。

“挖开它。”胡客冷冷地说。这座本就凄惶的坟墓，很快就将迎来更为凄惨的命运。

朱圣听和张明泉虽然惊愕，但此时胡客的话就是圣旨，焉敢不从？两人一边犯着嘀咕，一边跑去村里叫人。说起来，这倒是一个逃跑的绝好机会，两人也冒出了这种念头，但都是有这个心没这个胆。两人心知肚明，就算逃得了一时，也逃不了一世。

阎老头的坟前，就剩下胡客一个人了。

他看着阳光下的坟墓，心里琢磨起了阎老头死前所写的那封信。信中那首打油诗这样写道：“请君骑马走一遭，来时风寒路迢迢。见不得面莫叹悔，我赠数言君听好。”

胡客看透了诗中的奥秘。这首打油诗并不是随手写成，而是按藏头格书写的。藏头格，是杂体诗的一种形式，俗称藏头诗，意指将真实意思隐藏于诗句之首。这首打油诗的开头四字，连起来读，便是“请来见我”。胡客在听朱圣听讲第一遍时，就洞悉了诗中的含义。

阎老头留下了“请来见我”这句话，每一个看透藏头格的人，都应该是被邀请的对象。现在胡客来了，就站在写信者的坟墓前。他是第一个理解这首诗的人。隐约之间，胡客有一种感觉，阎老头之所以留下这句“请来见我”，其目的就是希望有人能来此，掘开他的坟墓。毕竟人死了，要想相见，唯有掘坟开棺见尸这一条路。

不多久，朱圣听和张明泉就叫来了几个扛锄头的青壮小伙，以及十来个尾随而至来看热闹的乡亲。这些人不知道是来挖坟的。当他们知道此行的目的后，所有人都不干了。有个抱孩子的村姑立刻跳出来，泼妇骂街似的骂咧起来，好几个义愤填膺的老人拦在坟前，死活不让挖，说人已经死了，就该安息，谁都不许干伤天害理的事。

朱圣听摆出官威，指着坟墓呼喝：“这个阎老头，与王巡抚家的灭门案有关，我等奉知府大人之命，前来开棺验查，谁若阻拦，就是同伙，与死了的阎老头同罪！”

骂咧的村姑立刻闭上了嘴，阻拦的老人们急忙挪开了脚。什么义愤填膺，什么伤天害理，在身家性命面前，都是随风消散的狗屁。

朱圣听很佩服自己的头脑，没有这种活灵活现的小脑筋，如何玩得转府衙师爷的职位？他转过头去，巴结的脸笑着：“爷，现在就开挖吗？”胡客点了点头。

一个时辰过去后，当最后一锨土洒落在地，被挖开的坟墓终于完整地呈现在众人眼前。

坟坑里浸了不少地下水，棺材的底部浸泡在水中。当棺材被撬开时，一股腐烂的霉臭味窜出，现场所有人急忙紧捂鼻子，躲退了几步。

胡客没有捂鼻，也没有退避三舍，反而走近了两步，目光直接落进了棺内。

棺材里躺着一具湿了大半的骸骨，穿着破烂的粗布衣服，爬满了正四散奔逃的蛆虫和甲虫。正是这些虫类，吃尽了尸身上的肉，留下了光秃秃的骨头和黏成一团的头发。

这具尸体的模样实在恶心，连见惯了各种死尸的张明泉，也不禁露出了一丝厌恶的神色。

但张明泉的神色立马就紧张了起来。他拉扯朱圣听的衣襟，指了指骸骨的右手。骸骨的右手没有掌骨，齐腕而断，可见生前阎老头是没有右掌的。张明泉惊讶不已，因为他发现骸骨的头发也只有齐肩那么长。在目测了骸骨的宽度和身长后，张明泉有些害怕了。因为这所有的特征，和他在义庄里见到的蒙脸人，竟然完全吻合。阎老头是个老人，当日那蒙脸人的嗓音也有点老，在年纪上也能对上。

乡亲们说，阎老头来村里有二十多年了，他来的时候，右手就是断了的。

张明泉忍着恶臭，检查了骸骨右腕骨的断口。果然，骨头的断裂面光滑平整，显然已经断了多年，如果是新断的，断口肯定很粗糙。躺在棺材里的，的的确确是阎老头本人，而且极有可能就是一个月前出现在义庄威胁他的蒙脸人。

在张明泉询问村民的同时，胡客的注意力却落在了骸骨的头部。

头骨下压着一个木枕，四周都是或蠕动或蹿行的爬虫，唯独木枕的附近干干净净，一只虫也没有。胡客不顾肮脏和恶心，从头骨下抽出了这个湿漉漉黏糊糊的木枕。

村民们纷纷退开脚步，唯恐染上死人东西的晦气。有人说："那是阎老头的枕头，他说死后一定要枕着去投胎，我们就给他埋了进……"说话的人还没说完，忽然看见胡客把木枕凑近鼻子去闻，顿时，一股反胃之感油然而起，后面一个"去"字便再也说不出来。

在浓烈的腐臭味中，胡客嗅到了一股淡淡的草药气味。这木枕多半曾浸泡过某种药水，所以才没有蛀虫，尸体上寄生的虫子也不敢爬近。胡客掂量了一下木枕的重量，吩咐说："葬他回去。"

朱圣听忙招呼周围人动手，把棺材照原样葬回坟坑，把墓封好。

忙完后，朱圣听打算再次向胡客邀功，只求能多挣些表现，换回身家性命。可他一回头，脸上的笑容就僵住了。

刚才还站在身后的胡客，眨眼间，却已如风般不知去向。

雾杀

离开五塘铺后，胡客将木枕打开了。果然如他所料，这木枕是一个伪装得极好的木盒子。他在坟墓旁掂量时就已经猜到了。这个木盒，正是阎老头希望他的坟墓被人挖开的目的，也正是木盒浸泡药水，以防止被虫蛀的原因。

木盒里装有一块白色的绫绢。在绫绢上，绘制了一幅很细致的建筑图。

在这幅标注了玉皇殿、山房、过道、院落、厢居的图上，有一个醒目的朱砂红点标记在左上部分。图的右侧，注有三字：无涯观。

无涯观建在雾寒山上，这一点胡客是知道的。阎老头的意思已经很明了，就是要得到地图之人西行七十余里，去雾寒山的无涯观，寻找图中标记了朱砂红点的地方。

到目前为止，一个威逼了张明泉后就死去的老人，一首以藏头格写成的打油诗，一只棺材里垫死人脑袋的木枕盒子，以及一幅指向雾寒山无涯观的地图，所有的一切，似乎都变得玄妙了起来。

胡客不知道在无涯观等待他的究竟是一盘怎样的局。兴许只是一个无聊的玩笑，抑或是一个致命的陷阱。但他还是去了，没有任何犹豫。他别无选择。芸芸众生，人海茫茫，如果不按阎老头的指示行事，要想找到胡启立一家人，无异于大海捞针。

为了“六断戒”，他必须找到胡启立，所以他没有一时半刻的停歇。在第二天的一大早，他就赶到了雾寒山的脚下。

早春的雾寒山静谧而安详，如一个晨眠梦深的老人。好些起早的道教信徒，沿前人开凿的山道，往半山腰的无涯观行去。这几年天下不太平，天灾人祸一波接着一波，很多人都因此去求神拜佛，祈求平安，而拜神仙要赶早，俗话说得好，早拜早有福。胡客随在这些信徒中，穿了一身不易惹人注目的粗布麻衣，走进了无涯观，在指引道士的引领下，进入拜神仙的玉皇殿。信徒们在玉皇大帝塑像前的蒲团上跪下，满脸虔诚地伏拜。胡客在跪拜的同时，却在偷偷地观察四周的出口和路径。他打算趁起身离开时，用最快的动作闪入殿后。他早就记熟了地图，只要进入无涯观后部的山房区，就能准确无误地找到朱砂点的所在。

然而他刚站起身，还未来得及行动，殿后就传来了足以惊醒云霄上众神仙的呼喊声。有人在喊“死了，死了”，那是惊恐到极致的大叫，虽隔了些距离，仍然听得清晰无比。

玉皇殿里主持拜仙仪式的几个道士慌慌张张地跑过去了。信徒们也慌慌张张地跑过去了，只为一睹究竟，看看到底死了什么，同时也观摩一下无涯观到底有多大，换在平时，观内的山房区是杜绝参观的。

喊声正是来自于山房区。

在一间山房外，已围起了一大圈人，其中有道士，有杂工，也有信徒。圈子里面，一个年纪中等的男人躺倒在砖石地上，颈部有伤，身下一大滩血，身子已没了动弹。

原来是死了人，难怪叫喊的人如此惊恐。

这一下热闹了，平素安宁的无涯观，变得比过春节还要闹腾。有维持现场秩序的，有飞奔去请观主的，有下山赶去衙门报案的，还有冲出去封锁山门以免凶手溜逃的，唯独没有人去理会倒在血泊里的人。死的不是观里的道士，信徒里也没一个认识，自然没人去管地上的死尸。

胡客站在人群里，没有注意尸体，反而看向四周。他看见了东面的折转回廊，南面的殿后老君像，以及西面的翠食斋厅堂。他惊讶地发现，紧挨着尸体的山房，是山房区的左起第二间。

这正是地图上标注朱砂点的位置!

胡客的脸色瞬间就变了。

他几大步走出人群，丝毫不在意围观人群看他的目光，径直在尸体前蹲下，揩去死者颈部的血渍，看到了一条平整如线的伤口。

他在心中对自己说：“颈脉断裂，一击毙命，伤口薄如纸，像蝉翼刀所为，手法干净利落，十有八九是同行下的手。”他摸了一下地上的积血，感受到了血液的温度。“刚死不足半刻钟。”接着他搜遍了尸身，从死者的左右衣袖里各搜出了一柄蛇形短刃。这两柄兵刃的出现，倒令胡客颇有些吃惊：“夺命龙！看来死的也是同行。这人的武器还没出手，就遇到了更为厉害的高手。”

胡客抬起头来。眼前的这间山房，正是朱砂点的所在。他弃了尸体，快步走到门前，毫不犹豫地推开了房门，一股更为浓厚的血腥气立即扑鼻而来。

房内的一切摆设整齐划一，似乎没有发生过争斗，可地上却躺着三具尸体，鲜血流了一地。房间的木格子窗敞开着，可以看见天边正升起的一轮红日。

胡客左看右看，这不过是一间普通的道士住的山房，并无任何特别之处。“这是谁的房间？”他回头问，声音里满含迫人回答的威严。

堵在房门口的人都默然了。那些知情的道士们，都因房内的三具尸体而吓得忘记了言语。片刻后，一个年轻的小道士才小声说：“是道权师叔的。”门外有信徒听到后小声嘀咕：“啊，不就是常来咱村里讲道法的秦老道吗？”

“哪一个是道权？”胡客指着地上的三具尸体问。

门口的道士们都摇起了头。有道士低声说：“这三人都不是咱观里的。”

“那道权在哪？”

道士们左右顾盼，很快七嘴八舌起来，有说做早课时没看到他，有说吃早饭时也没看到他，总之今天都没见过秦道权，也不知道他身在何处。

胡客俯下身检查了三具尸体，都是颈脉被割断，一击毙命，伤口的形状与房外发现的尸体一模一样，血液的温度也相仿。在三具尸体的手边，分别有一柄象剑、一柄照胆和一把短铗。看来这三人的武器已然出手，但还是没能逃过被击杀的命运。

在靠窗的地上，有一柄染血的指尘剑。指尘剑是道家武械，胡客心想，这多半就是秦道权的武器。这柄指尘剑的剑身很薄，薄得像一页纸，甚至可以作腰带缠绕在腰间。如此看来，杀死四个人的并非蝉翼刀，而是这柄薄如蝉翼的指尘剑。

秦道权并未死在房中，观里道士也没见过他，很可能他已从眼前敞开的窗户逃走了。可是他没有捡走掉落的指尘剑，说明当时情势十分紧迫，兴许还有人正追杀他，所以他连剑掉在地上也不及捡就夺窗而逃。这次道上出动的人手可真不少，光躺在地上的就有四个了。如此兴师动众，看来这个秦道权，定是一个非同小可的人物。

胡客跨过尸体，走到敞开的窗前。无涯观依山而建，正朝上下山的石阶大道，背倚草木丛生的荒山险崖。山房区位于道观的后半部分，从窗户望出去，天地开阔，群山在览，红日如盘。一段杂草遍生的斜坡从窗脚延伸出去，随即是笔立的断崖。斜坡上有一条窄径，直通雾寒山的峰顶。

胡客猜想，约半刻钟前，这间山房内，发生了一场悄无声息的刺杀与反刺杀。从结果来看，反刺杀的一方，即秦道权，占据了上风。

为寻找胡启立，胡客通过张明泉和朱圣听的描述，窥破了打油诗里的藏头格，找到了死去的阎老头，又通过棺材里的死人枕头，发现了一幅建筑图，随后辗转来到了无涯观，并且找到了朱砂点所标记的山房。他原以为只要找来，一切就可以结束了。可事情似乎远比他想的更为复杂。这间山房的主人，一个叫秦道权的老道士，遭遇了刺客道青者的刺杀，在击毙四个青者后，夺窗而逃。窗外的窄径能上不能下，秦道权一定是逃向了雾寒山的峰顶。

胡客不打算半途而废。他拾起地上的指尘剑，翻出了窗户，朝山上走去。

他沿窄径走了一段，在草丛间发现了零星的血迹。看来没有追错方向。他加快脚步，几乎是奔跑了起来。

雾寒山说高不高，说矮不矮，因山顶的树林在春秋冬三季雾瘴缭绕而得名。此时虽朝阳初起，但早春的阳光没什么热度，根本无法驱散山顶寒冷的雾气。

林中落叶如毯，雀鸟啁啾，雾气浓重，能见度不足两丈。胡客提高了警惕，如浓雾里有人袭击，可谓防不胜防，必须加倍小心才行。

雀鸟的啼叫像歌声一般动听，若有人在附近，它们是不敢如此欢快的。所以胡客选择了没有鸟叫声的西北方。他一步步走去，坚信这是正确的方向。

他没有走错。

一路走去，他接连遇到了七个人，七个湮没在雾气中的草人。在这七个穿着道袍的草人中，有两个被卸了胳膊，一个被拦腰斩成两截，另四个被割去了头颅。断口处的稻草是干的，没有被雾打湿，说明刚被人斩断不久。除此之外，他还遇到了三个货真价实的死人。三个死人都躺在草人的旁边，一人胸口中暗器，两人额头中暗器。三人的身子尚有余温，显然是刚死去不久。

胡客猜到了秦道权的方法，事先在林中安置好众多穿道袍的草人，在浓雾中足以以假乱真，接着故意将追杀的青者引入林中，趁他们上当刺杀草人之际，却在暗中施放暗器，各个击杀。这一招果然老道狠辣，胡客也不由暗暗叹服。

从练杀山出来后，胡客就再也没在雾气中执行过刺杀。对刺客而言，大雾的环境，往往比黑夜更加凶险。因为在雾中，刺杀与被刺杀的双方会面临一样的境况：都不知道对方的位置，同时也很难隐蔽自己。后天练就的警觉性，让胡客不知不觉地握紧了指尘剑。

走出十几步后，一个朦胧的人影出现在前方。那人断了一条手臂，断臂就横在地上，有稻草散落于旁。那是一个草人。在草人的旁边，躺了一个死人。看来又是一个上当的青者。

和先前一样，胡客走近去，俯下身查看尸体，发现尸体的咽喉上插了一支暗器。

就在他俯身的瞬间，身后的草人忽然动了。一道冷冽的寒光从草人的体内激射而出。胡客感受到了脑后的冷风，但由于距离实在太近，事先又无防范，根本避无可避。

情急之下，胡客手腕急抖，指尘剑像丝带一样绕向身后，在千钧一发之际，挡住了咫尺外射来的暗器！

胡客惊出了一身冷汗，如果手中拿的是其他兵器，这一枚飞来的暗器，即便要不了他的性命，也一定让他落个半身不遂。

一击不中，现在轮到胡客反击了。

胡客的反击是极其凶猛的。他的刺龄虽不足六年，却是刺客道公认的数十年来极为罕见的优秀人才。他一出手，便如一场蓄势已久的暴风骤雨来临，不给对手任何喘息的机会。

假扮成草人的，正是秦道权。他依靠反刺杀和雾中偷袭的手段，已经先后击杀了八名追杀他的青者，这极大地消耗了他的体力，而且还让他的腹部中了两刀。这两刀足以致命，他能撑到现在，已经很不容易。他用尽最后的力气来袭杀胡客，一击不中，便洞悉了接下来的命运。胡客的身手实在太过厉害，身负重伤的秦道权在勉力抵挡了几下后，终于放弃了。指尘剑的剑尖，抵在了他的喉头上。

秦道权被制住后，神情反而轻松了许多，老皱的脸上满是释然的神色。

“动手吧。”他说。

胡客却出人意料地收回了指尘剑，并从怀里拿出了那幅绫绢地图。

秦道权原本浑浊的双眼，忽然间清澈起来。他原以为胡客是追杀他的青者，但见到这幅地图后，才知道不是。他开始认真地打量胡客。当胡客右手虎口处的一道伤疤窜入眼帘时，他嘶哑着声音脱口而出：“客公子？！”

“你认识我？”胡客皱着眉反问。

秦道权曾见过胡客，但那是在胡客两岁之前，胡客对此自然不会有任何记忆。但当秦道权吃力地捋起袖子，露出右臂上一个略微向左倾斜的十字黑疤时，胡客的脸色立刻变了。他知道这个斜十字黑疤代表的是什么。

秦道权受的伤实在太重。他看了一眼远处，有气无力地说：“还有三个，要劳烦主子亲自动手了。”

“你叫我主子？”胡客吃了一惊。

秦道权面露悲色，沉重地点了点头。

胡客忽然有些难以接受。秦道权叫他主子，这就意味着胡启立已经死了。只有老主子死后，新主子才能接位。他一刻也不敢停歇地赶来，就是希望能见到胡启立，想不到终究还是迟了一步。怔忡了片刻，他忽然发出了雷霆般的怒吼：“滚出来！”

雾色中，三道人影先后从树木背后走出。胡客像一只受到了刺激的猛虎，朝三人大步走了过去。秦道权只看到胡客与那三人短距离地接触了一下，三人就先后倒下了。道权惊呆之余，露出了欣慰的笑容。他终于明白，六年前的那个夜晚，胡启立为什么要在三个子女当中，毫不犹豫地选择年龄最小的胡客。

“六断戒”

完事之后，胡客走回到秦道权的身前：“现在已经没人了，你有什么话，尽管说吧。”

秦道权已经奄奄一息。他努力地吸了几口气，腹部的起伏，令伤口疼痛加剧。他闭上眼睛，这样可以让身体舒服一点，然后缓缓地说：“老主子怕你不肯过……过戒……所以自尽了……辰州府的十三号当铺……老主子在那里给你……给你留了物事……暗码是……共醉终同……卧竹根……”他一边说话，一边颤颤巍巍地从怀中往外掏一节竹筒，掏到一半，动作忽然僵硬下来，声音也彻底地断了……

秦道权带着笑容死去了。他原本可以不用死的。如果他不去巡抚大院，就不会招惹来这些青者。一切都因他这辈子将信义看得极重。当年他曾蒙王之春救过一命，留下一块四方布给王之春，说只要王之春有难，在四方布上写信捎来，他就会立刻赶去帮忙，想不到过了二十多年，这块四方布竟然真的出现在自己的面前。尽管已经出家做了道士，但秦道权仍然视信义如泰山，并最终跟随牛管家去巡抚大院走了一趟。巡抚大院的困局比他想象的要复杂太多，他没有找到替王之春除危解困的方法，却给自己招来了杀身之祸。但是他撑到了最后一刻，等来了胡客。他完成了老主子吩咐的所有事情，足以瞑目而去。

胡客打开了秦道权手中的竹筒，里面有一张纸条和一把小钥匙。纸条上面写着“共醉终同卧竹根”，字迹挺拔，胡客认得那是胡启立的手书。

秦道权死得太快，很多事情都没来得及说清楚，甚至连胡启立死后葬身何处都未提及。胡客怀着满腹的悲伤和疑问，离开了雾寒山。他要去辰州府的十三号当铺，看看胡启立到底给他留了什么。

辰州府的十三号当铺，坐落在两条主街道交汇的十字路口上，悬挂着“聚财当铺”的招牌，是一座并不起眼的仿古建筑。胡客走进当铺，伙计立马从柜台后热情地迎了上来：“这位客，请问您是活当还是死当？”

“活死当。”胡客掏出一节竹筒，丢在了柜台上。

伙计一愣，道：“您可别开玩笑，这玩意儿可不能拿来当钱。”

胡客一掌将竹筒拍碎：“这样呢？”

伙计顿时收起了笑脸，探出头去看了看街道的两侧，然后小声地说：“请随我去见掌柜，能不能当，要掌柜才能拿说法。”

胡客随伙计进入了内堂，掌柜正坐在桌前喝茶。伙计说：“掌柜，有活死当的贵客到！”掌柜摆手，示意伙计退下。

“阁下的暗码是？”伙计一走，掌柜就开门见山地问。

“共醉终同卧竹根。”

“您请稍等！”

掌柜走到更里面的一间屋子，片刻后折返：“还请阁下出示一下暗码。”

胡客将写有暗码的纸条取出，掌柜也取出另一张纸条，一起放在桌上。两张纸条都是黄白相间的底，边缘的轮廓刚好能拼接在一起，一丝缝隙都不留，足见是从同一张纸上撕扯开来的。两张纸条上都写着“共醉终同卧竹根”七个字，字迹相同，显然出自同一个人的手笔。

“阁下请随我来。”对上了暗码，掌柜收起纸条，做了一个请的手势。

胡客跟随掌柜走进里屋，然后下到一间隐秘的地下室，又走了一截不长不短的甬道。甬道里每隔一堵墙的距离，就是一扇小铁门，铁门背后，是一间间铁牢笼般的储物格。掌柜在一扇铁门前停下来，取出两把钥匙，分别打开了外层的薄铁门和里层的厚铁门，将壁台上的油灯点燃，留下一句“阁下请便”后，转身离开了。

在这间储物格里，胡客看到了胡启立留给他的东西——一个刻有剑纹的锦盒。

锦盒用一把小锁扣住。胡客拿出那把藏在竹筒里的小钥匙，插入锁孔，轻轻一拧，小锁应声而开。

锦盒被打开了，盒内放置了三件东西，从左至右，依次是一柄赤色的弧形匕首、一片刻有“鬼”字的扇形金叶子和一页暗花信纸。暗花信纸上写了七个斗大的墨字：问天，夺鬼，清凉谷。另有一行小字写在页左：“客儿，莫忘自己身份，莫忘入刺客道之因由。”

这一行小字，猛地一下，将胡客的记忆拉回到了六年前的那个夜晚。

六年前，胡客一十六岁，他是胡启立的小儿子。在那个决定他人生走向的夜晚，他并未遭到何二娃子的杀害。何二娃子为凑赌资，威逼胡客偷家里的钱出来，胡客断然拒绝，于是被何二娃子生拉硬拽到河边，用荆条狠狠地鞭打了一顿，又抢走了身上所有值钱的东西，连衣服裤子都扒得一条不剩，最后还打算将他杀了灭口。

但何二娃子终究没敢动手，因为就在他打算动手之时，河边不知什么时候竟多了一个人。那人就像河里浮起来的冤魂一样，立在梧桐树下一动不动，吓得何二娃子飞也似的逃走了。胡客转过头去，就看见了后来引他入刺客道的带头人。当时他并不知道，这个带头人的出现，其实是他父亲胡启立的一手安排。

带头人将胡客带离了清泉县。懵懂的胡客，与一群比他年纪还小的孩子，茫无目的地走进了雾气迷蒙的练杀山。在那里，他像一只被赶入荒莽山中的绵羊，终日与饥饿、寒冷、病痛、猛兽为伴。没有人来管他的死活，他像野人一样在山中度过了整整两年的时间。两年，可以改变很多事情，比如让一只温顺的绵羊，变成一头嗜血的苍狼。

两年的“练刺”，淘汰了弱者，留下了强者。那些留下来的人，包括胡客在内，深刻地明白了弱肉强食的法则，从此变得坚韧而冷血。

“练刺”过后，是同样为期两年的“试刺”。

这一回，胡客需要杀的不再是野兽，而是鲜活的人。只有杀人不眨眼的人，才具备成为一名合格青者的基本素质。

胡客想起了父亲曾受过的那些欺辱。于是他回到了清泉县，怀着满腔的仇恨，先后杀死了得罪过父亲的四个人，以及曾鞭打过、侮辱过他的何二娃子。在这期间，他偷偷地回了一趟家，与父亲见了一面。正是这次见面，让胡客从父亲的嘴里得知了许多事情的真相。胡客这时才明白，原来当年他入刺客道，并非机缘巧合，而是出于父亲的安排。

紧接着，就是同样为期两年的“出刺”。

胡客开始接一些简单的任务，对指定的目标进行刺杀。在这一过程中，他的表现比同辈人要出色得多。刺龄不足六年的他，在执行任务时，手段老辣，从无失手，宛如一名横行江湖数十年的老道的青者。刺客道天层的一些人开始注意到他，更加困难的任务分派到他的头上，他居然能一一圆满地完成，甚至连续三十一次“出刺”无一失手。身为黄童的他，渐渐拥有了比青者还要盛的名气，更享受到了青者才能有的待遇，得到了刺客生涯中的第一位搭档——一位与他年纪相仿、名叫姻婵的女子。

“出刺”过后，就是最为痛苦的“六断戒”。入刺客道的人，前六年间被称为黄童，过了“六断戒”，才能成为青者，成为一名真正入道的刺客。

“六断戒”，源于战国时期刺客聂政的故事。

《战国策·赵策一》里有句名言：士为知己者死。

聂政的一生，就是一个士为知己者死的故事。

当韩国大夫严仲子辗转来到齐国，费尽千辛万苦找到聂政隐蔽的住所，多次登门拜访，并亲自备酒馔致礼，赠黄金百镒与聂母贺寿时，聂政却坚辞不受。严仲子虽然没有开口，但聂政知道严仲子想请他做什么。聂政之所以不接受，不是因为惧怕，而是因为家中还有年迈的老母和未出嫁的姐姐，身为家中唯一的男人，他无法弃置亲人于不顾。但是严仲子如此身份的人，竟然屈尊纡贵，来结交他这样一个因除害杀人而避祸在外的逃犯。从那一刻起，聂政已暗许严仲子为知己。

一段时日后，聂母去世了。严仲子听说此事，再一次赶来，以儿子的礼仪为聂母送葬。葬礼结束，严仲子什么都没说就离开了。这一切，聂政看在眼里，记在心头。

在家服完三年的母丧，待姐姐出嫁后，聂政已没有任何牵挂。于是他瞒着姐姐，一个人来到了濮阳，找到了严仲子的住处，询问严仲子仇人是谁。

“侠累。”严仲子极为小声地说出了一个人的名字。

侠累，韩国的当朝相国，手握大权，地位尊贵。

聂政点了点头，没有一丝半毫的犹豫。

这一点头，就等于做出了男人间的允诺。

严仲子深知相府守备森严，打算多派些人手去协助聂政，却被聂政一口拒绝了。

“杀侠累，我一人足矣。”

带着虽万千人吾往矣的气概，聂政只身来到了韩国的都城。当他走到守卫森严的相府外时，侠累正高坐在府堂上议事。

聂政没有选择伪装成下人混入相府，也没有选择等到夜间再趁黑行事。他选择的，是最为简单的方式。

他跨过门槛，仗剑直行，登堂入室，在诸多守卫的甲士还没反应过来时，他手中的长剑，已经刺入了侠累的胸膛！

侠累瞪大了眼睛，他到死都无法相信，自己竟会以这样一种方式告别尘世。

呆若木鸡的甲士们这时才反应过来，原来这个堂而皇之登堂入室的人，竟然是刺客！

众甲士操戈而上，围攻聂政。聂政以一柄长剑，先后杀死数十人。众甲士心生惧怕，不敢再冲上去送死，于是就地围成一个大圈，将聂政包围在垓心，不让他逃离，打算和他一直消耗下去。

数百甲士，重甲难透，聂政深知今日已无活命之法。他看了一眼伏案而死的侠累。严仲子的知遇之恩，他已经报答，如今唯一的牵挂，就是出嫁的姐姐。他仰天大笑，忽然间倒转剑柄，以剑尖划破面颊，剜出双目，剖腹而死！

聂政死后，韩侯将他的尸体悬挂在闹市上，悬赏千金追查凶手的身份，韩国上下竟无人知晓。

不久后，聂政的姐姐聂荌闻听了这个消息。她太了解聂政的性情了，严仲子对他礼遇有加，他必然会报这份知遇之恩。她担心杀侠累的人会是弟弟。于是她动身从齐国赶到韩国，来到悬尸的闹市上。虽然尸体已经腐烂，散发出浓浓的恶臭，但她还是一眼就认出了那是聂政。那种至亲之间才能拥有的感觉，是绝对不会错的。

聂荌伏尸痛哭，失声呼喊弟弟的名字。

这阵哭喊声引来了路人的围观。有大胆的好心人上前劝止：“这是刺杀韩相的凶手，你不躲避，怎么还跑来辨认呀？趁士兵还没赶来，你赶紧逃吧！”

聂荌哭着说：“他是我的弟弟，他是怕牵连我，才毁坏自己的躯体，不让人认出来。我弟弟聂政是如此的英勇，我怎能因为害怕被牵连，而使他的英名被埋没呢？！”说完，她长呼三声“天”，即因悲伤过度、心力交瘁，死在了聂政的尸体旁。

源于此故事的“六断戒”，“六”是指刺龄六年，同时也指血缘上的六亲，“断”则指断亲断情。这种“断”，绝非一般意义上的断，而是亲手弑杀，意指入刺客道六年后，须亲手弑杀祖上、父母、兄弟、姐妹、妻妾、子息等六亲，断绝一切血脉亲情！刺客道的人，大多是无父无母的孤儿，从小便入道，当然也有一小部分人例外。这一小部分例外的人，要么因为天资聪慧而被挑选入道，要么因为各种原因而自愿入道。“六断戒”的设立，正是针对这两类人。这是一种泯灭人性的考验。自古忠孝不两全，为保证对刺客道的绝对忠心，这一小部分人必须亲手弑杀血亲，通过断亲断情，斩断所有的亲情羁绊，从而成为一个眼中只有刺杀目标的冷血刺客。

若在“六断戒”前主动退缩，那么“不断六亲，即断己身”，下不了手杀血亲，死的就会是自己。入道容易出道难，一日为刺客，终身为刺客。所以刺客道的第一条规则，便是“有进无出”。若中途想退出，唯有死路一条。那些选择通过“六断戒”，继而留下来成为青者的刺客，不少人心中也是无可奈何。“人在江湖，身不由己”，斯言甚是！

“出刺”快结束时，串人会告知“六断戒”，对每一个黄童而言，这个消息无异于晴天霹雳。

血浓于水，情大于天，所以九成以上的黄童会在“六断戒”前选择退缩，其中大多数因此而死，只有极少数能躲避于世，逃过刺客道遍及天涯海角的追杀。

串人找到胡客时，胡客正在北直隶执行一项刺杀任务，目标是一个地方的知府。在得知“六断戒”后，他只是简单地点了点头，没有任何多余的表示。但在接下来的一个月里，在成功刺杀了任务目标后，在没有接到任何新任务的情况下，胡客竟然一口气接连刺杀了直隶、奉天、山东一带的六个大贪官、大污吏。没人知道他为什么要这样做，连负责与他接头的串人也惊讶不已。

这七个被杀的官吏官阶不小，胡客的这一举动，无异于惹祸上身。

果不其然，消息传上去后，内廷震怒，慈禧太后一日内连下三道懿旨，着御捕门限期缉拿凶手。御捕门派出大批干练的捕者，开始追捕胡客。与此同时，被杀官员的亲属们，私下里以重金接通赏金榜，让揭榜的暗扎子追杀凶手。

暗扎子是江湖黑话，用通常的话来说就是杀手。与刺客道这种有严谨构架的组织不同，暗扎子只是一些拿人钱财替人消灾的闲散杀手团体，这种团体，与抱着救国救民之心的革命党人的暗杀团体（比如北方暗杀团等），在本质上完全不同。

暗扎子与刺客道都是行刺杀之事，不同之处在于，暗扎子只认钱不认人，不管目标是好人还是坏人，只要买主接通赏金榜，统统都杀，同时还会计较刺杀的成本，难度太高稳赔不赚的买卖，暗扎子是绝对不会接的。

刺客道则相反，只认人不认钱，所有任务都由天层拟定，至于如何拟定，三百年来无人知晓。刺客道秉承“替天行道”的原则，刺杀的目标往往是作恶多端的贪官、污吏、奸商、贼盗等等。任务拟定后，由串人传达任务，为保证任务不泄露，串人会将一条代码转交给青者，青者根据自己独一无二的脚文来解读代码，然后奉命执行。刺客道的任务不分难易，上能至皇亲贵胄，下可至游民百姓，但大多都是可杀之人。当时的民主革命家、朴学大师章太炎（即章炳麟）就曾评价这类刺客说：“天下乱也，义士则狙击人主，有为鸥枭于百姓者，则利剑刺之，可以得志。”

追杀一个人，而且是个既无权也无势的人，在暗扎子们看来，这项任务并不难。所以在揭了赏金榜后，数以百计的暗扎子展开了行动，与御捕门一暗一明，共同追击胡客。

为了“六断戒”的事，胡客必须尽快找到胡启立。他一边躲避御捕门和暗扎子的双重追击，一边辗转迂回，往远在南方的清泉县赶去。

来龙去脉

就在胡客南行的途中，身在清泉县的胡启立，已经打好一批铁器，送入了巡抚大院。王幕安叫住他，拿了一块铁块让他切开。回家后，胡启立连夜切开铁块，发现里面藏有一片扇形的金叶子。金比铁重，所以这块铁才重了不少。

胡启立原本是为了完成王幕安的交代，但当这片扇形的金叶子出现在眼前时，他的神色一下子紧张起来！

虽然身在家中的地下打铁室，周围根本不可能有别人，但胡启立还是情不自禁地抬起头，迅速地看了看四周。

带着三分惊讶、三分疑惑和四分紧张，胡启立凝视着手中的金叶子，指尖慢慢地摩挲叶面上刻着的一个“鬼”字。

“难道老‘鬼’已经死了？如此重要的事，为什么他没有来通知我？”胡启立这样想着，越想心头越惊，额头上竟出了一层密密麻麻的汗。

“鬼”，是刺客道一个极为尊贵的代号。要讲述这个代号的由来，就必须先从刺客和刺客道说起。

刺客这门职业，起源于夏朝，是从有记载起，华夏三千八百余年间最不讲道理的黑色职业！

最早见于记载的刺客，出现于夏泄十二年，被刺身亡者是被后世称作“华商始祖”、即华夏商人之缔造者的王亥。这个在《管子·轻重戊》中被提及的“立皂牢，服牛马，以为民利”的商族首领，在一次酒醉后，被其弟弟王恒派遣的刺客用石斧刺杀，死后尸体被残忍地卸为八块。

到了春秋战国时期，历史上出现了众多青史留名的刺客。“曹沫盟柯，返鲁侵地”，“荆轲刺秦，图穷匕见”，都是为后世所津津乐道的故事。这一时期的刺客，大多“士为知己者死”，身上带有侠的气质。唐朝大诗人李白在《侠客行》中写道：“十步杀一人，千里不留行，事了拂衣去，深藏身与名。”描述的就是这一时期的刺客。

秦朝以后，单纯以政治、仇恨而行刺的刺客逐渐减少，更多的是纯粹为金钱而行刺的杀手，即后来所称呼的暗扎子。刺客和暗扎子最主要的区分，就在于动机上。这种区分，在历史上的体现很是分明。比如同在唐朝，唐肃宗时期弄权的巨宦李辅国，就是在家中被刺客所刺杀，而唐宪宗时期的正直宰相武元衡，则是在早朝途中遭暗扎子暗杀身亡。

在明朝万历年间横空出世的刺客道，就是一群刺客的集合体。作为一个组织，上到居庙堂之高的朝廷，小到处江湖之远的商会，都有自身特定的构架和规矩，刺客道虽然隐秘，却也不例外。

刺客道的构架是一横三竖，也就是“天层三门”。所谓一横，即拟定任务和做出决断的天层；所谓三竖，即执行任务的三门：兵门、毒门和谋门。

兵门，人数不详，皆男性，门下青者多用兵器行刺，辅以其他方式。兵门最厉害的青者代号为“鬼”，此代号取自二十八星宿中南方朱雀七宿之一的鬼宿。一旦成为“鬼”，即可统率兵门的青者，并有资格进入刺客道的权力中心——天层。

毒门，人数不详，皆女性，门下青者多用毒行刺，辅以其他方式。毒门最厉害的青者代号为“奎”，此代号取自二十八星宿中西方白虎七宿之一的奎宿。与“鬼”一样，一旦成为“奎”，即可统率毒门的青者，同样有资格进入天层。

谋门，人数只有一个，代号为“心”，取自二十八星宿中东方青龙七宿之一的心宿。二十八星宿都有各自对应的动物，心宿对应的是狐，所以要成为“心”，必须心智极高，善谋善断。“心”是刺客道军师级的人物，能运筹帷幄，决胜于千里之外。“心”很少执行刺杀任务，更多的是对影响刺客道前途命运的重大事件做出谋断。

天层拟定任务后，交“鬼”或“奎”，“鬼”或“奎”再分派给各自门下的串人，然后由串人与具体的青者接头，最后由青者执行任务。三百年来，这样的流程已不知被重复了多少遍。

胡启立之所以安排胡客进入刺客道，就是看中了胡客与生俱来的天赋。他要让胡客成为兵门最厉害的青者，成为兵门的“鬼”，只有成为“鬼”，才能进入天层，只有进入刺客道的天层，才有可能完成胡启立追逐了一生的目标，才能完成自己家族所背负的使命！

要成为“鬼”，须等上一任“鬼”死亡或遭解职后，兵门的青者凭自愿参与“夺鬼”三关，最后获胜的那位青者，方能获得这个尊贵的代号。

“夺鬼”三关的第一关，是猎杀。猎杀分两部分，即猎与杀。猎，是天层将代表“鬼”的扇形鬼金叶藏于某地，最先找到的青者胜出；杀，是天层给出一份刺杀名单，所有青者分配好代号，同时行动，杀一人，便将代号写在尸身上，最后完成目标最多的青者胜出。两位胜出的青者，获得进入第二关的资格。第二关的胜者，再通过第三关的终极考验，方能成为“鬼”。“夺奎”三关的流程，与“夺鬼”相同。

正是靠着一横三竖的组织构架、显著的等级制度、严苛的升降流程、明确的内部道规和“有进无出”的入道法则，刺客道，这个行刺杀之事的隐秘组织，才得以在明清两代朝廷的剿杀中存活下来，一直延续至今。

胡启立在铁块里发现的金叶，正是代表“鬼”的扇形鬼金叶！鬼宿在五行中属金，所以“鬼”的信物是用黄金打造的。

如果“鬼”没死，那么扇形鬼金叶绝不会离身。现在胡启立意外地获得了扇形鬼金叶，所以他猜想，十有八九，老“鬼”已经死了。

的确，他猜得没错，刺客道的“鬼”是死了，只是死的方式说起来有些不堪。

身为刺客道兵门最厉害的青者，“鬼”不是死于疾病，也不是死于衰老，更不是死于某位厉害人物之手。他是在途经阴龙沟时，被沙子垅的一个匪崽子，用一把缺了两个口的菜刀砍死的。

其实这事说起来也不奇怪，毕竟青者也是人，是人就有变老的时候。

老“鬼”实在是太老了。孔子尝言：“三十而立，四十而不惑，五十而知天命，六十而耳顺，七十而从心所欲，不逾矩。”老“鬼”已经过了不逾矩的年龄。

已经十多年没有在江湖上走动过的“鬼”，这一次之所以破天荒地出山，是因为有一件极为秘密的事需要他亲自去办，而清泉县的北官道，正好是他的必经之路。

他不能骑马，因为苍老的身板已经受不起剧烈的颠簸；也不能雇车，因为这年头土匪窝遍地开花，有马车从地头上经过是绝难放行的；

更不能带上几个青者保驾护航，因为此行去办的事太过秘密，不能让外人知晓；倘若年轻十岁，老“鬼”可以勉强仗一把利剑行走天下，但现在他已经完全没那个能力了。

于是他扮成了一个糟老头子。

他打扮成一个老乞丐，拄着拐杖，沿途过了许多地方，一直没有人动他。毕竟世道越乱，有钱人在外走动时，就会请更多的保镖防身，土匪们专盯这种大队人马，根本不会在意一个过路的身无长物的老叫花子。

不得不说，这是一个十分聪明的办法。

但是在途经阴龙沟时，情况发生了戏剧化的转变。

因为天下雨了，一场瓢泼大雨。

正是这场大雨，葬送了“鬼”的老命。

阴龙沟被大雨冲刷浸泡过后，路面变得泥泞，而且松泡，走在上面，一步一滑溜，可以说是举步维艰。

在阴龙沟旁的树林里站岗盯梢的几个匪崽子，都很年轻，其中有一个相当精明。他注意到了从泥路远处走来的一个衣衫邋遢的老叫花子。他指着老叫花子，向同伴们说：“快瞧，那老头的脚印。”

“鬼”留下的脚印很深，深得太过明显了。对于一个弱不禁风的瘦削老头来说，这是极不正常的。精明的鬼崽子嘴角露出了笑容，他已经知道，这个老叫花的身上肯定有实货。

过了这村就没这店，有货不抢猪头三。几个匪崽子一合计，因对方只是一个孤身老头，所以没回寨通报，操起手边的家伙就冲了出去。

“鬼”实在是太老了，他已经没有了灵活矫捷的身手，更丧失了制服敌人的能力。他勉强喘着粗气避了几下后，终于倒下了，脖子上嵌了一把缺俩口的菜刀。

匪崽子们搜“鬼”的身，果然在他腰间搜出了一条环形褡裢，褡裢里竟装满了足赤的金条，除此之外，还在他怀中搜出了一块圆形木盘，瞧着像是一件古物。

几个匪崽子欢天喜地地回寨，那个精明的匪崽子因此事而连升三级，当上了寨中的小头目。

当时这个精明的匪崽子绝不会想到，白老板和秦副寨主更加不会想到，这件微不足道的事，最终会给热闹了两年、方圆百里内势力最为庞大的山巅寨带来灭顶之灾!

刺客道的“鬼”消失了，而且消失得毫无征兆。此事非同小可。兵门的青者开始暗中查访，花了近两个月的时间，才终于查到了“鬼”的死因。于是，在天层的指示下，为“鬼”复仇和“夺鬼”之争同时展开。

以沙子垅的山巅寨为目标，猎和杀一并进行，率先找到扇形鬼金叶和刺杀人数最多的青者胜出。

那些自愿参加“夺鬼”的青者们，通过串人向天层表达意愿，随即被分配好代号，总共二十六名，从各地赶赴沙子垅。先赶到的青者，展开单兵作战，秦副寨主和白老板都是死于此。等到所有青者赶到后，才大开杀戒，于是便出现了山巅寨被屠杀殆尽的血腥一幕!

杀戮结束后，青者们在寨中寻找扇形鬼金叶，不巧这时候朱圣听带兵上山。沙子垅上下只有一条路，青者们没处躲藏，又因人数的悬殊过大，不敢贸然与五百个兵油子对着干，于是简单地化了装，假扮成被关在牢中的老弱苦力，朱圣听竟信以为真，还抱着一颗乐于助人之心，将他们带下山释放。

朱圣听把山巅寨中所有值钱的东西一古脑儿运下山，并放了把火烧掉了山巅寨。他将这些财物有计划地做了分配。青者们为寻找扇形鬼金叶，开始暗中追寻这批财物的下落，最终在层层排除后，将目标锁定在了王幕安获得的财物和古董上。猎杀这一阶段尚未结束，所以巡抚大院很不幸地成为了第二个目标，这才有了后来巡抚大院的灭门祸事。

青者们没想到的是，扇形鬼金叶，其实早已经通过王幕安的手辗转流落到了胡启立的手中。

胡启立希望胡客成为兵门的“鬼”，而如今老“鬼”死去，“夺鬼”之争即将甚至已经开始，扇形鬼金叶又不费吹灰之力就到手，这实在是一个千载难逢的绝佳机会!

胡启立是绝不会坐视不理，放任这等好机会从手中溜走的。他知道胡客的刺龄将满六年，算准胡客会在一两个月内因“六断戒”来找他，只要过了“六断戒”，胡客就是一名兵门的青者，就拥有了参加“夺鬼”的资格，届时只须将扇形鬼金叶交到胡客的手里，助他通过第一关，最难的第一步便成功迈出。如果错过这个机会，新“鬼”上任，要等到新“鬼”死去，不知又要过多少年。

但胡启立还是怕。

他怕胡客没来之前，参加“夺鬼”的青者就会顺藤摸瓜地找来。这些青者的能耐绝不容小视。身为一个瘸腿的废人，胡启立深知自己无论如何也斗不过这些手段狠辣杀人不皱眉头的青者。所以他骑快马赶到辰州府，先将扇形鬼金叶存入十三号当铺，以确保安全。等他再返回清泉县时，正撞上王幕安的下人守在家中，将他“请”去了巡抚大院。

王幕安在听朱圣听讲完辛丑年间的五件命案后，怕得罪胡启立，又将他放了。回家后，胡启立便开始了一系列的谋划。

他先是杀死王幕安派来的四个手下，放火烧了打铁铺，伪造成自己一家人被灭口的假象，得以“金蝉脱壳”，随后找到秦道权和阎子鹿——一直以来忠于他的两位下属——设计了一层层环环相扣的圈套。这些圈套，一来可以防止青者轻易地找到他留下的东西，二来可以考验胡客的能力。如果胡客最终能通过蛛丝马迹找到十三号当铺去，那么他就完全有能力去完成胡启立追逐一生的目标，完成家族的使命，而如果胡客无法找到他留下的东西，那说明胡客的能力还不足，不足以去完成这个使命，这样也可以避免胡客为此事而白白送了性命。

一路上躲避御捕门和暗扎子的胡客，好不容易才赶到了清泉县，然而等待他的，却是胡启立一家四口被灭门的消息。

胡客寻人打听，得知此事是王幕安所为。胡客虽然心头烧起了复仇的火焰，但素来冷静的他，没有立刻赶去巡抚大院，而是先去了一趟义庄，查看四具被烧焦的尸体。令他意外的是，四具尸体竟然都是男性！如此显而易见的事，张明泉竟然没有验出来，这里面必定暗藏蹊跷。于是在得知张明泉去了巡抚大院后，胡客连夜赶去。

那一晚，巡抚大院正遭遇参加“夺鬼”之争的青者们的猎杀，王家人无一逃脱，朱圣听和张明泉因不是王家人，不算在猎杀的计数内，所以幸免于难。

青者们搜遍巡抚大院，仍然没有找到扇形鬼金叶，只好撤离。

青者们前脚刚走，暗扎子们后脚就到。暗扎子们已经查到，胡客在进入衡州府地界后，寻了好几个人，打听王幕安杀害胡启立一家四口的事。暗扎子的领头猜想，胡客既然如此关心这件事，必定会亲自去王家查个究竟，是以赶在胡客的前面，赶到巡抚大院设下埋伏，于是就有了后来那场惨烈的夜杀。

天亮后，御捕门的黑袍捕者在贺捕头和次捕曹彬的率领下赶到，损伤惨重的暗扎子不敢与御捕门正面交锋，潮水般退却，却又不甘心就此收手，于是埋伏在附近，伺机而动。也正是因为损伤过重，这群暗扎子才在后来很长一段时间内尾随御捕门，始终不敢动手，一直等到力量增援得差不多后，才展开劫人的行动，但全都被机警的贺捕头一一避过。

胡客在巡抚大院受了重伤，无力再逃。在暗扎子与御捕门之间，他选择了后者。他主动受缚，就是想借御捕门的力量，来抵御暗扎子的追杀。他本打算伤愈得差不多时，便想办法脱身，没想到姻婵却在八宝洲的秘密监狱里提前将他救出。

重获自由后，首要之事，就是找到失踪的胡启立。

在多番波折后，他终于通过了胡启立设下的重重考验，来到了辰州府的十三号当铺，看到了胡启立留给他的东西。

锦盒内的金叶子就是代表“鬼”的扇形鬼金叶，至于那柄赤色的弧形匕首，胡启立已在暗花信纸里说明，那是“问天”。

古往今来，在枪械出现之前，任何一名刺客，最梦寐以求的就是拥有一把最适合刺杀的兵器。在历史上，高渠弥刺杀郑昭公时用弓箭，要离刺杀庆忌时用短矛，沧海君刺杀秦王时用重百二十斤的铁锤，曹操刺杀董卓时用七星刀，孙虑刺杀愍怀太子时用药杵，辛古刺杀辽穆宗时用菜刀，完颜元宜刺杀金废帝时用绳子，沈志亮刺杀澳门督查亚马留时用刈草刀。各种用于刺杀的兵器可谓千姿百态，无奇不有。

除这些特例外，历史上的绝大多数刺客，都选择使用易于藏匿的匕首或短剑来行刺。在这一类短小实用的兵器中，“问天”可以称得上是一件极品。

问天，和鱼肠剑一样，也是出自铸剑大师欧冶子之手。

当年欧冶子在铸造纯钧剑时，所用寒铁余出了一斤二两，于是顺手铸成了一柄匕首。适逢天降红雨，欧冶子不知雨为何成赤色，遂将匕首命名为“问天”。

问天传及后世，历朝历代均为皇室御用的宝刃，专杀大臣所用，至明朝，成为磔刑刃，专用于执行凌迟。明朝二百七十六年间，受凌迟而死的最有名的三人——刘瑾、袁崇焕和郑鄤，都是丧命在这柄妖刃的弧形刃口下。或许正是因为杀戮过重，导致冤邪之气凝聚，久而久之，问天竟然变成了赤色。它铸成之日天降红雨，或许正是为此吧。

昏暗的灯火下，胡客静静地凝视着问天。

问天躺在锦盒内，也在静静地等待着宿命中的那个人的到来。

胡客右手虎口处那道略微泛红的伤痕，就是他一岁时抓周留下的。当时他在一堆琳琅的物件中，把小手伸向了问天，被锋利的刃沿割破了虎口。早在二十一年前，他就与这把匕首结下了不解之缘。

这柄柄长三寸，刃长三寸，适合正握反握的妖刃，其刃口如一弯红月，散发出微清微冷的辉光。

胡客伸出了右手，缓缓地，小心翼翼地，触向问天。

当他的指尖触碰到寒冷如冰的刃身时，却似有一股暖流从指尖流往心底，如一泓温泉，缓缓地散及全身。

这六年来，胡客一直没有专属的兵器，一来每次执行的任务不同，所以最适合刺杀的兵器就不同，二来随着能力的增长，胡客的眼界也开始变高，能被他瞧上眼的兵器，世间也没有几把。

但这一次不同了。

当指尖第一下触碰到问天时，他就知道，这柄世间独一无二的匕首是属于他的！仿若前世就已邂逅，今生重来聚首，只为再续前缘。

走出十三号当铺时，天色将黑未黑。

在城里的人们准备休息时，胡客却带上从当铺里用一刺币兑换来的五十两纹银，马不停蹄地上路了。

胡启立已经告诉了他下一个目的地：清凉谷。

第四章
命悬京汉铁路

第二关：守杀

清凉谷，位于长沙府南部湘潭城北的楠竹山中。

在赶去清凉谷的路上，胡客一直在猜想，在清凉谷等待他的，不管是什么人什么事，十有八九与“夺鬼”有关。

诚然如此，胡启立之所以在暗花信纸上留下“清凉谷”这个地名，正是因为他从刺客道的内部得到了准确的消息：“夺鬼”第一关猎杀的结果，以及第二关的内容，将会在这片翠竹连绵似海的条状山谷中公布。

胡客戴上净脸谱，参加了青者们在清凉谷中的聚会。

在刺客道，脸谱上所绘五官的多少，代表持有者等级的高低。照规矩，黄童只能持有净脸谱，青者则持绘有两道眉毛的眉脸谱。黄童没有参加“夺鬼”的资格，所以当戴上净脸谱的胡客出现在竹林的最幽深处时，所有青者的目光都落在了他的身上，而当他拿出象征“鬼”的扇形鬼金叶时，低沉的惊叹声像滚水般在四面八方起伏翻腾。

站在人群的最前方，戴一张眉目脸谱，双目中透着丝丝的狡黠，作为天层派下来的主持本次聚会的使者，在听完胡客简单的解释后，暂时认可了他通过的“六断戒”。使者翻开“夺鬼”花名册的最后一页，补上了一个新的代号——廿七，并现场新刻了一块代号牌交给胡客。这是本次“夺鬼”之争中专属于胡客的代号。

胡客手持扇形鬼金叶，使得他占据了进入第二关的两个名额中的一个。随后，使者公布了胡客的对手。

将在第二关中与胡客对决的，是代号为十一的青者。正是这个十一，当日在磅礴山的崎岖十二拐上偷龙换凤，成功与新娘子掉包。凤冠霞帔的他，坐在花轿里，包裹在一片敲锣打鼓的喜乐声中，被迎亲的队伍欢天喜地地抬上了沙子垅。他是第一个进入山巅寨的青者。他趁白老板换衣服时下了杀手，只用了一招，就让白老板永远地躺在了铺红的新床上。在山巅寨的猎杀中，在他手底下送命的匪崽子最多，他账上的人头数比排在次席的青者多出了足足一倍，以至于他没有去参加巡抚大院的猎杀，单凭山巅寨的人头数就拿了头名。

胡客看了一眼往前走出一步的十一。这是一个剃着半光头，脑后留有一根刀头长辫，五短身材却体格健壮的男人。胡客早有过耳闻，兵门有一个绰号叫“屠夫”的青者，是道上数一数二的佼佼者。“阴沉而稳健，出手狠辣，杀人如快刀断麻”，这是道上对屠夫的公论。他属于那种手握五成胜算就敢出手，一出手就要追求必杀的狠角色！

除了搭档外，刺客道上的青者，相互间极少有谋面的机会，但凡遇到大型的聚会，必须戴脸谱参加，一来可以区分等级，二来也为保护自身，毕竟在同行面前露脸，对于青者而言不见得是什么好事。胡客没有见过屠夫的庐山真面目，但不管是从身形来看，还是从猎杀的结果来看，这个代号为十一的青者，多半就是名声贯耳的屠夫。总之，无论怎样，这绝对是一个极难对付的家伙。这一点，胡客心知肚明。

公布完晋级名单后，使者带领众青者行了“拜竹礼”。

“拜竹礼”须“目平斜，手加额，六伏躬”，其中五伏躬敬先秦时期的五大刺客，另一伏躬则敬明朝万历年间刺客道的创始人。礼毕，使者取下竹架上的竹筒，慢条斯理地拆去火漆封口，从中抽出了一卷竹简。

按照三百年来的规矩，猎杀过后，便是守杀。

在这一关中，天层将选定一个目标，设置特定的时间和地点，由两位猎杀关中的胜出者随机抽选，一个负责守护目标，一个负责刺杀目标。在规定的时间内，若目标被刺身亡，负责刺杀的青者胜出，若目标性命尤在，那么结果正好相反。一守一杀，此即为守杀。

使者展开竹简，清了清嗓子，用尖兮兮类似太监的嗓音，一字字地宣读了竹简上的内容。

这一次，天层选定的目标，是穆尔察·铁良。

本月的二十五日，穆尔察·铁良将会在汉口的大智门火车站，乘坐由汉口北上卢沟桥的火车返京。胡客和屠夫的对决，就将在这列火车上展开。从穆尔察·铁良在汉口登车开始，一直到他在卢沟桥下车为止，这段路途中，穆尔察·铁良的生与死，决定着胡客和屠夫谁能进入最后一关的终极考验。守杀结束后，所有青者持代号牌前往北京城内的头号当铺，届时将在那里公布第二关的结果和第三关终极考验的内容。

与往常的聚会一样，此次清凉谷中的聚会，以最快的速度结束了，毕竟每位青者都有任务在身，而且刺客道的聚会本就见不得光，否则也不会选择这样一片深山老林来召开聚会。使者点名让代号为十六和廿二的青者留下，其他人则速速散去。

“说吧，查到了什么结果？”等到人去谷空，竹海寂寂之时，使者才动了动嘴唇。

十六听了听四周的动静，确定无关的青者都已离开，这才抬起长时间低垂的头，说：“我查到了阎子鹿的底细，果不其然，此人确实与道上有千丝万缕的关系。阎子鹿是二十七年前自愿入道的黄童，因为逃避‘六断戒’，叛逃在外。道上在一年之中先后派出五批人追杀他，最终只砍下他一只手掌，让他逃脱了，从此之后，便失去了他的消息。”

“他在信中提到鳞刺，那是为什么？”使者又问。

“我按王家发现的那封信去查，只查到是阎子鹿生前所写，至于他为什么提及鳞刺，”十六摇了摇头，“暂时还没查到原因。”

使者把目光转向了廿二：“那你呢？”

廿二回答说：“我查了进出过王家的道士，他叫秦道权，在雾寒山的无涯观出家，同样是二十七年前自愿入道的黄童，后来莫名其妙地销声匿迹。死在雾寒山上的十一位青者，因为在王家搜不到扇形鬼金叶，而只有进出过王家并摆出黄童拜拱的秦道权才可能与道上有关，所以这十一位青者怀疑是秦道权从王家带走了扇形鬼金叶，于是赶去了无涯观，想不到却全死在了那里。我按你的吩咐，找齐了十一具尸体，连带秦道权的尸首，全都运下山来。棺材队走得慢，眼下还在路上。”

“十一个人，”使者的语气稍稍拔高，“都是死在秦道权的手上？”

“我检查过每一具尸体的致命伤，发现其中有三具尸体，与其他八具稍有不同，伤口更薄更深，看样子另有人为之。”

使者冷笑道：“能杀死三个青者，那也了不得。”说完这话，他陷入了沉思。

十六和廿二对望了一眼，相互轻轻点了一下头。十六双手举至身前一拱，说：“使者，我有一事不明，不知当讲不当讲。”

使者翻起眼皮：“你说。”

十六吸了口气，加快了语速：“我们从山巅寨追到王家，又从王家追到无涯观，却一直找不到扇形鬼金叶，甚至连一丝线索都没有。二十六位青者都找不到的东西，为什么会让一个小小的黄童找到？难道使者对此事没有任何怀疑吗？”

“猎鬼金叶者胜出，杀人最众者胜出，此为猎杀。”使者白了他一眼，“道上的第九条规矩，你难道忘了吗？”

十六咬了咬牙：“绝不敢忘。”

“那就好。”一片竹叶轻轻地飘落在使者的头上，他慢悠悠地抬手拂去，“我们有十一位青者死在雾寒山上，此事非同小可。这次我受派遣而来，虽然是为主持本次聚会，但撞上这等事，就绝不能袖手旁观，坐视不理。廿二，我再多给你两天的时间，务必将所有的尸体运到湘潭城南十里处的驿站，我会在那里等着你，我要亲自见一见这些尸体。”

“是！”廿二的回答十分干脆，领命而去。

“十六，鳞刺的事，你暂时不要管了。我对胡客怎么拿到扇形鬼金叶没有兴趣，但对他的‘六断戒’有所存疑。我给你三天的时间，你往返一趟清泉县，核实胡启立一家是否已死。如果他的‘六断戒’有假，我自会秉公上报，取消他的“夺鬼”资格，如果没有假，嘿嘿，那么二十五日的守杀照常进行。你去吧，我同样在湘潭城南十里处的驿站等你。”

“是！”十六颔首领命，转身快步离开。

等两人都走后，使者将胡客交上来的扇形鬼金叶装入竹筒内，双目斜扬，望了一眼竹枝罅隙间的天空。他忽而勾起嘴角，大有深意地笑了一笑。

匿尾

当日在长江北岸分别时，胡客和姻婵曾有过约定，各自办完事后，在长沙府的醉乡榭碰头。胡客对即将到来的守杀有些担心，毕竟屠夫不是善茬，此行说不定会有什么三长两短。左右也是顺路，还是先与姻婵见上一面吧。离开清凉谷后，抱着这样的想法，胡客连夜赶去了临着湘江的醉乡榭。

早在乌黑的夜路上，胡客就已经想念起了醉乡榭的酒。上一次享受那入口绵、滑喉顺、唇齿留香的感觉，还是在半年前，当时他和姻婵偷偷定了终身，在江神庙中拜完天地后，就是在醉乡榭的竹字号房里同榻而眠的。

赶到醉乡榭时，姻婵还未到。胡客要了一杯酒，暖了暖身子。和大多数人不同，品而不嗜，胡客喝酒从来不超过一杯。

一如既往，还是竹字号房。胡客将照水的轩窗留了一丝缝，足以使空气流通，然后才躺上床睡觉。这是两个月以来，他第一次能安稳地睡上一个好觉。

姻婵是在一个下着蒙蒙细雨的清晨到的，比胡客晚了整整三天半。

“我差一点就见不到你了。”这是姻婵见到胡客后，苦笑着说出的第一句话。

她的样子很是狼狈，头发湿嗒嗒的，一身青绿色的衣服泥迹斑斑，如同刚从某场灾劫里逃脱出来。“袁州人的话丝毫不假，”她说，脸上仍带着苦笑，“狐虎犟驴疯子狗，日月庄的四兄弟确实不好惹。”

“你去了日月庄？”胡客的双眉陡然扬起。

“我不但去了，我还给他们的庄主种了毒。”姻婵狡黠地一笑。

素来镇定的胡客，也不由得吃了一惊。这个日月庄，他是知道一二的。这庄子取名日月，据说是因为日月相合，就是一个明字。日月庄的祖上，相传是崇祯年间的御厨，天下归清后，还乡建此山庄，拆明字以命名，从而寄托对前朝的念想。这庄子的后人，以经营食材为生，对餐饮极为讲究，所以要在日月庄的饮水或食粮里种毒而不被发觉，绝非一件容易的事。

“我没有选择饭菜，当然也不是酒水。”姻婵的脸上露出了一丝神气，“日月庄上上下下密不透风，在食物里种毒，根本行不通的。”她略显神秘地说，“所以呀，我选择了用活人来做寄体。”

趁日月庄的七夫人逛胭脂水粉店时，姻婵偷偷在她的身上种下了夜毒。当天晚上，庄主与七夫人行房事，行到最后，毒素顺着精气倒流，庄主忽然间口涌血沫，两眼翻白，吓得七夫人骨碌着身子滚下了床，连衣服都没穿，就惊声喊叫着逃出了卧室。镇上最好的大夫玩了命地狂奔，可赶到日月庄时，还是晚了一步，庄主已经一命呜呼。

姻婵留在宣风镇上，等着日月庄庄主死亡的消息传来。她要确认任务完成了，才能放心地回去交差。可当她翘首以盼的消息传来时，随同而至的，却是整个宣风镇的戒严封锁。

日月庄富甲一方，在地方上有硬实的政治后台，袁州府的地方官员们都要反过来巴结日月庄。这样一个财大气粗的庄子，其庄主一死，当真是一石激起千层浪。庄主的四个儿子即刻通报官府，官府一刻也不敢怠慢，连夜派出捕快和衙役，配合日月庄，以风驰电掣般的速度封锁了宣风镇和邻近的城镇要道，包围了所有的客栈和酒楼，凡是滞留的外地人，一概严查。

看起来，待在宣风客栈里的姻婵，似乎走不掉了。

当她听到盼望的消息传来，还没来得及高兴时，就发现外面已是火光通明，人声嘈杂。整个客栈，已被日月庄的庄丁和高举火把的捕快衙役们围得水泄不通。

不过，这种看似艰难的困局，对七岁就已入毒门、已有十二年刺龄的姻婵来说，只能算是小菜一碟。

在所有走出房门看热闹的房客中，姻婵选中了一个满脸络腮胡子的中年客商。

也算是这个中年客商流年不利，该他倒霉。

姻婵靠近这个络腮胡，福了一福，以彬彬有礼的富家小姐的姿态。她用娇滴滴的声音，询问大堂里发生了什么事。

络腮胡见如此漂亮的小姐主动发问，立马滔滔不绝地解释。趁这机会，姻婵假装脚底没站稳，身子一歪，借络腮胡来扶她之时，悄悄在络腮胡的身上种下了麻毒。

当搜查开始后，一个官差搜到络腮胡时，双手与毒粉来了一次亲密的接触。很快，这名官差就发现自己的两只手逐渐失去了知觉。他举起双手，只见两只手掌竟像被蝎子蜇过似的，又似被烧红的铁块炙过，变得又红又肿，简直跟熊掌一样。

这一突发状况，外加络腮胡那一张苦大仇深的脸，使他当即受到了重点照顾。与此同时，姻婵这个穿着简约洁净的十九岁少女，无论从哪个角度看，都是一个富家的闺阁小姐，顺理成章地被排除在嫌疑名单之外。姻婵成功金蝉脱壳，怀着几分对络腮胡的愧疚，偷笑着离开了客栈。

但是好景不长。

络腮胡没用太长的时间就拿出了证据，证明了自己的客商身份，然后回忆着说，在客栈里，与他有过接触的人，从始至终只有一个，一个年轻貌美的富家小姐。

日月庄四兄弟中的老大，朝左右扭头，看了看四周，没有看到什么富家小姐的身影。

这四兄弟，人送外号“狐虎犟驴疯子狗”。老大是狐，虚伪而精明，老二是虎，生猛而易怒，老三是驴，顽固而执拗，老四是狗，一条见人就咬的疯狗。日月庄财大势大，加上有这狐虎驴狗四个极品兄弟当家，实在是招惹不起的茬儿。

掌柜回忆着说，这位富家小姐，是几天前独身一人来此住店的，每天都是一大早外出，差不多天快黑尽了才回来，行踪相当神秘。他翻开账本的某一页，给日月庄的四兄弟看。

老大沉思着说：“这年头兵荒马乱，世道不稳，一个妞儿敢只身在外晃荡，须要有几分本事才行。她在客栈一住就是四天，每天早出晚归，定是在办什么事。”

老二一巴掌拍在柜面上：“大哥，还有什么好说的，定然是她！”

老三只是点了一下头，没有发表任何意见。

老四已经开始往客栈外冲了：“老子看见她走的！”因姻婵出落得俊美可人，所以在经过老四身边时，老四忍不住多看了她几眼，“走啊，还愣着干什么？都他娘地追啊！”

本想趁机脱身，反倒弄巧成拙，姻婵虽然出了宣风镇，但就此成为众矢之的。

袁州离长沙约四百里路，姻婵在途中的上栗和普积两地，先后被日月庄的人追上。她孤身一个女子，面对一群豺狼般的男人，情况不可谓不凶险。

在上栗的橘树林中，姻婵布下梅花间竹毒阵，成功从围追堵截中逃脱。但在普积的客栈里，她就没那么幸运了。虽然接连在一楼、二楼和客房里布下了凶终隙末阵、甘死如饴阵和风生水起圈，但她仍然没能阻挡住日月庄的追击。最后在用光身上的所有毒后，她抢在被擒之前，破窗而出，跳进肮脏的泥水河里，挂住了一艘驶过的顺水船，这才侥幸逃过一劫。

“他们眼下没有追来，但迟早会的。即便老大老二和老三知难而退，但那个疯子狗老四，也一定会追来！”姻婵撅起嘴，用很肯定的口吻说。忽然间，她的语气又变得婉转起来：“日月庄号称‘知及天地，善达里表’，但是庄子里每个人一点也不善良，反倒个个穷凶极恶。我在路上下手有点重，所以……所以毒死了几个人……你……”姻婵抬起一对大眼睛，望着胡客，“你不会怪我吧？”

胡客正要回答她的话，猛然间，心头却像被什么东西撞击了一下。他的脸色有些古怪。他只知道在方才的刹那之间，想起了一件非常重要的事，可至于是什么事，却始终模模糊糊，记不起来。

姻婵见他发愣，顿时不高兴了：“我就是情急之下，毒死了几个坏人而已，你便摆出这副脸色给我看！”

胡客回过神来，摇了摇头：“我不是在怪你。该杀的人，杀之不为过。”

姻婵的心情立刻由阴转晴。她像一个长不大的毫不记仇的小女孩，脸上瞬间又浮现出了笑容：“那就好啊，我怕杀了不该杀的人，你又要大半个月不理我了。”

胡客没有接话，脑袋里一直思考方才一闪而过的念头，却始终想不起来。人总会有这样的经历，刚浮现在头脑中的事情，可瞬间便忘却了，如何费劲却总是记不起来，然后在不久后，于不经意间，这件被忘却的事情却又突然毫无征兆地窜回脑海。

胡客放弃了绞尽脑汁。他推开窗户，看了看泊在江边的船只，说：“既然日月庄的人迟早会追来，这个地方就不能再待下去了。你速换一身干敞的衣裳，我们连夜走水路离开这里。”

“那我们去哪？”

“汉口。”

“你已经过了‘六断戒’？”姻婵有一些小小的意外。

胡客点了点头。

“去汉口是因为新任务吗？”

“守杀。”胡客平静地说出了这两个字。

这一下，姻婵的意外就不止是一点点了。

“你参加了‘夺鬼’？那对手是谁？是屠夫吗？”在得到胡客的颔首之后，姻婵不无郁闷地说：“瞧我这乌鸦嘴……”又追问道，“那目标是谁？”

“穆尔察·铁良。”胡客一字字地回答。

“朝廷的军机大臣！”姻婵大吃了一惊，“那你抽到了……”

“守。”胡客拿出在清凉谷中抽到的竹牌，牌面上赫然是一个“守”字。

这一下，连一向乐观爱笑的姻婵都忍不住忧心忡忡起来。

光绪三十一年的政坛，可谓波谲云诡。光绪皇帝被慈禧囚禁于瀛台已有七年之久，清廷内部逐渐出现了派别分化——以庆亲王、袁世凯为首的北洋派，以张之洞、岑春煊为首的地方派系，以瞿鸿机为首的清流，还有以穆尔察·铁良为首的满洲少壮派，与此同时，流亡海外的康有为、梁启超一党打出保清立宪的招牌，想以此重回清廷权力的核心。

作为满洲少壮派的领袖，铁良此次南下，已经将东南八省的财政大权收归朝廷，单是上海江海关，就被他提取走了几十万两白银，接着又电告日本方面，只许满洲留学生学军事，不许汉族留学生学军事，此外还编练京师八旗兵，专门用来防备汉人，这无疑极大地激怒了革命党人。此外，铁良还顺带解除了魏光焘等人的地方武装，最大程度地打击了地方派系的力量。魏光焘是地方派系中除张之洞外的第二号人物，此人行伍出身，绝不是肯吃哑巴亏的人，岂可轻易地放过铁良。

“铁良这次返京，沿途绝不可能安宁。一个屠夫就已经够对付了，还要提防那些革命党人，说不定魏光焘等人还会雇杀手来暗杀他。要保铁良周全，比对付御捕门和暗扎子还要难。”姻婵忧虑地说，“不行，我不放心让你一个人去。我和你一起去，行吗？”

铁良的情况，胡客一清二楚。但他手背运衰，在清凉谷时抽到了刻有“守”字的竹牌。竹牌一出，定局即成。这世上本就有许多无法改变的事，既然不能重来，那就只有一条道走到黑。至于前方有何等样的危难静候着他，胡客根本不放在心上。

“好。”胡客说，“那你跟着我。”

“真的？”姻婵有些喜出望外。她惊讶于胡客——在她看来，胡客绝对是一个独来独往的冷性刺客，向来把作为搭档的她置于旁观者的地位，总是让她负责把风或干点喝茶听曲的闲事——忽然有些反常的表态。

胡客关紧了窗户，背转过去身子，让姻婵可以从容地换衣服。

离二十五日还有不足六天的时间，从长沙到汉口，选择包船走水路的话，赶急一些，日程还算足够。

躺在船篷里，裹着有些潮湿的被褥，胡客并没有像姻婵那样在连日劳累后沉沉地睡去，而是反复惦念着那件几乎到了心头却始终捉摸不定的事。到底是什么，让他在听完姻婵的那几句话后，忽然间就犯了迷糊。

半晌，在姻婵已经睡熟后，胡客忽然坐了起来！

客船正行经一处水乡小镇，胡客的脸上落满了穿透篷壁而入的点点光斑。桨声船影，水波荡漾，光晕粼粼，胡客的脸上一时间有若流光溢彩。

那些敲破脑袋也死活想不起来的事，总会在某个不经意的时刻陡然跳出来，给遗忘它的人以意想不到的惊喜。

胡客终于想起来了。

“知及天地，善达里表”，姻婵所说的这句描述日月庄的话，就是一直令他念念不忘的罪魁祸首！

这一句八字，本是一对现成的联子，被刻成了镀金的楹牌，悬在日月庄大门的左右。姻婵去日月庄办事，亲眼瞧见了，读过两遍后，记在了心中，在醉乡榭时随口说了出来。

这八个字的表面意思，是说上能知天、下能知地，内种善根、外行善举。

但这只是表意。

更深层的意思，是把日月两个字暗藏其中，可谓寓意深远。

两句的开头，分别是知和善。知与日相合为智，善与月相合为膳，前者指智慧聪颖，后者指厨艺精湛。当年日月庄的祖上是明朝皇宫中退下来的御厨，亲手写下这副联子，一是在暗喻自身智慧过人厨艺高超，二是对死去的明王朝寄托念想，毕竟日月合在一起就是一个明字。

“前藏头，后匿尾，原来是这样！”胡客终于恍然所悟。

当日他听朱圣听背出阎子鹿写的信后，虽然立刻洞悉了打油诗中的藏头格，但始终对阎子鹿在赠言中提及鳞刺感到困惑。巡抚大院遭遇灭门之灾，明明是刺客道兵门青者猎杀所致，阎子鹿是胡启立的下属，应该知道此事，可他为什么要说是鳞刺所为呢？这个困惑时隐时现，在胡客的心中潜伏了多日，方才听姻婵无意间说起日月庄的八字楹联，这才猛地想通了阎子鹿的信。

阎子鹿在打油诗里说“我赠数言君听好”，随后留下了一段赠言，道：“使君须知，鳞刺所及，无路上天，无门入地。唯守备妥善，其一击不达，必远遁千里，此外无法可表。”这话的意思是让王幕安回去后严防死守，对头一击不中，就会自行离去，此外没有其他活命的法子。但是王幕安回去后照着做了，最终却没能逃脱被灭门的惨运，由此可见，这法子并没什么效用。其实阎子鹿这八句话大可深究，绝不能按字面意思来理解，他也并非是写给王幕安看的。前面的打油诗是藏头，后面的这八句话却是匿尾。每句话取最尾一字，连通起来，便是“知及天地，善达里表”，恰好是日月庄大门左右两侧的楹联。换句话说，阎子鹿留下的信的后半部分内容，指向的是日月庄！

藏头格的打油诗，最终指引胡客找到了胡启立留下的物事，那么这匿尾的八句话，又能指引胡客去日月庄找到什么呢？阎子鹿没有说明，只是有意无意地提及了鳞刺，莫非阎子鹿的意思，是说千百年来下落不明的鳞刺，竟与日月庄有关？

虽然这样想，但眼下胡客没有时间去日月庄，只有等守杀结束后，如果他还活着，再抽时间去袁州府走一趟。

想通这一个困惑后，胡客终于可以安心地睡觉了。

此后沿途无扰，到长江时换乘大船，五日后，终于顺利地抵达了汉口。

一幅卷轴

抵达汉口时，比约定的二十五日提前了一天。

胡客和姻婵乘坐一辆黄包车来到大智门火车站，买好了次日去卢沟桥的火车票。京汉铁路已经开始试行通车，火车从汉口开往卢沟桥，一路算得上是畅通无阻，只是会在途中的彰德府停留两个半时辰，用来补充燃料和需用物资。

买好票后，两人到紧挨火车站的四海客栈，订了一间二楼临街的上房。

胡客进入客房后做的第一件事，就是走到窗前，拉起绣有牡丹红的敞帘，推开贴有丝绵纸的镂空轩窗，然后扶定窗沿，视线在楼下的人流中扫动。

无论何时何地，火车站都是最典型的狼奔豕突之地。透过窗户，胡客可以轻易地辨别出穿梭在密集人流中的贼偷儿，也有站街跪地摇破碗乞讨的乞丐，还有穿花哨衣服蹲守路边兜售“特级货”的各色小贩，当然也少不了身板结实搬扛行李拉长嗓音吆喝的脚夫。来往人流熙熙攘攘，街市摊铺热热闹闹。

整个上午就这样安然而过，中午也是如此。一直到胡客和姻婵相对坐在窗前的花梨木桌边，正忙着装瓶时，窗外边才忽然有些异常地喧嚣了起来。

当时胡客正往一个小瓶里灌入配制好的迷药。姻婵悠闲地喝着下午茶，问他说：“为什么不配狠一点呢？你想对付屠夫和那些革命党人，半个时辰的药效怎么行？多加些量才好用。”她坏坏地一笑，“不如，我帮你配些致命的毒药吧？”

胡客抬起头来瞪了她一眼。

就在这时，窗外忽然传来了异常的喧嚣声。

两人不约而同地站起来。

从窗户放眼望去，只见从街道的尽头处，一直到火车站的门前，密集的人流像被划开的流水，一分为二，快速地汇集到道路的两边，两排官差从远处跑来，依次站定，清出路面。这排场一摆开，不用说，人人都知道有大人物要来。

在所有人的翘首以盼下，不多一会儿，一顶四人抬的奢华大轿，在十多个头戴红缨顶珠暖帽身穿四爪八蟒官袍的官员的簇拥下，快速而又平稳地抬到了火车站前。

轿帘掀起，走下来一个穿五爪九蟒袍的大腹便便的胖官。

随行的十多个官员急忙屈膝下跪。

那胖官一脸铁青，似乎正在气头上，仰头看了一眼大智门火车站的牌子，撩起蟒袍的下摆，头也不回地走进了火车站。八个黑衣保镖四前四后，紧紧保护。门外跪着的十多个官员，毕恭毕敬地齐声喊道："恭送铁良大人回京！"

这句话穿过喧杂的人群，透过敞开的轩窗，钻入胡客的耳中，惊得他双手一抖，灌满迷药的小瓶险些脱手。

明明对外宣称二十五日返京，想不到铁良却事出突然地提前了一日。

肘腋生变，胡客和姻婵不假思索，起身就往楼下走。

可刚走出楼梯口，姻婵却猛地一闪身又钻回了客房里。因为在一楼的柜台处，她看见了几个照过面的"熟人"，正不友好地朝掌柜问着什么。

"来得好快。"姻婵感叹了一句。化成灰她也认不走眼，楼下问话的"熟人"，正是日月庄的四兄弟。

古语有云：杀父之仇，不共戴天。这四兄弟死了亲爹，自然不会轻易放过杀父仇人。接连在上栗和普积两地让姻婵逃脱后，四兄弟飞鸽传书，召集来更多的人手，一口气追到了长沙府，却扑了个空，于是沿着盘问所得的蛛丝马迹，一路追来了汉口。在盘问了街头的一群黄包车夫后，四兄弟终于找到了拉胡客和姻婵的那位，这才顺藤摸瓜地找来了四海客栈。四兄弟喝问掌柜有一位富家小姐住哪间房，掌柜却说不上来。毕竟火车站的客流量太大，往来的客人多到如同走马灯一般，富家小姐也比比皆是，掌柜一个脑袋如何记得住？四兄弟又不知姻婵的真实姓名，也无法从账本上查找。

"你们上楼，一间间地搜，总要将那小贱人搜出来。"老大比划着手势厉声说，"我带人将客栈包围起来，这一回那小贱人插翅也难逃！"有了普积的前车之鉴，这个被坊间喻为狐狸的中年男人，学了个乖，不会再次让窗户成为姻婵的逃生之路。

说干就干，老大立即带人围死了四海客栈，盯死了大门和每一扇窗户。其余三兄弟则带人疾奔上二楼，挨着房间搜查。日月庄的人来势凶猛，人手又多，每一位被查的房客虽然着恼，却也只能吞声忍气，当了一回藏头缩颈的怒目王八。

站在轩窗后的胡客，在看见客栈被日月庄的人包围的同时，也看见了十几个送行官员的离去以及街道上正在逐渐恢复的车水马龙。

再拖下去，铁良乘坐的火车就要开了！

胡客没有耗下去的资本，一星半点也没有。

他让姻婵留在房内，随即将问天藏于袖筒中，阴沉着脸走出了房间。

他此行不是去杀人。如此繁华的地带，不适合开杀戒。更何况胡客并非一个不分青红皂白就嗜杀的刺客。日月庄的人没见过他，放他下楼去了。他去了底楼的厨房，很快又走回二楼上，返入房间。

姻婵疑惑地看着片刻间一出一进的胡客。她询问，他却只应了三个字：“再等等。”

从胡客镇定自若的神态中，姻婵看到了那种与生俱来的自信。与胡客搭档，源于天层的安排，对此，姻婵一开初并不高兴，毕竟胡客只是一个黄童，从刺龄上讲，姻婵是老资格的前辈，而胡客只能算是一个乳臭未干的小子。

但是从搭档的第一天起，姻婵就彻底改变了这种看法。

每一次任务，无论面对多大的难题，无论陷于多凶的险境，胡客总是能在最关键的时刻找到最完美的解决办法。很多时候，姻婵只是作为一个看客。袖手旁观的她，往往还没过足瘾，一出好戏就让胡客给独自演完了。

所以当胡客的脸上流露出这种熟悉的自信时，姻婵就已经知道，日月庄铁桶阵似的包围，在胡客的面前，不过是一堆没用的废铜烂铁。

胡客只是去做了一件微不足道的事：放火。

片刻后，一把大火从厨房蔓延至大堂，越烧越猛，客栈里弥漫起的滚滚浓烟，简直要把屋顶掀翻，“走水”的呼喊声在各个角落此起彼伏。

二楼上的房客们纷纷冲出了门，慌不择路地往楼下逃命。这是危及性命的时刻，每个人都拿出了吃奶的劲儿，日月庄的人别说阻拦了，全都被挤到了墙壁上，想动弹一下都难。一个急性子的房客，眼看楼梯拥堵得厉害，急忙跑回房里跳窗。甫一落地，日月庄的一群人立马扑上来，将他反剪了双手，押到老大的身前。老大拧起房客的脸看了一眼，摇了摇头。

胡客和姻婵混在逃命的人群中，挤过日月庄的人身边时，胡客腕关节轻轻扭动，问天的赤芒划过，将日月庄一干人等的裤腰带全部悄悄地削断。

等所有人下完了楼梯，二楼走空了，眼尖的老四才透过浓烟，指着已经下到大堂里的姻婵的背影，一个劲地直叫："在那儿，小贱人在那儿！快追！"

他急躁中一迈脚，裤子就往下掉，绊了双腿，重心吃不住，骨碌碌地沿着楼梯往下滚。这一轮滚摔可不得了，直磕得他鼻青脸肿，好不容易爬起身来，还没站稳脚，身后又传来叫喊声，一回头，老二老三等人像滚下山的大肉球般，一窝蜂地迎面碾来。

胡客和姻婵趁着混乱出了客栈。客栈外更加混乱，日月庄的包围圈早已被逃命的人冲得七零八落。胡客只用了一把火，就破了日月庄的重围。

街边拴了不少马匹，由一个汉子看管。那都是日月庄的坐骑。胡客一拳击倒看马的汉子，夺了一匹马。两人刚翻身上鞍，老大已带人扑来，团团围定。

胡客抬眼远眺。大智门火车站的背后，一缕粗壮的黑烟正扶摇而上，呜呜的轰鸣声正从远处传来。

火车已经开动了！

胡客两腮的肌肉一抖，猛地挥动马鞭，双腿使劲一夹。鞭子是挥向举刀扑来的两个人，将其逼退。双腿则是狠夹马肚子，坐骑吃痛，立刻撒开蹄子狂奔，将一个日月庄的人撞飞老远。街道上的围观民众急忙齐刷刷地让开一条道，胡客纵马而过，朝北面驰骋而去。

冲出北城门，来到一望无际的郊野上。天空是阴霾密布的天空，地面是衰草丛生的地面。在极目的地方，一列长龙般的蒸汽火车，脑后拖了一根长长的黑色烟柱，正在逆着风奔驰。

那个年代的蒸汽火车，速度并不快。一般的马驹，如果用最快的速度飞奔，在二十里内，追上一列蒸汽火车绰绰有余。但马匹终究会疲惫，而机器只要有动力，就永不会衰竭，所以一旦追到二十里开外，马的脚力就会减慢，除非不停地更换脚程好的坐骑，否则那时候再想追上蒸汽火车，无论如何也做不到了。

胡客挥舞马鞭，在空中抽得噼啪作响。这种鞭打的声音刺激胯下的坐骑拼足了脚力，沿着紧贴铁轨的官道，朝远处的蒸汽火车飞赶。

“追来了！”姻婵向后方望了一眼。她从背后搂紧胡客，轻轻扯了扯他的衣服。

日月庄的十几骑，已经踏着漫漫尘土，在身后飞驰追来，那些不堪入耳的肮脏的叫骂声，穿透呼啸的风声，一字不漏地传入两人的耳中。

对于一匹马而言，两个人的负重和一个人相比，差别是显而易见的。所以当胡客的坐骑即将追上火车之时，身后的十几骑也已经追赶上了他。

胡客没有理会身后的尾巴，驱马靠近火车的最后一节车厢。风太大了，吹得他的双眼只能眯缝起来，脑后的辫子沿水平方向扬得笔直。他将马鞭的尖梢圈了一个结，用力地甩出，准确无误地套在了车厢尾端的挂钩上。他将鞭柄交给姻婵，双手在她的背上用力一推。靠着这一推送和鞭子上的拉力，姻婵从马背上飞起，稳稳当当地落在了火车的尾端上。

站稳后，姻婵回头就叫：“趴下！”

胡客的身后响起了裂空之音。他没有趴下，反而把右手抄到背后一抓。他的脑后如同长了眼睛一般，看起来是信手地一抓，却准确无误地抓住了一支射来的冷箭。他随手将冷箭掷回，正中一匹马的前腿，那一骑立刻栽了个人仰马翻。

“下钩子索！”

老大一声呼喝，日月庄的十三个人抡起手臂，十三条钩子索顿时劈空而落，其中九条抓向胡客，另四条则瞄准了姻婵。

胡客侧身抓住一条钩子索的铁钩子，另外八条全被他侧身让过，锋利的铁钩子悉数钉在坐骑长满鬃毛的颈子上。日月庄的人往回一扯，顿时连皮带血揭起了八块皮肉。胡客的坐骑惨嘶着人立起来！

在坐骑即将压倒之际，胡客在马鞍上用力一蹬，像一只老鹰般斜着腾空蹿起，顺着手中拉直的钩子索，扑向钩子索另一端的老四。

胡客一脚把疯子狗老四踹下了马，骑上了老四的坐骑。他把夺来的钩子索抡得滴溜溜地转，像水磨坊的大风车一般，连扫了三圈，日月庄的人顿时被扫落了一大半。

转眼之间，追赶的十几骑中就只剩下了三骑，分别是狐老大、虎老二和犟驴子老三。老大一直躲在长索能扫击的范围外，老二和老三都是虎背熊腰的壮汉，长索几次击打，都没能将二人扫落。

老二驱马靠近胡客，抽出一把又宽又长的砍刀凌空劈下。和刚才面对冷箭时一样，胡客仍然没有闪躲，一索子反抽了过去。他这一次没有抽人，而是赶在刀口落下之前，抽在了对方坐骑的眼睛上。坐骑的双目被钩子一挖，如凿穿的泉眼，鲜血狂飙，坐骑如疯了一般又颠又蹦，老二坐不住，手中的砍刀还没劈落，自己便猛地一下被颠落到了地上。那马跳腾几下后，失蹄摔倒在铁轨旁，硕大的身子止不住地抽搐，嘴里竟一口一口地喷出白沫来。

刚解决了老二，老三的钩子索就已挥到。胡客的长索也瞄准了击出，清脆的一声响，两个铁钩子挂在了一起。两人都使上了劲，两条钩子索夹在中间，扽得笔直。

姻婵叫喊："死驴子，看这里！"右手扬起一团褐红色的粉，顺着风朝老三罩去。姻婵身上的毒早已经用完，这并非毒粉，而是她从车厢的铁门上抹下来的锈末。

在追击姻婵的途中，老三见识过姻婵下毒的狠劲儿，那几个死于剧毒的庄丁，满脸脓包流着发黄血水的惨状，尚且历历在目。从这样一个毒辣的女人手中扬出来的一团褐红色的粉末，迎面扑到，素来执拗的老三，也不得不变通了一回。他跃下了马鞍，躲过粉末，但手中的钩子索却始终不肯撒开。他的性子里就有一股子驴子的执拗劲儿。他跟着胡客的坐骑，先是甩开双腿狂奔了一阵，后来实在跟不上步点，被拖翻在地，拉出了几丈远，在擦得遍体鳞伤后，才终于丢了手，然后望着胡客绝尘而去的方向，恼怒地捶打地面，直捶得掌沿破皮流血。

眼见只剩下了只身一个人，老大顿时勒住了马缰。他知道追赶上去不会有好果子吃。他原地驱马兜了一圈，忽然望着去远的蒸汽火车，咆哮着吼叫道："小贱人，迟了，现在迟了！就算你把卷轴交出来，我日月庄也跟你……"后面的话被风声盖过，全然听不见了。

胡客驱马赶上了火车，抓住姻婵抛来的马鞭，跃上了最后一节车厢。

回头望去，十几匹重获自由的马驹，正一个劲地在郊野上狂奔，日月庄的十几个人，有的飞奔追马，有的弯腰喘气，还有几个在地上打滚，似乎痛苦至极，一直爬不起身来。

打退了敌人，姻婵乐得一笑，转过头，却看见胡客正脸色阴沉地盯着她。不知为什么，她忽然觉得胡客的神情十分恐怖。她吓得一下子收起了笑容。

这列蒸汽火车的最后一节车厢是外挂的货运厢。胡客掏出问天，车厢的铁锁栓在寒铁打造的问天面前，立时摧枯拉朽般地断了。

铁门拉开，透着一股子霉味儿的车厢里堆满了规格相同的大货箱。胡客靠着一口货箱坐下。他似乎有些累，脸上流露出一丝不易察觉的疲惫。

姻婵总觉得胡客的脸色很吓人，这种吓人中又带着些许不对劲。

她猛地想到了什么，抓起胡客握成拳头的右手，掰开来，看见了已经成深黑色的掌心，如同挖了一整天煤炭的老矿工的手。

“你中毒了！”姻婵的嗓音吓得有些发抖。

钩子索的铁钩子喂了毒，胡客抓过后就已中毒。他是强忍着麻痛感将日月庄的一干人等击退的。日月庄老二的坐骑被钩子挖中了双眼，正是因为中毒，才在倒地后抽搐着口吐白沫而死，那几个被钩子挖伤的日月庄的人，也是因为中毒，才倒在地上打滚爬不起来。

姻婵是用毒的行家，一闻胡客的掌心，那种氤氲浓烈的气味，是雷公藤所特有的。雷公藤在长江流域虽然常见，但中了此毒，若不及时医治，体质差的人一天内就会死亡，体质好的，也顶多活不过四天。

“不要紧，这毒虽然狠，但不难解。”姻婵一边强装出笑脸，说着宽慰的话，一边取下胡客左手里的问天，凑近他的右掌。

胡客却猛地将拳头攥紧，往回缩了两寸。

“痛吗？”姻婵以为胡客是因毒发的疼痛而抽搐。

胡客却直视着她，冷冷地问：“到底是什么卷轴？”

“卷轴？”姻婵露出一脸的惊讶，躲开了胡客的目光，“你在说什么胡话呢？快把手给我。”

“你是不是拿了日月庄的东西？”

姻婵抓住胡客的手腕："快把手给我，再迟片刻，就不是一只手掌的事了。"

"你到底拿了什么？"胡客的语气带上了质问，令人闻之胆寒。

姻婵猛地把手一甩："不给治就算了！"她生气地背过身去，但很快又转了回来，盯着胡客，没好气地说："你先把手给我，解完了毒我就告诉你。"她伸出右手，摊在空中，等待着胡客的答复。

胡客迟疑了一下，终是慢慢把右手递了出去。

"忍着点，会有些疼。"姻婵的神情缓和下来，秀眉蹙在一起，用问天在胡客的掌心划开一小道口子，推挤周围的肉，将墨黑色的血一点一滴地挤出。从始至终，她盯着胡客的右掌，神情万分关注。胡客却一直面无表情，既看不出疼痛，也看不出其他情绪。麻痛感在一点一点地松缓，到最后，他冷淡地说出了三个字："可以了。"

一句"可以了"，既是让姻婵可以停止推挤了，也是让她可以开始解释了。

"这次去日月庄，并不是刺杀他们的庄主，而是为了……为了偷一幅卷轴。"姻婵沉默片刻后，终于选择了开口，"我没有其他的选择，只有杀了他们的庄主，才有偷卷轴的机会，因为这幅卷轴藏在封刀楼里。封刀楼是什么地方，你应该知道的。"

胡客点了点头。

封刀楼，是封藏日月庄祖上使用的御膳菜刀的地方。这座规格不大的双层飞檐吊脚楼，在明亡后的两百多年里，随着日月庄的不断壮大，所封藏的奇珍异宝也越来越多。这是一座货真价实的宝楼！袁州人口口相传，一座封刀楼，就足以买下整个袁州府的土地，甚至还绰绰有余！日月庄对这座宝楼的看守比碉堡还严。封刀楼本就建在庄子正中心的日月池的太极岛上，四面环水，只能划船靠近，再加上几十个庄丁日夜不停地轮换看守，连一只蝇虫也飞不进去。刺客道先后派出三个青者前去执行这项任务，但全都失败而归，其中一个被废了左手，一个被削了右耳，还有一个则死在了逃回来的路上。

姻婵是第四个接受这项任务的毒门青者。

最初从串人的手里拿到代码并解读出这项任务时，她就表示非常不解。因为这许多年来，刺客道从没有分派过一项非刺杀的任务给她。而这一次，却是去偷盗一幅卷轴，一幅藏在日月庄封刀楼二楼朝奉台上玉棺材中的卷轴。

串人离开前，抛下了一句很严厉的话，姻婵记得十分清楚。“不管此事成与不成，必须守口如瓶，假如泄露了半分——”串人抬起手掌，做了一个很狠的割喉的手势。

来到宣风镇上住下后，接连三天，姻婵都在做同一件事——窥探。她发现，不管再怎么小心翼翼，再怎么偷偷摸摸，封刀楼就是进不去。她尝试过引开多达三四十人的看守庄丁，但即便是最近的香澜水榭燃起冲天大火，这些庄丁也像木头人似的，始终不为所动。

姻婵想，要引开这群庄丁，恐怕只有制造一起更加具有震动性的事。

那什么样的事，对于这些日月庄的庄丁才算有震动性呢？

姻婵做出了她的选择。

日月庄的庄主死后，为了捉拿凶手，庄子里的人几乎全部出动。姻婵留在宣风客栈里等消息，就是想确认庄主死后，好趁乱溜进封刀楼内。从客栈成功逃脱后，她没有立即离开宣风镇，而是直奔日月庄。看守封刀楼的庄丁只剩下了四个，姻婵通过下毒，轻松地解决了他们，然后顺利地进入了楼内。

姻婵没有去过皇宫大内，所以她不知道皇宫是什么模样，但她觉得就算是皇宫的内务府库，恐怕也不比封刀楼好到哪里去。她从来没有见过这么多的宝物，聚在一起，就好似金碧辉煌的琳琅福地。一个做食材生意的庄子，居然能富到这种程度，着实惊得她说不出话来。她取走了摆在最显眼位置的玉棺材里的卷轴，还顺了几件精致的金玉首饰。如果有能力的话，她其实很愿意把整幢封刀楼都搬走。

春风满面的姻婵迈着春风得意的步子走下了楼，却与匆忙赶来的老大撞了个正着。老大的狐狸外号并非浪得，在客栈时，他就猜到了调虎离山的可能性，为保万全，所以带人赶回庄子，想不到还真让他撞上了。

姻婵暴露了行踪，接下来，就是一出逃跑和追击的好戏。再往后的事，胡客都一一知道了。

姻婵看了一眼车厢门外接踵而逝的风景，叮嘱胡客说：“你不要说出去，千万不要，否则会有无穷无尽的麻烦找上我们的。”串人叮嘱过她不要泄露，但是她现在却把一切都告诉了胡客。

“你拿到的卷轴呢？”胡客对日月庄的事很感兴趣。只要他不死，那里将会是他非去不可的地方，因为阎子鹿留下的那匿尾的八句话。

“日月庄的人一直在追我，我当然不敢把卷轴带在身上。”姻婵凑到胡客的耳边，仿佛怕周围有人偷听似的，“到醉乡榭找你之前，我偷偷去了一趟十四号当铺。”

十四号当铺位于长沙府的西街，与醉乡榭只隔了两条街。

胡客又问卷轴是什么模样。

姻婵摇了摇头。当日她从玉棺材里取出来的卷轴，约一尺来长，是玉质的轴，玉轴的一端缺了一块，像是被敲掉了。奇怪的是，这幅卷轴用一把双头的鬼头锁扣住，锁面上刻着“知及天地”四个字，那是日月庄大门两侧楹联的上半句，刻字的凹痕里抹了厚厚的朱砂，呈现出鲜艳的红色。“血锁鬼头嘛，又是上头点名要的东西，我怎么敢擅自打开呢？”姻婵说，“不过单看模样，倒有点像是唱京戏时用的圣旨……”

姻婵正自顾自地说着，胡客忽然伸出没受伤的手，将她的嘴捂住了。

“嘘——”胡客将敞开的铁门轻轻拉拢，车厢里顿时陷入一片漆黑。

姻婵也已经听见了，有细弱的脚步声正从远处走来。砰地一响，货车厢另一端的铁门被打开了，一束亮光照射进来，两道影子出现在左侧的车厢壁上。胡客和姻婵紧紧贴靠在货箱之后，屏住了呼吸。

“箱子的角上画有两个叉，赶紧分头找。”一个中气十足的声音说完，车厢壁上的两道影子飞快地散开行动。

一阵窸窸窣窣的声音过去，另一个年轻的声音说：“找到了！”

又一阵开箱子的声音过去，中气十足的声音说：“这是你的，拿着，看看枪子在不在。”

“六颗，满膛。”年轻的声音略微停顿了一下，“吴大哥，真要这么干吗？”

“你怕了？”

“我怎么会怕？如果能杀了这厮，死又有什么好怕的？我就担心事不成却先败露，那可划不来……”

“这厮千虑一疏，派人在进站口搜身，却想不到你我早就把枪械和炸药藏在了货运箱中。这厮的防范之心，无时或竟，你我直截了当地行事，反倒有三四分胜算。就为了这三四分胜算，拼却一身，那也值了！”

沉默了片刻，年轻的声音像是铁了心似的说：“吴大哥说得是，我等为天下百姓刺杀此獠，不该计较什么得失。”

“那就好，藏稳妥些，你我挨个回，莫教此獠的手下起疑。”

车厢壁上的两道人影先后离去，亮光随着车厢门的闭合而消失，黑暗又复降临。

等到脚步声去远，姻婵才小声地说：“看样子是冲着铁良来的。话倒是说得大义凛然，可是杀了一个军机大臣，朝廷又会有下一个军机大臣，能起什么作用呢？你说是吧？”姻婵把车门掀开一丝缝，让光亮透入，却看见胡客已经闭上了眼睛，似已睡着。

“他们要刺杀铁良了，你还不去救？”

胡客翻开眼皮，看了一眼门缝外的天空：“天还没黑。”说完又闭上了眼睛。

姻婵懂了他的言下之意。现在还是二十四日，守杀要等到明天才开始。如果铁良在二十四日就死了，不会对这一次守杀产生任何影响。

“你倒是很泰然嘛。”姻婵笑了笑，替胡客包扎了右手。胡客睡觉，她也无事可做，稀里糊涂地乱想了一阵，也靠在胡客的肩上，挂着微甜的笑容，安心地睡去。

姻婵睡下后，胡客却轻轻地睁开了眼睛。从始至终，他根本就没睡着，也丝毫没有要睡觉的意思。他的手缓缓地伸进衣袋里，动作很轻，似乎是怕弄醒姻婵。他摸出了那个装有迷药的小瓶，拔掉软塞，轻轻地凑近姻婵的鼻端。

姻婵吸入了迷药，正处在睡梦中的她，脑袋微微一偏，彻底失去了知觉。

待姻婵昏迷后，胡客打开了一口装满瓷器的货箱，把做铺垫用的稻草掏出来，均匀地铺开在地上。他把姻婵平放在稻草上，让她可以睡得舒适些，又脱下厚实的大衣给她盖上，以免她着凉。

做完这一切后，胡客走到车厢的另一端，在货运厢和客车厢的连接处站住了。

当火车即将钻入一条漆黑的隧道时，他扳下了锁栓。咔嚓一响，两节车厢连接的车钩自动断开。载有姻婵的货运厢脱离了火车，在又深又黑的隧道里慢慢地滑行，慢慢地静止……

聆听着山间呼啸而过的风声，眺望着越去越远的隧道出口，胡客的心湖像是落入了一颗石子，荡起了各种各样柔软的情绪。

记得在长沙府的那个夜晚，在醉乡榭的竹字号房内，他曾有些反常地答应让姻婵跟着他。因为他心里很清楚，日月庄人多势众，被日月庄盯上，绝对不会好过，如果姻婵不在他身边，他实在放心不下。所以他让姻婵跟随着他，这样就可以保护她免受伤害。如今，虽然暂时击退了日月庄的人，但这帮人绝不是善罢甘休的茬，他们一定会想办法再追上来，甚至可能骑快马走捷径，提前赶到前方的某个车站，布置好陷阱，等待火车的到来。更何况在这列火车上，因为有铁良的存在，不知又将发生多少不可测的危险。在四海客栈里，他让姻婵配制了一瓶只有半个时辰药效的迷药，并不是为了拿来对付屠夫或革命党人。从一开始，他就打定了主意，在将日月庄那帮人的注意力吸引到这列火车上后，就不再让姻婵跟着他涉危犯险。胡客留意了大智门车站悬挂的列车时刻表，在好几个时辰内，这条铁轨上不会有下一列火车通过，而让货车厢留在黑暗的隧道里，又正好能避免被好事者发现。所以当姻婵醒来时，她一定是平安无事的。而半个时辰的时间，火车已经去远，姻婵想要再追上，已经很难。

在转过一个大大的弯道后，漆黑的隧道出口，终于从胡客的视野里彻底地消失了。

胡客在风中静立了片刻。

然后他收整好情绪，转身，头也不回地走进了客车厢。

接下来，他将以孤身一人的姿态，来面对前方道路上所有未可知的状况。

愿以身殉，为天下倡

在胡客走进客车厢的时候，铁良正处在极度的不安当中。

自从上了这列火车，住进既舒适又宽敞的官员包厢后，这个官拜军机大臣的中年男人，心中就没有一刻平静过。

他坐在紧贴车窗的小桌前，卷了一册书在手，蓝封皮上缀着五个黑字：《勘定新疆记》。约莫过了半个时辰，这册书竟还翻在第一页。他猛地把书往桌上一扔，扭头冲包厢门外恼怒地大喊：“白捕头！”

一个穿黑色束身衣服的保镖走了进来。“大人。”他口呼大人，似乎出于恭敬，可语气神态却显得不卑不亢。

“把你的人都撤走，”铁良傲慢地挥动袍袖，“又不是门神，一大到晚左晃右晃，晃得我心烦意乱！”

“请大人见谅，总捕头有过吩咐，这番安排，是为大人考虑。”

“考虑个屁！”铁良爆出了粗口，“我本欲乘客轮北上，你们却死活要我坐这趟火车，如今搞得我心绪不宁，集中不起精神，”说着双手成拱，朝北一奉，“我集中不起精神，如何为老佛爷分忧排难？待我回京后，克日面见老佛爷，定要参你御捕门一本！”

“大人息怒。”白捕头仍没有要妥协的意思，“下官这么做，也是为大人好。那些和朝廷作对的刺客往往行踪诡秘，革命党人又豁出性命不要，我等唯有严加防范，才可保万无一失。大人应该也知道，前段时间，在直隶、奉天和山东接连发生的七宗案子，至今还没有……”

“少在我跟前危言耸听。”铁良说道，“我堂堂军机大臣，谁敢动我？外面这么吵，出了什么事？”

“是这样，”白捕头解释说，“刚才有人发现，挂在车尾的货运厢不知何时脱落了，外面正在调查此事。”

铁良才懒得理什么货运厢的事，只要他自己的行李安全就好，别人掉了东西，与他八竿子也打不着。

他拗不过白捕头的嘴，厌恶地挥了挥手。白捕头知趣地退出了官员包厢。

日头已经西斜，铁良尝试集中精神，想一想回京后怎么搞倒魏光焘。他手中的《勘定新疆记》，正是魏光焘的著作。魏光焘这人，早年是厨工出身，后来加入湘军，跟随曾国荃打长毛军，从此踏上官宦之路。十一年前的甲午海战中，魏光焘率三千人抵挡两万日军，虽然战败，但他凭借英勇无匹的表现，给朝廷留下了极好的印象，从此官运亨通，历任新疆巡抚、云贵总督、陕甘总督、两江总督和南洋大臣等职，与李鸿章、张之洞等人齐名，是朝廷所倚仗的地方重臣之一。此次铁良南下，虽然想方设法劾罢了魏光焘的亲信将领，解除了魏光焘的武装，但魏光焘羽翼已丰，势力成熟，若不趁此机会揪住弱点狠打，一板子拍死，反而给他以喘息之机的话，老虎病一好，反咬起来，铁良可承受不起。

连日来，铁良最为头疼的就是这件事。江南制造局的人事权、东南八省的财政问题，他这次南下都已妥善解决，唯独在魏光焘这件事上，一旦处理不好，很可能会在自己将来的官路上挖下一个大坑。

他很想静下心来思考，但却很难做到，因为心头那份挥之不去的忐忑。

他恨恨地瞪了一眼在门口走动的两个黑衣保镖的背影。如果不是这些御捕门的捕者，他的替身就会代替他来乘坐这列火车，而他则移花接木，此刻舒适地坐在驶往天津的客轮上，一边吹着海风看着海景，一边享受可口的美食。

不过让铁良颇为吃惊的是，御捕门这一次出动的排场实在太大了。

虽然只来了八个捕者，化身为他的贴身保镖，但这八个捕者当中，每一个都是御捕门重量级的人物。单是四大天字号捕头就来了三个，八大地字号次捕也来了一半，再加上副总捕头白孜墨亲自坐镇，如此壮观的阵容一起出动，除了五年前“庚子西狩”时为保护老佛爷和光绪帝安全避难西安外，在铁良的为官生涯中还从所未见。由此他的心底很是担忧。他知道如此大的阵仗意味着什么。虽然嘴上跟白捕头横，但那是打肿脸充胖子。他担惊受怕着随时可能降临的危险，否则也不会不安到茶水不进书页不翻的地步。

在这七个天地字号御捕当中，也有曾经抓捕过胡客的贺捕头和曹彬。

当日胡客被姻婵救走后，曹彬想办法解除了身上的锁铐，追出秘密监狱，没有追查到胡客的逃跑踪迹。他只好召集人手北渡长江，在安庆府的枫香驿和暗扎子干了一架，将贺捕头等人成功救出。

就在同一天，御捕门的副总捕头白孜墨持金鹰腰牌秘密南下，在汉口召集天地字号御捕，将准备悄悄乘客轮返京的铁良拦下，好说歹劝，软硬兼施，迫使铁良按照原计划乘火车返京。铁良是最为可口的诱饵，御捕门想利用铁良来钓一条狡猾的大鱼。

“必须要活的！”白孜墨转述总捕头的原话时，刻意加重了这句话的分量，“至于其他的阿猫阿狗，格杀勿论。”

白孜墨有充足的自信资本。沿“汉口——彰德府——卢沟桥”这条铁路线所布下的天罗地网，再加上七位天地字号御捕和他自己的能力，即便是天王老子上了这班火车，也准叫他有来无回！

火车出发后的三天里，车上没有发生任何风波，那两个从货运厢取走枪械和炸药的人就像人间蒸发了一样，一直没有出现。铁良提前一日乘车，终究还是骗过了不少视他为眼中钉的人。不过下一站就是河南的彰德府了。火车将在那里停留两个半时辰用以补给燃料和物资，会有乘客下车用餐休息，也会有新的乘客在此乘车。那些在汉口错过机会的人，注定在彰德府还有一次补偿的机会。

火车驶入彰德府火车站时，不巧赶上既刮风又下雨的天气。雨丝扑打在窗玻璃上，顺着玻璃流下，如同给车窗罩上了一层透明的幕帘。铁良望着窗外一派风雨飘摇的凄惶景象，不自禁地联想起如今朝廷的处境，何尝不是这般景况呢？

出乎铁良的意料，如此糟糕的天气下，彰德府火车站的月台上却是一反常态的热闹。放眼望去，横拉竖挂的彩带彩条布满了整个火车站，悬在高处的欢迎语横幅在风中鼓得十足，还有敲奏喜乐的锣鼓队列队演奏。彰德府的知府，带领大小官员和士绅们，毕恭毕敬地候在月台上，个个面带灿烂的笑容。火车刚一进站，官员和士绅们立刻挥舞起手中的彩旗，场面蔚为壮观。

“一群没脑的家伙。”

铁良忍不住暗骂了一句。火车站本就是鱼龙混杂的地方，再加上这样一场多达数十人的欢迎仪式，场面只会更乱。毫无疑问，这为那些企图刺杀铁良的人创造了更好的条件。

官员和士绅们一大早就等在这里了，个个伸长了脖子，在下车的人流中搜寻。等到该下的人都下得差不多了，欲前往毗邻火车站的归去来酒楼用餐的铁良，才在白孜墨等八位捕者的陪护下姗姗来迟。

于是乎，本已偃旗息鼓的一群人又欢欣鼓舞起来。知府满脸堆笑地迎了上去，还没开始做自我介绍，就挨了铁良的一通迎头臭骂。知府仍是面带笑容，心里却在犯浑，不知道什么地方做错了，得罪了这位钦差大人。

白孜墨冲另外七位御捕使了个眼色，比划了四个手指头。这是御捕门的暗语，一东二西三南四北，七位御捕都朝月台的北侧望了一眼。那里有四个守地摊的小贩，时不时地朝这边张望，发现有人在注意他们时，旋即移开了目光。七个御捕心知肚明，对这四个小贩多留了一份心。

“这都是些什么人？”铁良指着欢迎的人群，不高兴地问。

“回大人的话，这些都是本府各县的官吏和有名望的士绅们，听说大人要来，都渴望一睹大人的风采，所以早早来此等候……”

“谁告诉你我今天会来？”铁良提前一日从汉口出发，就是想杀所有人一个措手不及，可短短三天之内，这消息不但传到了彰德府，而且知府还把各县的官吏士绅们聚集起来，一起到火车站迎接，不免令人起疑。

知府谄媚地说：“大人有所不知，您是朝中重臣，又是老佛爷跟前的红人，您要乘火车返京，这消息早就不胫而走啦！回京的火车一定会在彰德府做停留，所以下官带人连日在此守候，唯恐错过，今天总算等来了大人的大驾。下官已在凤翔楼摆宴，为大人接风洗……”

“不必了。”铁良不耐烦地挥了挥手，“把人都散了，宴席也撤了。”

知府急忙点头哈腰：“是，是。”心下却以为铁良对这番安排不满意，急忙在师爷的耳边耳语了一番。师爷挥舞手势，所有官员和士绅们让道于两侧，仍是摇旗鼓掌，成夹道欢迎式，鼓队又敲起喜庆的快鼓。知府小心翼翼地问铁良：“不知大人想在何处用餐？下官这就派人去……”

“派什么派？”铁良没来由地怒吼了一声，震得所有鼓掌的人噤若寒蝉，双手僵在空中，鼓队也停止了敲击。知府吓得脸色刷地雪白，脸上仍挂着僵硬的讪笑。

铁良不再理会他，气冲冲地举步就走。

走出没几步，忽然一阵噼里啪啦的声音在月台的北侧响起。四个守摊的小贩，不知出于什么目的，竟举起一串鞭炮在燃放。

铁良像是受了惊，右脚一撇，身体跟着就向右歪斜。站在他身后的一个员外，像被什么击中似的，猛地一下倒在了地上，额头上多了一个指头大小的孔洞，往外涌着鲜血。

那是一个血淋淋的枪眼！

见有人被枪杀，现场所有人惊恐起来，争相四散逃窜，现场一片混乱。

白孜墨冲上去拽住铁良，一头扎进混乱的人群之中。枪声又响了，但因现场众人奔走，太过混乱，子弹都未击中铁良，反而打伤了两个本地官员。白孜墨听出枪声是从东面传来，大喊道："地四天一！"

命令一下，四个地字号次捕如离弦之箭，朝北侧燃放鞭炮的四个小贩扑过去，另外三个天字号捕头，则朝东面扑去。在东面的人群中，一个穿灰色棉外褂戴一顶黑色毡帽的男人正紧张地朝站外疾走。贺捕头一眼就盯死了此人，大步追赶，毡帽男人撒腿就跑。

"抓刺客！"

知府瞬间就换了一副脸色，疾呼之下，火车站四周像变戏法似的涌出一大群官差，向那毡帽男人追去。这知府迎接铁良是做场面，布局抓革命党人是真。彰德府衙早就收到了御捕门京师总领衙门发来的电报，说有革命党人会潜伏在火车站伺机刺杀铁良，让知府早做准备。果不其然，彰德府火车站当真有刺杀发生，只要抓住毡帽男人，知府就算立了一大功，回头升官发财，自然不在话下。

片刻后，官差们彻底控制了整个火车站，局势逐渐稳定下来。

铁良摸了摸脖子上的脑袋，以确定自己是否还活着。被打死的那个员外，横躺于地，圆鼓的双眼死也不能瞑合。如果刚才的子弹偏个一分两寸，躺在地上的就不是他，而是铁良了。

铁良的右膝弯很疼，低头一看，一根竹签不知何时扎进了膝弯子里，无怪乎刚才走得好好的，右脚却忽然一撇，身子跟着歪向了右边。

铁良倒也硬朗，抓住竹签猛地一下拔了出来，鲜血顺着裤管往下淌。知府急忙派人去叫大夫。

一旁的白孜墨皱起眉头，暗暗纳闷。他不知道到底是什么人出手救了铁良一命。如果不是这根竹签及时扎入铁良的右膝弯，那颗飞来的子弹，已经要了铁良的命。铁良的身子向右歪斜的瞬间，原本射向他脑袋的子弹堪堪擦着他的耳朵飞过，而站在他侧后方的那名员外，则倒足了八辈子的霉。

四个燃放鞭炮的小贩被抓到了白孜墨的跟前，摁跪在地上。四人很快就交代，早先有一男子找到他们四人，说为了迎接钦差大人来彰德视察，让他们提前准备一串鞭炮，越响亮越好，等钦差大人走到月台的正中央时就燃放。

“他给了我们四两银子……小的知错了，小的知错了……求大人饶命……”四个小贩跪在地上，不住地磕头。

这个给小贩银子的男子，应该就是躲在人群中枪击铁良的毡帽男人。燃放鞭炮有两个好处，一是可以分散铁良的注意力，二是可以遮掩枪声，避免暴露位置。只是毡帽男人的运气实在不好，铁良得人相助，逃过一劫，毡帽男人非但功亏一篑，反而还因此招惹上了御捕门的天字号捕头。

在三位天字号捕头的联手追击下，毡帽男人慌不择路地逃进了附近的一家旅馆。等到三位捕头追进去时，毡帽男人却消失得无影无踪，最后在道旁井中发现了他的尸体。

毡帽男人的尸体被打捞起来后，在贴身衣服的内层搜出了一封信，是一封洒洒数千言的绝命书，其中有句写道：“愤亲贵乱政，愿以身殉，为天下倡！”落款为“王汉”。

这个刺杀铁良的毡帽男人姓王名汉，在御捕门掌握的革命党人名单上，他榜上有名。“他是科学补习所的成员，也是宋教仁的助手。”贺捕头道出了王汉的来历。此次王汉单枪匹马从汉口奔赴彰德府刺杀铁良，早已抱了必死之心，事败后，为免受辱，于是投井自尽。

看到“愤亲贵乱政”这句话时，铁良的愤怒像火一样烧遍了全身。他十指并用，将绝命书撕成了粉碎，随即命令彰德知府将王汉的尸首悬于闹市，严查其同党。

紧接着，铁良不留情面地冲白孜墨发了火。“你不是要保我毫发无损吗？”他怒气冲冲地指着自己缠了纱布的腿。

白孜墨本以为铁良遭遇这次刺杀后，死活不肯再乘火车。但出乎他的意料，铁良连饭也不吃，径直返回了火车上。铁良也有自己的算盘，虽然十分怕死，但转念一想，沿途遇到的危险越多，将来回京后，在老佛爷跟前邀功的资本和获得的信任就越多，到时再顺水推舟，把沿途遭遇的刺杀推到魏光焘等人的头上，说魏光焘和革命党人有勾连，实在是一举两得的事。每个官员的心中，都有着一杆秤，这笔风险买卖在铁良的秤上一过，就显现出了“划算”二字。

第五章
暗杀背后的暗算

困局

两个半时辰后，火车又一次开动了。

在彰德府上车的人，形色俱全，这使得局势变得更加纷繁复杂。白孜墨派四位次捕把守二号车厢两端的入口，三位捕头负责过道的站桩，他则亲自坐镇在中包厢的门口。

作为贵宾车厢的二号车厢上，总共配置了三间包厢，除铁良住的中包厢外，左包厢里住着一位在彰德府上车的官员。白孜墨亲自去询问过，那是一名进京赴任的太医院医士，姓冷，带了一个十二三岁的小药童随行。医士出示了吏部发放的调任文书，身份肯定没有问题。火车途经广平府时，又上来一个男人，满脸的痘印，身穿黑底红心元宝大棉褂，一派富商打扮。这富商看都没看白孜墨一眼，径直住进了右包厢中。

白孜墨立刻对这位富商上了心。从早到晚，富商只出来上过两趟厕所，除此之外再没露过面。

白天相安无事，时间随着过往的风景而逝。

到了入夜时分，由曹彬把守的一侧入口，忽然喧闹起来。

一个中年胖女人被拦截在入口处，正鼻孔朝天地与曹彬和另一位次捕交涉。在胖女人的身后，站了一个浓妆艳抹的姑娘，白皙的右手搭在车厢壁上，穿着打扮均透出一派风尘气息。

“里儿有位官爷，早先讲好了价钱，说一到夜里，就送这位水姑娘进去伺候。”胖女人左手叉腰，右手指指点点，用肥得流油的嗓音说，“你们是那位官爷的下属吗？既然不是，可就不要拦着道啊？”

贺捕头走过来搞清楚了状况，回去向白孜墨禀报说：“白捕头，是两个娼马子，说左包厢的太医院医士订了夜票，死活要送一个姑娘进来。”娼马子是北方的江湖话，意指妓女。那年代有这样一批老鸨，没有盘楼的资财，就带了姑娘们四处游走，或赶马车，或乘火车，沿路接活儿，成本低廉，赚头十足，倒成了乱世当中青楼行当的一条活路。

白孜墨手指左包厢：“去问问。”

贺捕头走到左包厢外敲响房门，里面传出那医士的声音：“谁？”嗓音里透着一丝紧张。

贺捕头问了话，那医士回应说：“是我要的人，劳烦诸位大人给抬抬手，放她们进来吧。”

贺捕头将原话转述给白孜墨，白孜墨说：“搜身，如果没有问题，就放进来。”

曹彬搜了老鸨的身，又搜了水姑娘的身。老鸨掩嘴笑道：“啊哟，这位爷，想要姑娘就直说，外面还有的是啊！这位水姑娘，里儿的官爷可是点过名道过姓的，您下手轻省点儿，咱家的姑娘细皮嫩肉，水灵水灵的，可别给摸坏了。”

倒也没搜出什么，曹彬和另一位次捕放了行，老鸨和水姑娘挥舞着带浓郁香气的绢丝，摆媚卖俏地走进了二号车厢。经过贺捕头的身边时，想是因为贺捕头容貌俊朗，水姑娘回过头来，娇媚地打量了他一眼。

老鸨敲响左包厢的门说：“官爷呐，您点过名的姑娘，咱给您送来了。”

门开了一溜缝，那小药童探出脑袋，略显神秘地瞅了左右一眼，然后快速地付了银两给老鸨，将水姑娘拉进门里，急急忙忙地合上了门。

老鸨笑起来：“啊呀，瞧给您急的！水姑娘，好生把官爷伺候舒服了！”将银子揣进衣服内层的纽扣袋中，扣好纽扣，又拍了拍，像是怕掉了，直笑得合不拢嘴来。她往回走，一步一摇地走回车厢的入口处，回头冲曹彬吆喝：“这位爷，咱家的姑娘个个活儿好，您要是想寻快活，记得来五号车厢找咱，哈哈哈。”一路撒着放肆的笑声，扭着水桶般圆肥的屁股走了。

老鸨走后，白孜墨微微侧头，问身旁站桩的贺捕头：“你怎么看？”

贺捕头望了一眼老鸨的背影：“娼马子没假，老鸨却是在探路。”

白孜墨赞成了贺捕头的说法，点头说：“这老鸨脚踩蝴蝶步，意在度量距离长短，不可不防啊。”看了看左右两侧的包厢，又说，“左包厢的太医院医士，调任文书的确是真的，但人可以假冒；至于右包厢的富商，深居简出，摸不透底细，也不能排除嫌疑。我上车的时候，测量过包厢壁板的厚度，不足半寸，穿壁板而过，并非难事，所以左右的包厢也不得不防。”

“还请白捕头示下。”

“下一站是顺德府，离保定府已经不远了。记住，到保定府之前，务必看死四周，严防死守，尤其是两侧的包厢，不可松懈半分，绝不能留下任何机会。”白孜墨捋着胡须，露出一脸自信，“荆棘鸟揭了赏金榜，就一定会动手。等保定府一过，离卢沟桥只剩下三百里路时，她就没有再拖耗下去的资本。那时候，我等再稍微松懈一下……”

贺捕头点点头，对付狡猾的敌人，欲擒故纵是个不错的选择。

“还有，铁良毕竟是朝中重臣，是老佛爷跟前的红人。在彰德府的时候，他险些出事，我不想他接下来再有什么事，否则我等担待不起，总捕头也要因此事而受牵连。”白孜墨说，“记住，我们不但要把鱼钓上来，还要保证鱼饵也完好无损！”

贺捕头颔首躬身，领命而去，将白孜墨的意思传达给其他御捕。

这时候，左包厢里传出了女人的吟笑声，一忽儿咯咯大笑，一忽儿低声嬉笑，看来那太医院医士和水姑娘正狎玩得不亦乐乎。白孜墨早就过了风流的年龄，甚至对男欢女爱产生了厌恶。他将一根竹签握在手中。那是一根竹钉子，刺客道最普通的暗器，是从铁良的右膝弯里拔下来的。白孜墨借助头顶煤油灯的光，仔细地端详这根平淡无奇的竹钉子，一边暗想，刺客道的人应该刺杀铁良才对，为什么要反过来救他性命呢？

小半个时辰过去后，左包厢里的莺声燕语渐渐歇止，火车上再没了动静，唯独车轮与铁轨撞击的铿嚓声有节奏地响着。夜很静，其他车厢里的乘客大都在熟睡，御捕门的人却仍旧打足精神值守。这一夜，在没有松懈反而愈发严密的看守下，二号车厢一直没事发生。

到了天色透亮时分，一声拉长的又尖又刺的摩擦声，惊醒了火车上的每一位乘客。

那是急刹车的声音！

火车的车轮与铁轨擦出四溅的火星，经过短时间内的紧急减速，最终刹停在一片荒莽峻岭之中。

车窗一扇接一扇地拉开，脑袋一颗接一颗地探出，所有人都想搞明白，前方到底出了什么事，火车竟刹得如此紧急！

只见十二三骑马，呼啸着一阵风，从车头方向飞驰而来。马上的骑者都穿着劲装，手里滴溜溜地挥舞丈余长的钩子索。四骑马朝车尾驰去，另外几骑马则沿火车均匀散布。

那四骑马奔到车尾，留下一骑看守，另外三骑上的骑者翻身下马，取下背上的砍刀提在手里，凶神恶煞地闯进车厢里来。

乘客们以为是山匪劫车，吓得不敢动弹。本以为散财就能了事，岂料闯进来的三个骑者并没有索要钱财，而是揪住乘客一个个地照面。一个满脸横肉的骑者看一个人就叫一句："妈的，不是！"另外两个骑者都铁青着脸，像和整列火车上的乘客都有深仇大恨似的。

搜完一节车厢，三位骑者又闯进下一节车厢继续搜，一节复一节，像是始终搜不到要找的人，直到搜完三号车厢，准备进入二号车厢时，终于被曹彬和另外一位次捕拦住了去路。

"让开！"当头的骑者一边嚣张地吼叫，一边使劲往里闯。

曹彬岂是吃素的茬，气势凌人地往那一站，像一座又高又大的山峰挡住了去路。

当头的骑者刷地抽出一截刀口，本意只是想吓唬一下曹彬。

可惜他选错了对象。

曹彬不由分说，胳膊肘就那么一伸一缩，亮刀的骑者就以一个难看的姿势倒在了地上，大刀也被夺了过去。曹彬不由分说挥刀就砍，第二个骑者试图举刀格挡，却被震得脱手，太阳穴随即挨了一刀背，赴了第一位骑者的后尘，以一个更难看的姿势长卧不起。剩下的一个骑者见情况不妙，奉行好汉不吃眼前亏的原则，撒丫子就跑，边跑还边像市井流氓那样回头大叫："你等着，你给我等着！"

曹彬没有追赶，任其逃去。他担心有诈，唯恐中了调虎离山计。在八宝洲的秘密监狱里，他就因为大意而致使胡客逃脱，如果这一次再因小失大，就不是批评和罚俸那么简单了，往重了说，脑袋是否能保住都不太好讲。

曹彬并没有等太久，逃走的骑者就把能主事的人找来了，随行的还有几条身形魁伟的壮汉。主事者是见过世面的人，瞥过眼见到车厢壁上挂着的“闲人免入”的黄底红字木牌，就知道车厢里住的人非富即贵。他和善地笑了笑，冲曹彬作了个江湖揖：“兄台，劳烦您借个道。”

曹彬却一脸铁青，没有要理睬他的意思。主事者身后的一个彪汉险些就要发飙，被主事者伸手拦下。主事者望了一眼曹彬的身后。他望见了把守车厢另一端的两个次捕，望见了过道里站桩的三个捕头，以及端坐于过道中央的白孜墨。他像一个精明的猎人，嗅出了这些黑衣保镖身上散发出的不同气质。这种非比寻常的气质，逼得他往后退了一步。

“那好。”主事者料到这群人不好惹，且人数不少，真要动起手来，未必能占得便宜，所以决定退让了。

“兄台请便。”冲曹彬说完这话，他随即压低了声音，“兴许那小贱人早就下了车，回头找！”几条壮汉抬起昏死过去的两个骑者，随在主事者的身后，神色匆匆地下了车。

这群骑者正是日月庄的人，主事者就是日月庄四兄弟中的老大，站他身后险些发飙的彪汉是老二。日月庄的人用随身携带的解药解了雷公藤的毒，随后骑快马追赶了整整四天，趁火车在彰德府停留的机会，终于抄捷径赶在了火车的前头，好不容易拦下火车，一番搜找，却始终找不到胡客和姻婵的影子。日月庄的人纷纷上马，老大挥舞马鞭一声吆喝，所有人策马扬鞭，沿铁轨返程寻找，飞驰而去。

火车上的乘客都虚惊了一场，拍拍胸口，紧张的脸色逐渐平缓，忐忑的心情逐渐平复，略显激动又不敢声张地议论刚才发生的事。

一阵子时间过去后，渐渐地，一部分乘客率先闭上了嘴巴，开始左顾右盼，紧接着，又有更多的乘客停止了交谈，跟随周围的乘客东张西望，到最后，车厢里彻底安静下来。不少乘客拉开车窗，探头向前后张望。清晨的阳光洒满山林，前后的道路一览无余。刚才那群骑马的人早已跑没了踪影，铁轨上畅通无阻，既无人拦，也无阻碍。乘客们缩回头来，暗暗犯着嘀咕，心想这火车怎么还不开？

又过了一阵，乘客们的窃窃议论，被大声的抱怨所取代。但无论如何愤激，火车就像死了一般，始终没有要开动的意思。

有好事的乘客忍不住起身，想走去车头看看怎么回事，却被曹彬等人拦在二号车厢的入口处。围团的乘客越来越多，对火车不开动的抱怨，逐渐转化为对曹彬等人阻拦的不满。一些骂人的话难听得要死，气氛之紧张，就差甩开胳膊亮招了。

白孜墨对贺捕头说："叫冯则之去车头看看，其他人先不要动。"

冯则之是地字号次捕，在这八位御捕当中，他是最年轻的一位。他原本把守在二号车厢的另一头，领命后就拉开厢门，径直走进了一号车厢。一号车厢分为三部分，先是厨室，然后是物资储藏室，接着是火车司机、司事、司火人员休息的地方。但此时一号车厢内却空无一人。冯则之感到奇怪，又走进了位于车头的驾驶室，然后看到了包括一个洋人司机、三个中西司事，一个华人司火以及一个厨子在内的六个人——六个不再动弹的人。

六个人的身子还没僵硬，体温尚在，应该刚死片刻。六个人的脖子上都有一道刀口，口子两侧的皮肉向外翻裂，应该是被很厚的兵器划割所致。冯则之年轻的脸上露出老成的凝重，不由自主地感叹了一句："好快的刀！"凶手用的刀虽然粗厚，但出刀之快，快到六个人的脸上还没露出丝毫痛楚的神色，就已被夺去了性命。

从血液的凝固程度来看，这六个人应该是在火车停下来后的这段时间内被杀的。但冯则之所处的二号车厢离车头如此之近，非但没有听到任何呼救声，甚至连丁点响动都未察觉。

刚才那群骑马的人是从车尾登的车，最后被阻拦在二号车厢的入口处。他们从始至终没有去过车头。所以那群人不可能是凶手，凶手必定另有其人。凶手的目的再明显不过，就是为了阻止火车行驶，让它停在这片崇山峻岭之间。冯则之的神色更加凝重了。他知道，大概是该来的人，终于已经来了。

就在他站起身准备回去做禀报的瞬间，他忽然注意到，六个死者中的厨子，其右手垂在地上，摊开的手掌下露出几道血迹，构架成一个潦草的"歹"字，似乎还有一部分血迹，被手掌遮盖住了。

看来这厨子临死前拼了最后一口气，蘸血写下了什么话。

冯则之皱了皱剑眉，俯下身，将厨子的右掌挪到一边，看见了完整的血迹。

那是一个“死”字，“歹”只是它的左半边。

当这个不详的字眼进入他的瞳孔时，一道凛冽的寒光忽从他的左侧斜撩而起！

冯则之瞪大了眼睛，瞳孔里满是无法置信。在他的左侧，原本躺在地上的厨子竟然活了，缓缓地站起，左手里斜握着一柄剔骨尖刀，刀锋上还有新鲜的血迹。冯则之感觉脖子根透凉透凉的，像有冷风在使劲地往里钻。这位御捕门最年轻的地字号次捕，就这样永远地倒了下去。在他死而不瞑的双目前方，那个血写成的昭示他死亡的“死”字，正被他喉头喷涌出的鲜血慢慢地淹没……

冯则之一去不回，叫了好几声没有应答，白孜墨估计是出事了。

在他的授意下，一位姓沐的天字号捕头前去查看，发现了刚死去的冯则之和另外五具死透的尸体。

沐捕头将冯则之的尸体抱回了二号车厢。

面对这位刚才还鲜活此时却已入僵的下属，白孜墨一个字也没说。但额头上一根根暴突的青筋，足以昭示他此时的心境。

六位御捕都在等白孜墨发话，到底是立即追查还是死守不动，须由当头的来定主意。

“各归其位，严阵以待！”白孜墨阴沉地说。他知道，一定是那个人来了。

这句话刚一出口，站在旁边的沐捕头虎躯就颤了颤。

沐捕头的两只手忽然间疼痛难当，火烧火燎，如同蜕了一层皮般难受。他抬起双手，只见两只手掌又黑又肿，那是显而易见的中毒的迹象。他瞬即明白了，凶手不但杀死了冯则之，还狠毒地在尸体上种了毒。他将冯则之抱回来，双手接触了冯则之的尸体，中毒已然无法避免。

沐捕头是御捕门中出了名的硬汉，但此时他那张硬朗的脸上，肌肉却筛糠般地抽动，汗珠连成一片往外冒，足见这毒是多么的狠烈！

沐捕头一出事，白孜墨等人还没做出应有的反应，曹彬那边就跟着出事了。

本来拦住围团的乘客不让进，但拥挤的人群中不知从何处忽然射来一枚冷针。曹彬猝不及防，右大腿外侧一凉，很快烧得剧痛。冷针上同样喂了毒。曹彬咬紧牙关来抵御一波接一波的疼痛，但右腿还是不受控制地蜷屈继而发抖继而麻木。

为了救命，贺捕头一脚踹开了左包厢的门。他将那名赴京任职的太医院医士揪了出来。医士看过两人中毒的情况，急忙唤小药童取来牛皮针囊，扒下八长八短共十六枚银针，在沐捕头的腕、肘、腋、肩处连下八针，又环绕曹彬的大腿根部连下八针。

这闭血八针，是那医士的家传绝学，有暂缓血脉运行的功效，可以放缓毒气上行的速度。但他的身边没有带解毒的药材，无法根除毒素，必须尽快将两人送去某个集镇上，找到医馆施药救治才行。

“不能再拖了，”医士说，“再迟个一时片刻，性命堪忧呐！”

见白孜墨一直不做表态，贺捕头忍不住说道：“白捕头，还是下车吧。”连续四天四夜没有任何风吹草动，可这一动就是一连串的麻烦，八位御捕转眼间一死两伤，凶手却连影子都没露。从目前的情况来看，下车无疑是最好的选择，一来可以将沐捕头和曹彬送去最近的集镇救治，二来到了空旷之处，凶手就无法再进行偷袭，只要能明目张胆地对决，一旦挑明了作战，御捕门这几位御捕便丝毫不惧。

但白孜墨却不同意。

身为御捕门的副总捕头，还是带了七位天地字号御捕执行此次的任务，这样的身份和台面，让他拉不下这个脸。在一个刺客的面前让步，这是白孜墨的御捕生涯中所绝不能容忍的！

他叫两名次捕把受伤的沐捕头和曹彬送去最近的集镇救治，然后径直推开门走进了中包厢。铁良正坐在床上，因右腿的伤势，一直在包厢里休养，外面发生了什么事他也漠不关心，只是喝茶看书。白孜墨没有对铁良说什么，直接把凳子拉出来坐下，手扶一柄锋锐的十字棱刺。一看白孜墨的脸色，铁良就知道眼下的情势不容乐观。

白孜墨选择留下来直面刺客，贺捕头和另外一名姓李的捕头也没有办法，只好陪他守在铁良的包厢里。

死人的消息一传十，十传百，很快火车上所有的乘客都知道了。御捕门的人不再阻拦，不少乘客都跑去车头看热闹。司机、司事、司火人员全部死于非命，无人驾驶的火车必然会在未来的一两天甚至更长的时间内停留在这片荒无人烟的山林里。考虑到接下来会忍饥挨饿受冻，又怕沾染上死人的晦气，那些不在乎这点车票钱的乘客满嘴怨语地扛起行李，随御捕门的两位背着沐捕头和曹彬的次捕，一起去寻找就近的集镇，好在已是直隶境内，换行陆路，只需额外多花两三天的时间就能抵达京城，总好过在火车上漫无目的地空等。

车厢外一片吵闹，车厢内，白孜墨却在静心地等待。

他不知道对头会从哪里出现，也许是正门，也许是车窗，也许从头顶而降，也许破壁板而入。他清空了耳根子来捕捉周遭的动静。御捕门的人都经历过残忍的夜训，在黑暗里练就了非凡的听力，但凡有任何异样的风吹草动，一定逃不过白孜墨的耳朵。更何况不止他一个人，还有贺捕头和李捕头在。一个人兴许会走耳，但三个人加在一起，走耳的概率就降到了最低。

很快，白孜墨等待的动静就出现了。

不是有人从外面闯入，而是火车忽然间动了。

从车窗望出去，火车的两侧，刹那间满是吵闹的人群。刚下车的乘客们，因为火车的突然启动而慌乱不已，纷纷想重新上车。那些挤不上车的人，拼命地追赶越开越快的火车，几乎跑断了腿，最后也只是徒劳。御捕门的两个地字号次捕背着中毒受伤的沐捕头和曹彬，眼睁睁地望着火车越行越远，直至消失。如此一来，御捕门又少了两名生力军，留在火车上的，就只剩下白孜墨、贺捕头和李捕头三个人了。

“守在这里！”白孜墨不动的时候如一座山，行动的时候如一阵风。火车开动的一瞬间，他就冲出了中包厢，用最快的速度赶到车头。一定有人动过火门，可驾驶室里除了五具僵硬的尸体外，别无人影。白孜墨不懂如何操作火车，那些复杂的操作杆足以让他眼花缭乱，这使得他无法将火车停下。他现在只能追击开动火车的人，而这个人绝不可能凭空消失！

白孜墨从驾驶室的侧窗探头出去，果然看见铁门的侧把手上，悬空挂着一个厨子。厨子发现了白孜墨，旋即一个鹞子翻身，上了车顶，身手矫捷如猿猴。

终于发现了凶手的踪迹，白孜墨岂容他再逃？

白孜墨钻出侧窗，用同样矫捷的身手翻上了车顶。

厨子并没有逃走，而是站在车头的顶上。他的沾满油污的衣摆，连同脑后的刀头长辫，被大风吹起，扬得笔直，一柄剔骨尖刀斜握在手，刀锋上反耀着嗜血的暗光。

在全速行进的火车顶部，白孜墨和厨子交上了手！

两人一交上手，就知道敌我实力均衡。只不过白孜墨占了上风向的优势，步步进逼，厨子身处下风向，迎着风吹，眯缝着眼睛，连续退了数步。即便如此，白孜墨仍然没有找到取胜之机。两人斗得旗鼓相当，短时间内难分胜负。

身首分离

白孜墨刚离开包厢不久，昨晚来过的老鸨就找上门来。

她是为了水姑娘而来的。

“几位爷，”老鸨眉焦眼急，“见过咱家姑娘吗？”

水姑娘是老鸨手底下容貌最俏丽才艺最出色的姑娘，用青楼行当的话来说，这叫“游走的头牌”。在众多的姑娘里，老鸨就指着水姑娘赚钱。老鸨对贺捕头和李捕头说，曾有地主看上过水姑娘，要替她赎身，可她死活没答应，如此色艺双馨的角儿，不收个天价，如何丢得？

贺捕头向李捕头使了一个眼色，两人一左一右地站立，封挡住门口。如果老鸨的身份真有问题，那么两人的站位，足以扼杀老鸨接近铁良的可能。

见两人都没应答，老鸨怕没说清楚，又着急地说：“就是昨晚在隔壁包厢伺候的水姑娘啊！你们见到没？”

见贺捕头和李捕头摇头，老鸨不死心地说：“那她能去哪啊？”她攥紧了掌心，站在原地不肯离去。

“我们没见过你家姑娘，你去外面找吧，兴许她刚才下车了。”贺捕头说得十分客气，手上却开始撵人。他的手成推搡状，接触到老鸨的身子时，忽然双手反拧，以迅雷不及掩耳的速度将老鸨制服。

老鸨的两只手被反拧到了背后，扯开嗓门呼痛，像杀猪般嚎叫。

贺捕头喝问：“是不是你下的毒？”

老鸨一边啊呀叫痛，一边嚷嚷道：“下什么毒？”

贺捕头加重了几分力道：“昨晚你离开时，脚底踩的是蝴蝶步，以为我看不出来吗？”

“蝴蝶步”三个字一出口，老鸨不再叫嚷了。撕破了脸皮，便没必要再装下去。她用了一种很奇怪的身法，两只手瞬间就从贺捕头铁钳般的抓拿下抽脱而出。这使得贺捕头和李捕头惊讶万分。老鸨脱身后，双手顺势从发髻上抹过，十指一张，两根从头发里拔下的冷针激射而出。咫尺之隔，发难又如此迅速，贺捕头和李捕头竭尽全力还是未能避让。这两枚喂毒的冷针与射伤曹彬的如出一辙，刺入了贺捕头的腹部和李捕头的心口。两位天字号捕头就此倒下，通向铁良的道路畅行无阻。

老鸨终于露出了真实的面目。她走到床前，面带嘲弄地笑着，望着铁良说：“就是你吗？”

铁良一点也笑不出来，看了一眼两位倒地不起的捕头，紧张的目光落在了老鸨的身上：“你是谁？你……你想做什么？”

“我当是何等样的人物，原来五千两黄金只是这副猪头样。”

“谁要买我的命？”铁良问，“是魏光焘？岑春煊？还是张之洞？”

“死到临头还关心这个。实话告诉你，买主是谁，我不知道，我只知道赏金榜上赤纸金字，你的名字赫然在列。”她从发髻里拔下一枚冷针，向铁良头顶的要害处缓缓刺去，用一种幽默而又不失嘲讽的口吻说，“不用害怕，眼睛一闭，很快就过去了。”

铁良知道一切都结束了。他没有挣扎，连两位天字号捕头都斗不过，何况他一个不会武艺的人呢？他闭上了眼睛，面色一点点地发僵。这辈子风起雨落，承受过志向难酬遭人排挤的忧郁，也享受过握权掌势大富大贵的滋味，什么都已经历过了，倒也不枉此生。只是死前不知道买命的主是谁，在心里留下了一丝遗憾，做鬼也无法做个明白鬼，总有一种不是滋味的感觉。

针尖触到了头皮，铁良的心冷了。心一旦失去温度，就会变得比世上任何寒物都要冷。铁良本以为这辈子就这么了结了，可偏偏在此时，门口响起了脚步声。老鸨的头回了一半，一支冰冷的硬邦邦的东西已经抵住了她的后脑勺。

“别动！把针丢了！”持枪抵住老鸨的，竟是住在右包厢的满脸痘印的富商！

这一变故委实出乎老鸨的意料。手枪是什么玩意儿，她心知肚明，只好两指一松，冷针掉在了床上。铁良见忽有救星从天而降，顿时喜出望外。本以为重获自由身的他，却瞬即被富商当头浇了一盆冷水。“你也别动！”富商的语气冰冷而无情。铁良这才知道，原来才出虎穴，竟而又入狼窝，脸上的喜色如过眼云烟般来得快去得更快。

“你，”富商对老鸨说，“蹲到墙角去，双手抱头，休想耍花招，当心吃枪子！”

老鸨不会傻到和子弹怄气，冷笑着照做了。

“你，”富商又对铁良说，“从床上滚下来。”

铁良下了床，腿伤令他只能扶住床沿勉强站立。

富商接下来的举动令铁良和老鸨一头雾水。他拉来凳子，在最有利的位置坐下，以便同时监视老鸨和铁良。他只是那样坐着，一言不发，除此之外什么也不做，像是在等待什么。

富商的枪坚定不移地指着老鸨，显然对老鸨十分忌惮，但怒火鼓胀的双眼却死盯着铁良，似乎又与铁良有不共戴天的深仇大恨。这种异常的反差令铁良和老鸨心中一片迷惑。尤其是铁良，总感觉要发生什么，被富商那双眼睛盯得浑身不自在，有如万千只蚂蚁在体内蠕爬啃噬。

仿若与世隔绝般，包厢里陷入一片令人发毛的沉寂。

时间在这种死一般的沉寂和怪异的僵持中一分一秒地流逝，慢得如同沿墙根子往墙头爬去的蜗牛。

直到一个面相敦实的年轻人来到包厢门口，才打破了这种沉寂。年轻人压低了嗓子，用与他年纪相仿的生嫩嗓音说：“吴大哥，就等你了。”

富商终于改变了保持了足有一刻钟的坐姿，威逼老鸨蹲在墙角不许动，不忘在拉上包厢门后挂上一把铁锁，然后押着铁良朝车头的方向走去。

被关在包厢里的老鸨当然不会这么轻易就认栽。门虽然锁了，但车窗还可以打开。她拉开车窗，以狡兔般灵活的身手，毫不犹豫跃了出去。她跳到了火车的外面，尽可能地滞空，然后列车在眼前飞驰，右包厢迎面而来。在身子下落的过程中，她准确地抓住了右包厢的车窗窗棂，五指的指力令窗棂发出咔嚓的仿若碎裂的声响。她凭借这一下足堪完美的空中跳跃，成功从中包厢转移到了右包厢外。她从车窗跃进了右包厢，然后悄无声息地走出右包厢，像一条无声无息的蛇，慢慢地接近前方押铁良行走的富商。

富商没有任何警觉的意识。他从没想过被锁在包厢里的老鸨竟能在这么短的时间内逃脱出来。当老鸨拈一枚冷针刺向他的后背时，他仍然没有丝毫察觉。

于是，在潜伏了整整四天三夜后，胡客终于现身了。

在一号车厢的三分之二的位置，问天挡住了冷针，胡客拦下了老鸨！

“点火！”胡客大吼一声，随即朝老鸨发动了狂风暴雨般的进攻。他虽然右掌中毒带伤后只能动用左手，但因为突然从遮掩物后杀出抢了先招，加上吹毛断发的问天，一上来就以猛虎下山般的气势，将老鸨逼得步步退却。

老鸨并非省油的灯，退到一号车厢的末端，也只是右掌背挨了一刀，换了别人，像雾寒山上的那些青者，在胡客如此迅猛的进攻下早已呜呼哀哉。老鸨对胡客竟然能逼退自己大感吃惊，但她隐隐感觉到，胡客是憋足了一口气在狂攻，已是强弩之末，只需勉力再多坚持片刻，就可趁势反击。

然而没等到她的反击到来，胡客却忽地抽身而退，朝车头返奔。

“想跑？”老鸨大喝一声，拔足朝胡客追去，随手从发髻里取下两枚冷针，拈在指尖。

富商和年轻人押着铁良等在车头驾驶室的门口。见老鸨在胡客的身后追赶，富商急忙瞄准胡客的两侧空当开枪。枪声在狭小的空间里爆裂，震得人耳膜鼓荡。枪子不长眼睛，老鸨还没来得及发射冷针，就被迫停下脚步，放倒一张铁制餐桌，躲在后面。铁制的桌面像一面绷紧的鼓，在子弹的射击下爆响不止。

老鸨在心中默数，六声响毕，子弹已经用尽。她探头一望，见胡客等人钻进了驾驶室，嘭的一声，将驾驶室的门摔拢。她从餐桌后冲出来，朝驾驶室奔去。

然而赶了几步，忽然间，她嗅到了一股火药的味道，转眼一看，一道火线正沿着侧壁底角飞快地燃烧，火花四溅中嗤响不断！

刹那间，老鸨回想起胡客刚才喊过的一声“点火”。

她这时才明白过来，那是什么意思。

她的脸上出现了罕见的慌乱，随即用尽全力返身狂奔。

然而“轰”的一声巨响，有如地裂山崩，就在老鸨的身边炸开！

刹那间，铁木纷飞，滚滚黑烟冲天而起，一号车厢在炸药的爆破力下，硬生生地断为两截!

硝烟弥漫中，失去了牵引力的后十节车厢渐行渐止，有两节车厢脱离了铁轨，倾翻在地，众多乘客乱作一团，仓皇翻窗逃生。与此同时，载有胡客和铁良等人的火车头，在颠簸摇晃了数下后，没有被震出轨道，在蒸汽动力的牵引下，继续往前行驶。

转过一道弯后，火车头消失在了山林的深处，只留下林子上空一缕粗壮的烟柱。

车顶的对决

富商抹掉了脸上用面粉和猪血糅制的痘印，恢复了本来的面目——吴樾。他就是曾假扮成押送吏潜入八宝洲秘密监狱设法营救万福华的吴樾。

吴樾是北方暗杀团的主力干将，又是光复会的成员，另一个年轻人姓张名榕，也是光复会的成员，与吴樾是好友。两人乘坐这班火车，自然是为了刺杀铁良而来。为了躲避大智门火车站的盘查，两人事先将枪支炸药藏在货运厢中，做好了标记，等上车后再秘密取出。不料这一切却被躲在货运厢中的胡客和姻婵听到。离开汉口后的第一天晚上，吴樾和张榕就打算行刺，然而准备动身的时候，胡客却忽然拦在了两人的身前。

吴樾认得胡客。

那一日若非胡客和姻婵将吴樾从秘密监狱里放出，恐怕这辈子他都难以再见天日。吴樾原本打算报答两人的救命之恩，但没想到一出监狱就不见了两人的踪影。这次忽然在火车上遇到，吴樾心中的惊喜之情自然不言而喻。

要想赢得守杀，胡客就绝不能让铁良死在这列火车上，而御捕门的人严阵以待，他也不想看着吴樾和张榕白白去送死。所以他在吴樾和张榕准备行动之前，将两人拦住了。

胡客曾是秘密监狱里的囚犯之一，同为囚友，吴樾自然而然地将他看做是自己人，并对这个从壁垒森严的秘密监狱里从容脱身的男人钦佩不已。所以当胡客阻拦他行刺时，生性豪爽的吴樾，想也不想就答应了。他心想胡客私下里肯定另有行动，胡客不肯言明，他也就不便多问。他不希望因自己贸然行刺铁良而坏了胡客的计划。

“你看我二人能帮上什么忙？”吴樾指着自己和张榕说。对他而言，这是报还救命之恩的最好机会。

吴樾听从胡客的安排，化装成一名富商，在火车停靠广平府时，他下车又上车，住进了紧挨铁良的包厢，以便监视铁良和御捕门的动向，并在最关键的时刻出现在最关键的地方，阻止老鸨刺杀铁良，尽管他比任何人都希望铁良死。张榕则趁车上混乱时，按胡客的要求在一号车厢里布置炸药。吴樾在中包厢里一边看住铁良和老鸨，一边等待，就是在等张榕将炸药布置好。

“此獠是清廷的军机大臣，又是满洲少壮派的领头，活着肯定比死了有用。”吴樾暗暗地揣测胡客保留铁良性命的目的。

车头行驶了片刻，后方已是一片苍茫的林海，后面十节车厢的情况再也看不到了。

胡客的计划大获成功。在荒山野岭，使车头与车身分离，这一招彻底隔绝了御捕门的捕者和其他刺客杀手的追击。这是胡客在右手受伤的情况下，所能想到的伤亡最小且最为省力的法子。下一站就是保定府，再往前便是卢沟桥，只要抵达卢沟桥火车站，守杀这一关就算胡客赢了。

但胡客总觉得这一切进展得太过顺利。比起以往的许多任务，这一次可以算是相当轻松。正因为如此，他始终有一种感觉：事情还没有完结。毕竟刚才与他交手的老鸨是个女人，而真正的对手——屠夫，却一直没有现身。

胡客不由面露苦笑。这些年来他的感觉一向很准。一个优秀的青者需要这样的感觉。但这一次，他是真的希望自己多虑了。

就在这时，火车开始行经又一个弯道。朝阳开始将火车的影子慢慢地投向侧前方。胡客忽然看见，铁轨旁的地面上倒映着车头的黑幢幢的影子，而在这团黑影的上方，竟还立着两道人影。

那是两道正在交叠移动的人影！

胡客先是吃了一惊，随即就发现，这两道人影之所以交叠移动，是因为正在迅猛地交手！

“看住他！”

胡客把铁良交给吴樾和张榕看守，将问天抽出，握在手中。他小心翼翼地从侧窗探出头去，悄悄朝车顶望去。

在车顶斗得难解难分的两个人，正是御捕门的副总捕头白孜墨和杀死冯则之的厨子！

虽然令火车身首分离的爆炸就发生在身旁不远处，但两个人都不敢有丝毫的分神。在这种生死系于一念的时刻，谁敢稍有分神，就将陷入万劫不复的深渊！

白孜墨不肯在厨子的面前退让，就像贺捕头向他建议下火车时他却选择坚守一样；厨子更不愿就此收手，他的每一招每一式，无不透露出执着于胜负的决心。

两个人势均力敌，斗得难分高下，直到那一条黑暗隧道的来临。

车头呼啸着钻入了一条漆黑的隧道。

白孜墨和厨子被迫暂时分开了，各自蹲低身子，以保证不会和隧道低矮又硬实的顶壁来一次亲密接触。两个人忌惮对方的实力，又因黑暗中情况不明，都不敢贸然出击，于是紧绷着神经，留意身前，以防对方突然偷袭。

黑暗之中，风声作祟。

忽然间，白孜墨的身后掠来了一道异乎寻常的冷风！

进入隧道之时，厨子尚在身前一丈开外，所以白孜墨的注意力全部放在了身前。他完全没有料想到，会有袭击忽然从背后杀到！他在吃惊之余，急忙用手中的十字棱刺反刺身后，然而终究晚了一步。他的后背一凉，已结结实实地挨了一刀！

隧道尽头的那团白光猛地迎面扑来，车头呼啸着冲出了黑暗，驶入了光明。

白孜墨看见厨子还在他的身前，急忙踉踉跄跄地斜移了三步，然后看见了偷袭他的人——正站在车顶边缘，手握问天的胡客。

胡客的这一击，虽然没有攻击白孜墨的要害，却也将他伤得不轻。白孜墨的背上多了一道斜开的刀口，鲜血正不停地往下淌。他强忍剧痛，问道：“你们都不是荆棘鸟，你们到底是谁？”

胡客和厨子都不作回答。

白孜墨认定眼前这两个人是一伙的，如非一伙，为什么会突然冒出一个人来偷袭自己？一个厨子，已经够他应付了，现在又多出一个来历不明的厉害角色，他已深知自己绝不是这两个人的对手。虽然他很不愿意接受败局，但如今的局面已经由不得他。

白孜墨是一个有仇必报的人，他盯着厨子和胡客的脸，仿佛要将两个人的容貌深深地刻入记忆里。他用阴沉的嗓音说："很好，很好。"忽然右手一举，十字棱刺勾住了铁道旁一棵大树延伸出来的枝桠，身子猛地离开车顶，腾空而起。

车头继续飞驰，很快将选择退出的白孜墨远远抛在了山林深处。

现在，车顶上只剩下胡客和厨子两个人了。

胡客的视线落在了厨子的身上。那脑后的刀头长辫，五短身材，再加上明晃晃的剔骨尖刀，这些无不告诉胡客，眼前的这个厨子，正是与他竞争"夺鬼"的代号为十一的屠夫。

呼啸的风声中，在好一阵沉默的对峙之后，胡客忽然开口了："听说你是兵门最好的青者。"

胡客猜得不错，眼前这个厨子，的确是屠夫。

面对胡客的话，屠夫不置可否，只是左手微微向外移动，剔骨尖刀转了个面，刀尖对准了胡客。

胡客把这一切看在眼里，他的左手也跟着轻微地移动，沾着白孜墨的鲜血的问天，刃口上翻，与屠夫针锋相对。

无须言语，一场刺客道兵门青者的终极对决，已经在所难免！

胡客早就听闻过屠夫的大名，这是他第一次有机会与屠夫直接照面。不管铁良是死是活，也不管守杀是输是赢，既然与屠夫照了面，他就一定要与这个兵门最好的青者过一次手。既然要做兵门的"鬼"，那就要名正言顺，如果斗不过屠夫，即便保住铁良的性命赢得了守杀这一关，他的心里，也终将留下不甘。

胡客之所以在隧道里偷袭白孜墨，正是为了赢得这次难得的与屠夫正面对决的机会！

屠夫与白孜墨已拼斗了一段时间，损耗了不少气力，而胡客右手有伤，只能使用并不惯常用的左手。两人此消彼减，这一场即将到来的对决，倒也算公平，甚至胡客还要吃亏一点。

火车正穿过一片风骨峥嵘的青灰色山丘，火红的朝阳仿佛在两人的身上镀了一层橙红色的光芒。车头的飞驰带起来的风又干又冷，然而两个人的体内，热血却逐渐地沸涌起来。

屠夫率先出手！

这个有五成把握就敢出击的兵门青者，将不知被多少人的鲜血浸透过的剔骨尖刀，挥向了胡客。屠夫虽然身材五短，然而力气却十分惊人，锋锐的刀锋，如同裹挟着万顷波涛的汹汹来势，一次次地劈开烈风和阳光，迅猛地向胡客逼近。屠夫拿出了他的态度，只要出手，就是追求必杀的态势，绝不给对手以喘息之机。

面对如此排山倒海的攻势，胡客竟没有选择防守，反而还以更为猛烈的进攻！

胡客是对的，在屠夫如此雷霆万钧的进攻下，一旦选择防守，就将不可避免地步步退避，自此疲于招架，再没有任何还手之力，最终难逃败局。与屠夫这样的高手对决，唯一的取胜之道，就是毫不畏惧地与其展开对攻！

两个人，一道赤芒，一道白光，在全速行进的火车车顶上，纠缠得难解难分。

车头穿过了山谷，跨越了河流，驶入了保定府的地界。直到周围的峥嵘山丘被一马平川所取代，无人的荒山野岭变成农田块地时，两个人才终于分出了胜负。

一刀，仅仅只是一刀！

胡客仅仅只是胜在了这一刀上。他用持续性更久的攻势压过了屠夫霸烈的进攻，最终削掉了屠夫的一片衣角。屠夫的皮肉没有受伤，一点也没有。但是这一场对决，已然在这一刀中分出了胜负。

屠夫退开了一步，胡客也停下了进攻。

在呼啸的大风中，屠夫收起了剔骨尖刀。他坚硬如石的脸上露出了难得一见的冷笑。“你以为你赢了，”屠夫摇起头，语气意味深长，“却未必如此。”

留下了这一句耐人寻味的话，屠夫从飞驰的火车顶上跳了下去。胡客看着屠夫落地时就势翻了几滚，然后毫发无损地站起身来，最后被火车抛到了看不见的远方。

胡客琢磨着屠夫留下的那句话。他不明白屠夫说这句话的意思，只是那种“此事远远没有结束”的感觉又加重了。他翻下车顶，回到驾驶室内。吴樾和张榕将铁良看得死死的。吴樾免不了好奇，问上面出了什么事，胡客只是摇了一下头，没有回答。

头号当铺

不多久，车头驶进了一处集镇小站。

原本单轨的铁路，在这小站出现了一条分支，向前延伸两里远后又并回了主干道。在站台边，有人正在卖力地挥舞着一面红旗。

吴樾向前方望去，只见极目的地方，一股黑色的烟柱正扶摇而上。

吴樾坐过南行北往的火车，知道这处集镇小站是铁路的一处中腰点，在主干道上设有两里长的并行分支，供以错车之用。两头相向而行的火车，须在此停轮、错车，然后才能继续各奔前程。道旁挥舞红旗的是小站的负责人，彼时的铁路章法规定，白昼举旗，夜晚张灯，见白旗白灯，尽可畅行，见红旗红灯，须紧急刹车。前方极目处黑色烟柱的出现，说明有一列火车正向这边快速驶来。这逼得吴樾不得不关闭火门。失去了动力的车头，在主干道上缓缓地停下，等待对面驶来的火车从支线上开过去。

小站上有一些乡里人，望着经历了爆炸后面目全非的火车车头，个个面露惊色。有人怕出事，跑去找来了此地的保长。保长端着打雀儿的火绳鸟枪，朝驾驶室里瞅，这一瞅就瞅见了一身官袍却面带急色的铁良。

保长是个活脑筋，瞅见当官的像犯了错似的站在旮旯里，几个平民打扮的人却大咧咧地坐着，就知道事情有些不对劲。他喊了一声“大人”，问铁良这车出了什么事，怎么被炸成了这副模样。

铁良的命握在旁人手里，不敢有任何言语和肢体上的表示，只是面露急色。

保长瞧见这一幕，更加印证了心中的想法。他急忙招呼附近的乡里人包围了火车车头。撞上这种不对劲的事，如果不管，搞不好将来官府就要追究责任，到时候实行联保连坐，整个保内的人都会受罚，特别是保长，罚得最狠。乡里人大都抱着这样的想法，为保证将来不受罚，几乎一呼百应，转眼间就将车头团团围住。

保长端起已经埋药填砂的火绳鸟枪，先喝问胡客、吴樾和张榕的身份，没有得到答复，又呼喝三人下车，三人仍然无动于衷。这令保长很是恼怒，可是偏又不知接下来该怎么办，一时之间骑虎难下，很是尴尬。

吴樾和张榕在等，等胡客做决定，胡客也在等，等对面的火车驶过来。他料定保长不敢开枪。一个小小的保长，怎么敢不明情况就胡乱开枪，万一不小心打死了什么重要人物，纵然有千百条命也赔不起。这一点，恰恰是保长迟迟不敢开枪的顾虑。

胡客等了片刻，前方的黑色烟柱越发临近了，一列蒸汽火车的轮廓出现在视野里。

但这时，胡客却忽然改变了想法。

被炸过的火车头太过招人注目，在这样一处集镇小站都有人阻拦，更别说像保定府火车站那样有官差和巡警巡逻的大型车站了。可以想象，一旦往前行驶，沿途必有盘问拦截，想顺利抵达卢沟桥，不啻于痴人说梦。

这种想法在脑海中一出现，胡客立马有了下一步的打算。他掏出了那块已携带了多日的腰牌。那本是属于曹彬的东西，在八宝洲秘密监狱里时，被姻婵取走后转送给了胡客，胡客一直没有使用过，眼下终于可以派上用场了。

以保长的身份和地位，他不可能识得这块御捕门的捕者腰牌。但牌面上雄鹰展翅的精美刻纹已经告诉他，这是拥有一定地位的大人物才能持有的身份证明。保长立刻面带敬畏，点头哈腰，然后自诩聪明地看了一眼角落里的铁良，心想难怪这位穿官袍的官爷只能靠边儿站，连话都不敢说一句，自然是因为官阶低微，还不够资格了。

就这样，胡客轻描淡写地化解了围困，并且从保长那里“借”了一辆虽然破旧但还算宽敞的马车。吴樾和张榕轮流驾车，胡客一直坐在车内看住铁良，既防止铁良逃跑也保护其免遭刺杀。

胡客要赶到北京城内的头号当铺，以结束这场守杀。吴樾和张榕正好也要赶去北京和光复会的同仁们会合，于是三人一路赶着马车向北，在熬过三天波澜不惊的颠簸后，终于经卢沟桥驶抵北京城下。

北京城就像一位死守着过去的奄奄一息的老人，在跨越千年的岁月摧磨下不失雍容华贵却又显得老气横秋。不用进入这座生硬死板的帝王之都，只是驻足于城外简简单单地望上一眼，那种沧桑的逼迫感便如排山倒海般压迫而来。

不知道城里发生了什么事，把守城门的巡警一反常态，对入城者竟然一概放行，对每一个企图出城的人却严加盘查。本来已经设想好应对入城盘查的解释，现在倒省事了，胡客等人不用说一言一字，轻轻松松便入了城。

然而北京城内并不是想象中的那般繁华。

放眼望去，满城极尽萧条。街道上开门营业的店铺屈指可数，更看不到任何驻足交谈的人，偶有行人路过，都是行色匆匆，只顾埋头疾行，眼睛都不敢看一下其他的路人。

“这是周厉王治下的镐京吗？”张榕嘟囔了一句。

吴樾拦住一位行人，想询问北京城里发生了什么事，那人却连连摆手，赶着步子绕道而行。吴樾又试着拦了好几个人，都是如此，其中有一个指了一下竖在街边的告示板才加快脚步离去。那是一块丈宽的巨形告示板，上面贴满了通缉悬赏令。胡客一眼扫过去，全是在通缉“三大案”的凶手。不只一条街如此，接连走过的好几条街都是这样。整座北京城变得相当古怪，连最深的胡同里都游离着不寻常的恐怖气息。面对这种异常，别说吴樾和张榕讶异了，连在北京住了几十年的铁良也感到不解。

胡客对北京城里发生了什么事，根本漠不关心。哪怕某位皇亲国戚死了，也与他没半点干系。他只关心守杀的事。按照约定，他现在要赶去刺客道设在京城的头号当铺。

“义士如果有什么需要，就到后孙公园胡同的安徽会馆来找我，我吴某人随时供你差遣！”分别之前，吴樾对胡客作了个抱拳，一旁的张榕也抱拳示礼。胡客没有多说什么，只是简单地点了一下头。

在和吴张二人分别后，胡客一只手搭在铁良的肩上，朝头号当铺的所在地走去。

去头号当铺，要途经御捕门京师总领衙门。御捕门和刺客道是水火不容的死敌，所以每次胡客入京办事，经过此地时，都要多看上几眼。

这一次路过时也不例外，恰逢一辆马车从对面驶来，停在了总领衙门的门前。车夫下了地，回过头，对车里恭敬地说：“主子，到地头了。”

“兴许是御捕门的某位捕头。”胡客这样想着，不禁放缓了脚步。他隔街望着那辆马车，等待车里的人走出来。多记住几张捕者的脸，将来一旦照了面，便可识出对方的身份，这对在道上行走的胡客来讲，绝对有益无害。

车帘撩起一个角，走下来一个五短身材的中年男人，体形倒可用魁伟二字来形容。看守大门的守卫见了中年男人，急忙垂手屈膝，打千道：“卑职参见总督大人！”中年男人不加理睬，径直迈过门槛，走入了总领衙门，其昂首阔步之中，透着几分武夫的赳赳气概。

“原来不是御捕门的人。总督？莫不是直隶总督？”胡客一边暗想，一边小声问铁良：“他是谁？”

铁良小声地回答：“袁……袁世凯。”

果然是现任的直隶总督！胡客向袁世凯的背影扫了一眼。他在铁良的背上推了一把，继续向前走路，目的地仍是头号当铺。

头号当铺，乃是刺客道在京城打通的首家当铺，招牌是“惠通当铺”，算起来已有一百六十余年的历史。但实际上，顶着“头号”二字，并不意味着规模大，相反，头号当铺的门面小得可怜，没有任何的装潢，甚至连仅有的招牌上的朱漆都已剥落了好几十年，当铺内连店伙计都没一个，只有老板孤身一人当家，既当牛也做马。

当紧闭的大门被敲响后，正在当铺内嗑瓜子的老板从靠椅里直起了背。当他确认敲门声是以“一门双开七九转”的节奏敲完后，这才亲自上前打开了门，然后看到了铁良和他身后站着的胡客。

老板瞅了瞅左右：“没人跟着你吧？快些进来。”

在当铺里，胡客拿出了自己的代号牌。当看到牌上的代号是“廿七”时，老板的脸上忽然有一丝慌乱的神色一闪即逝，快如云层深处划过的一抹闪电般难以捕捉，随即不动声色地说：“劳烦您稍等片刻，我进去知问一声。”

老板急匆匆地走了，当他再次返回来时，将已戴上了眉脸谱的胡客引入了后院，穿过宽敞的会客厅，敲开厅侧的一扇木门，进入了一间起居室。

在这间并不宽敞且布置简单的起居室里，聚集了十三个戴脸谱的人，比上回清凉谷聚会时少一些，看来还有青者没有赶到，或是有任务在身无法赶来。但出乎胡客意料的是，在这十三个人当中，只有十个人戴眉脸谱，以五五之数分立左右两侧；另有一个人戴眉目脸谱，站在居中偏右的位置，瞧身形该是在清凉谷中出现过的那个使者；剩下的两人，都戴着眉目鼻脸谱，其中一个穿一身青衣，坐在正中偏左的藤编圆面软椅上，另一个穿一身黑衣，坐在正中央的花梨木太师椅上。这黑衣人坐在正中央，显然是这十三个人的领头。

这倒有些出乎胡客的意料，仅仅是公布第二关守杀的结果，天层就派来了两位大人物。

过目了胡客的代号牌后，黑衣人手一挥，两个青者从队列里走出，将铁良押了下去，关入了相邻的一间屋子里，然后又折返回来。

“坐。”黑衣人右手微伸，示意胡客在他身前空出来的一张木椅上落座。

胡客看了看四周盯着他的十个青者。不知为什么，他忽然想起刚进当铺时，那老板脸上曾一闪而过的慌乱神色。胡客不禁微微犹豫了一下。但他实在想不出会有什么不好的事发生，所以最终，他还是选择在木椅上坐了下去。

这一坐，就彻底错了。

胡客刚一坐下，两侧站立的十个青者倏地一拥而上，以迅雷不及掩耳之势，将他死死摁住，随即是一连贯的动作：上腕踝锁、捆精铁链、搜走问天、摘下脸谱。每项动作之麻利准确，显然经过事先多番演练。搜出问天的青者双手一颤，急忙呈给黑衣人和青衣人看。黑衣人和青衣人四目对视，同时点了点头。

虽然胡客早有不祥的预感，但这一连串的剧变委实出乎他的意料。当他回过神来时，重达十几斤的铁链外加十个青者的按压，已经让他无法动弹。

黑衣人冲使者点了一下头，使者会意，走到胡客的身前，嗓音仍似太监，语气却格外尖厉肃杀：“上个月十二，你身在何处？又做过什么？”他开口不提守杀，反而喝问上个月发生的事。

一句问话，立刻让胡客明白了这些人擒住他的目的。他冷冷一笑，对使者的喝问置若罔闻。

“我在问你话呢！上个月十二，你究竟做过些什么？”使者脸谱后的脸色想必不会好看，这话说得更重，然而他的嗓音条件实在先天性不足，非但没有达到预期的震慑力，反而类同于发飙后的老妪，显得有些不伦不类。

胡客仍然不答。

黑衣人摆手，示意使者退下，对左侧的青衣人说：“东西。”他说话十分节省，仿佛多说一个字都是可耻的浪费。

青衣人从身后取出一只木盒，除去挂锁，掀起盒盖。盒中放置的，竟是一只呈淤黑色的手掌。

那是一只齐腕而断的人手！

青衣人问胡客：“你知道‘荆棘鸟’吧？”

‘荆棘鸟’是北方最顶尖的暗扎子之一，曾在京津一带暗杀过不少名流，甚至包括一位刺客道的显要人物。胡客没少在北方活动，荆棘鸟的名头，他自然是听闻过的，之前在火车上，白孜墨也曾提及过这个人。只是此人向来行踪诡秘，世人只知她是女的，见过她面的人，除了赏金榜上的某些大买主外，其余的大多都已去阴曹地府见了阎王。

青衣人说：“‘荆棘鸟’揭了上一轮的赏金榜，在火车上准备行刺铁良时，被你用炸药炸死了。这只右掌，就是从她的残肢上截下来的。”

胡客一下子恍然了，原来在火车上刺杀铁良的老鸨，就是荆棘鸟！胡客本以为这只手掌是中了某种剧毒才呈现恐怖的淤黑色，哪知居然是那个老鸨的。至于手掌变成淤黑色，自然是炸药的杰作了。胡客虽然明白这群人抓他的目的，但他不懂的是，青衣人为何要将这只手掌拿给他看。

青衣人没有让胡客过多地疑惑，他说道：“我奉命潜伏在火车上，以便观察你和屠夫守杀的情况，但是我发现荆棘鸟的残肢后，立刻截下了这只手，快马加鞭赶来京城，布置抓捕你的事宜。只因在这只右掌的掌背上，有一道伤口，是被你用武器所伤。这道伤口的形状、深浅，还有力度的变化，和雾寒山上死去的十一位青者中的那三位，完全吻合。”说到这里，青衣人猛地合拢盒盖，深吸了一口气，“胡客，你还有什么话说？”

胡客冷冷地道：“若不是设下这等圈套，就凭你们区区十三个人，焉能困得住我！”

一句话，非但没有激怒十三个人，反而令每个人都生出一种颜面扫地的感觉。要知道，在场的每一个人，放在道上，都是能独当一面的厉害人物，然而为了对付胡客，却要在这间不易逃离的狭小起居室内设下此等圈套诡计，只因人人都清楚胡客的能力，没人有把握能正大光明地擒服这个仅用一只左手就令荆棘鸟负伤的男人。

安静片刻后，青衣人终于打破了这略显尴尬的沉寂："刺客道和寻常的拳家武派，本就有本质的区别，既然是行刺杀之事，就没有正大光明一说。以最小的损耗击杀目标，这才是王道。"一番说法，又令其他人有了底气，纷纷振作脸色，点头同意。

"胡启立身在何处？"青衣人又喝问。

"他死了。"胡客道。秦道权临死之前，将胡启立自尽的消息告诉了他，但秦道权还没来得及说出将胡启立葬在何处就断了气。胡客没办法亲自去父亲的坟冢前跪拜扫墓，一直是心中的歉疚。

"你不必骗我们，被烧死的不是他，你也没有因'六断戒'而杀他。"青衣人穷追不舍，"他到底身在何处？"

"他死了。"胡客仍是这句话。

一旁坐着的黑衣人忽然站了起来："你们南……南家，到底要折……折腾刺客……刺客道到……到什么时候？"原来他并非话语精简，而是有口吃的毛病，是以向来言语简短，以掩盖口吃的尴尬，此时一急，话语冲口而出，口吃的毛病立时显露无遗。

胡客脸色阴森："我南家但有一人在，便当有冤申冤，有仇报仇，至死方休！"

黑衣人站了起来："好，如此说来……那就只有杀……杀了你，再……再杀胡启立。"他从腰间取下一柄刻有竹节纹的青色短剑。那是刺客道的刑刃，专门以"六极刑"处死叛徒所用，在道上的地位无比尊崇，等同于皇帝御赐的尚方宝剑，对刺客道的叛徒可以先斩后奏。这黑衣人随身携带刑刃，定是道上一位非同小可的人物。他取下刑刃，那就是对胡客下达了诛杀令。

和六伏躬的拜竹礼一个道理，六极刑共分六刀，第一刀开胸肉，二三刀断左右手筋，四五刀断左右足筋，最后一刀穿颈结，前五刀均不致命，只是将无与伦比的痛苦加诸受刑者之身，使其受尽痛苦的折磨，最后一刀刺穿颈部后，受刑者才会在漫无止境的痛苦中缓缓死去。背叛者所受刑法之严酷，也是众多刺客宁愿因任务失败而死，也鲜有背叛刺客道的原因之一。

胡客被牢牢地锁在木椅上，根本无法动弹，眼睁睁地看着黑衣人一步步地走近，看着刑刃的尖锋从两条铁链之间穿透，看着刑刃一寸寸地刺入左侧胸肉，又一寸寸地横拉至右侧胸前。第一刀开胸肉结束时，剧痛已令胡客浑身的肌肉紧绷了起来，如同压缩在一起的弹簧，额前和手背上的青筋根根暴突，如同有蚯蚓在体内蠕行。但直至刃尖离开身体，胡客始终面不改色。鲜血从划开的皮肉下涌出，如同瀑布倾泻，瞬间染透了他的上半身，令他变成了一个活生生的血人。

“第二……二刀。”黑衣人绕到胡客的身后，将刃尖凑近胡客被反锁在椅后的手腕。只要手筋一断，人的这辈子就算完了。胡客的手腕感受到了刑刃寒气逼人的锋芒，他闭上了眼睛，脸色坚毅不改。

然而这一刀还未割下去，当铺的老板忽然撞开房门冲了进来，大声叫道：“不……不好了，外面来了一帮巡警，把铺子围了，要硬闯进来！”

黑衣人停下行刑，撩起窗帘，只见院子对面的围墙上，好几个巡警正翻墙而入，手中都持着枪。

使者揣测说：“最近京城发生了三大案，乱得一塌糊涂，想必是闯进来搜捕凶手的。”

黑衣人看了一眼满地的鲜血：“这里待……待不得……从后门走。”

使者指着胡客问：“那他怎么办？”捆缚胡客的铁链锁具太多太重，原本是为了防止胡客逃跑，此时却难以在急切之间解开。

“丢……丢在这里，”黑衣人说，“他是朝……朝廷通缉的……嘿，走！”他原本想说：“他是朝廷通缉的要犯，在直隶、奉天和山东接连犯案，朝廷绝不会让他活，让他被抓去，必定难逃一死，甚至还会遭受更多的折磨。”但他说话口吃，这句话又实在太长，索性不说了，招呼所有人即刻撤退。

这群人刚从后门鱼贯而出，几十个巡警就持枪涌入了会客厅，并分散搜索各处房间，解救出了被关押的铁良，另有两个巡警闯进左侧的起居室，发现了业已昏厥的胡客。

两名巡警将情况禀报给了领头的警探，那警探走进起居室看了一眼，忍受不了血腥的场面，骂了一句："妈的，真是造孽！"赶紧退出，吩咐一个巡警说："快去外面请索大人进来。"

"不必了。"伴随一个和善的说话声，一辆木制轮椅从厅门外缓缓地推入，轮椅上坐着一个面相和蔼的中年人。

警探急忙行礼："索大人！"

"陈大人不必拘礼。"索大人滑入起居室，看了胡客一眼，冲姓陈的警探点头说："就是他了。"

姓陈的警探急忙吩咐一个巡警去请大夫，特意叮嘱一定要请回春堂的顾大夫，然后又叫几个巡警速速解开胡客身上的铁链和锁具。

索大人冲姓陈的警探说："陈大人，这一次多亏你帮忙了。"

姓陈的警探受宠若惊："能为索大人办事，下官是三生有幸，求之不得。"他停顿了一下，然后说，"至于我的那一件事，还望索大人……"他不再往下说，脸上只是堆笑。

"陈大人尽管放心。"索大人点了一下头。

有了这句保证，姓陈的警探心情大好。正因为心情大好，他一时忘了自己的身份，脱口问出了一句不该问的话："索大人，你要这废人做什么用？"姓陈的警探说的不错，胡客胸前的伤口又长又深，几乎致命，即使医治好了，恐怕也只是废人一个。

"陈大人，"索大人脸上的和善忽然不见了，"御捕门的事，陈大人还是知道得越少越好。"

姓陈的警探脸上挂着发僵的笑容。

"眼下乃多事之秋，你统领京城东区的防务，万万马虎不得。"索大人说，"'三大案'的事，我答允了你，就一定会在老佛爷面前替你压下来，但如果再有第四件案子发生，恐怕神仙也难搭救了。"

一番话，说得姓陈的警探冷汗涔涔，连连点头："是，是，下官谨记，下官谨记……"

"弄好之后，把人送到总领衙门来。我在此先谢过了，陈大人。"留下这句话，索大人滑着轮椅，头也不回地离开了起居室。

第六章

光绪帝的密旨

密旨

胡客没想到自己还能活过来。

能在如此严重的伤势下保住性命，绝对算得上是个奇迹，连回春堂的顾大夫都忍不住感慨说：“这年轻人的体质，真是世间少有，更为紧要的，是他内心希望活下来。”

强烈的求生意志，将胡客从死亡线的边缘又拉了回来。他非但没有变成姓陈的警探口中的“废人”，反而一天天见好，并在一个多月后康复痊愈，只是在胸前留下了一道狰狞可怖的伤疤。

胡客第一次醒来，是在昏迷后的第四天。

睁开眼的那一刻，他发现自己睡在一张舒适柔软的大床上。

他的脑袋如同灌了铅般沉重，只依稀记得，昏迷之前，黑衣人正准备执行六极刑的第二刀，此后发生了什么，头脑中再没有任何印象。

久卧于床，身子有些疲乏，胡客打算活动一下麻木的手臂。可双手微微一抬，顿时带起哗啦的清脆响声。这一串响声令胡客彻底清醒过来。他发现双手双脚都被铐了锁链，与铁床的腿柱子锁在一起。再环顾四周，只见一盏昏黄的挂壁油灯亮在不远处，照见了一根根粗壮的铁柱子。

虽然身下睡的是一张舒适柔软的大床，可这里分明是一间牢房！

莫非是道上的牢狱？胡客暗想。

他喊了两声，四周无人回应，反倒有空旷的回声传来。在这间牢房的外面，还有极为广阔的空间。

不久后，有脚步声在远处响起。一道人影走到牢房外，因为背对光亮，看不清容貌。“你醒了。”一个清朗的声音响起，随即是一连串开锁的响声。

胡客浑身一震，他识得来人的嗓音。在巡抚大院被御捕门抓捕后，胡客与贺捕头有过长达十多天的接触。所以贺捕头的嗓音，胡客无论如何也忘不掉。

打开牢门走进来的人，果然便是贺捕头。他手里平端着一方托盘，盘中搁置着一只黑色的瓷碗，一股浓重的药味儿在牢房里弥漫开来。

“这是哪里？”胡客的言语中充满了敌意。

“御捕门京师大狱。”贺捕头把药碗凑近胡客的嘴边，“这是回春堂顾大夫开的药，你先把它喝了。”

“为什么？”胡客盯着他。一句“为什么”，涵盖了太多的疑问。为什么没死？为什么醒来会在这里？为什么御捕门要施药救治……在这一刻，胡客的脑袋已经被各式各样的疑问所占据。

“喝了它。”贺捕头只是冷冷地重复。

胡客盯着贺捕头看了片刻，头脑里不知转过了多少念头，最终还是张口喝下了这碗汤药。御捕门如果要害他，动手即可，用不着在汤药里下毒，多此一举。贺捕头收起空瓷碗，一言不发地离开了牢房。

此后的一个月内，每天都是贺捕头亲自送来饭食和汤药，回春堂的顾大夫隔三岔五会来一趟，检查胡客的伤势，除此之外，再没有第三个人出入牢房。

在御捕门京师大狱里，胡客可以说是得到了无微不至的照顾。只要顾大夫说需要什么药，无论多么名贵多么稀有，御捕门想尽办法也要弄来。胡客一点也不像是犯人，反倒像是一位贵客。只不过他的手脚始终被铁链锁死，似乎御捕门在救治他的同时，却又十分担心他逃走。

胡客对这显而易见的矛盾感到奇怪。但他却不多想。贺捕头端来汤药，他张嘴便喝，送来饭食，他张口就吃，到了该睡觉的时间，他倒头就睡。他把这一切看得理所当然，心安理得地享受御捕门提供的“高级待遇”。

一个多月后，胡客感觉自己的身体差不多痊愈时，觉得有必要做些什么了。他对送来饭食的贺捕头说：“如果你不能做主，那就把能做主的人叫出来。”

贺捕头没有理会他。

隔天，胡客再次提出了相同的要求，得到的结果仍是一样。

第三天还是如此。

几次三番之后，胡客终于失去了耐心。

“如果他再不出来见我，我就从这里杀出去！”

兴许是这句威胁的话起到了作用，这一次终于来了一个人，除贺捕头和顾大夫之外的第三个人。这个人胡客见过，是御捕门的副总捕头白孜墨，与他在汉口驶往卢沟桥的火车上照过面，而且还在车顶交过手。

白孜墨冷冷地盯着胡客，他忘不了胡客曾在隧道里偷袭他的那一刀。他的背上，还有那道问天留下的疤痕。他令贺捕头解开了胡客手脚上的锁链，换了一对精铁手铐铐住。

“随我来。”白孜墨出了牢房，沿狱道向左侧走去。贺捕头留守牢房，胡客则跟随白孜墨前行。

狱道里光线晦暗，湿气透骨，寒意侵体，一股浓厚的腐臭味弥漫在空气中。两侧是一间间的牢房，墙壁上昏暗的火光耀映出牢房中的各式刑具，有击顶金瓜、刺颈重枷、椓刑棍、流洗刷、分肉倒刺刀、老虎凳等等，时不时还有刺耳的老鼠吱叫声传来，平添几分阴森恐怖。所有的一切，仿佛并非行经在人间牢狱，而是游走于阴曹地府之中。

“总捕头是正黄旗赫舍里氏，名叫索克鲁。”白孜墨走到狱道尽头处的一扇铁门前，停下了脚步，伸手推开了铁门。

穿过铁门，胡客走入的是一间由牢房改造而成的石室，并不明亮的光线由一碟昏暗的油灯发出。石室内空荡荡的，只有一张木桌，桌子后面，一道人影坐在黑暗深处。

胡客径直在桌前留出来的空椅子上坐下，开门见山地问：“你想要我做什么？”胡客是刺客道的青者，御捕门救下胡客，并想方设法治好他的伤，一定有事相求。除此之外，胡客实在想不出别的理由。

坐在黑暗里的人发出了和善的笑声，轮椅缓缓向前滑动，一张慈眉善目的脸出现在光照下：“顾大夫说，你的身子尚未痊愈，你几次提出想见我，我都没有应允。这次实在是怕你把大狱搅得天翻地覆，这才不得不与你提前见面。我早前听说刺客道出了一位后起之秀，行事作风与众不同，今日一见，你果然有几分特别。”

“有话直讲。”胡客看不惯虚与委蛇这一套，“如果我不情愿，杀了我也没有用。”

和性情直接的人打交道，应该选用最直接的方式，这样才不至于让对方感到厌恶。索克鲁不再拐弯抹角，拉开桌下的抽屉，取出一个信封，放在桌上，推到胡客的身前：“我想和你做一笔交易。”

胡客低头看了一眼，那是一封封口火漆已经剥落的密函。

“什么意思？”胡客不明白索克鲁的言下之意。

“你拆开看，看完以后，就会明白了。”

索克鲁的葫芦里到底卖什么药，胡客不清楚。他打开密函，从中抽出了一方信纸，折展开来，看见了八个不大不小的墨字：“字从漫灭，落景遽斜。”

胡客不明白这八个字的含义，甚至连字面意思都理解得不太通透。

“这封火漆密函，是宫中的王太监偷偷给我捎来的。”索克鲁很适时地解释道，“这八个字，你可知道是谁所写？”不等胡客回话，他神色肃然，两手朝北面一奉，“这乃是当今圣上的御笔龙墨！这封密函，是圣上亲笔书写的密旨！”

索克鲁说这番话时一脸肃容，然而胡客却不以为意，别说是人间的皇帝，就是天上的玉帝王母、佛祖菩萨，也惹不动他情绪上的半分波澜。

“你能解得出圣上的旨意吗？”索克鲁又问。

既然是需要通过太监偷传的密旨，自然不会把意思写得过于明显。胡客能够解透阎老头留下的藏头匿尾信，但对“字从漫灭，落景遽斜”这八个字，无论横看竖看，始终没有半点头绪。

“我初拿到这封密函之时，也对圣上的旨意揣测不透。我花了整整两个月的时间，才解通了其中的含义。”索克鲁从抽屉里取出一本蓝皮的印花册子，翻开到其中的某一页，推到胡客的身前，“你看看这一页，兴许就能明白。”

那是一本有些年纪的蝴蝶装诗集，翻开的一页上印着李商隐的《江上》：

万里风来地，清江北望楼。
云通梁苑路，月带楚城秋。
刺字从漫灭，归途尚阻修。
前程更烟水，吾道岂淹留。

胡客刚刚读完，索克鲁又递来另一本更厚的册子，翻开的页张上印着《冬日临昆明池》，那是唐太宗李世民的一首诗：

石鲸分玉溜，劫烬隐平沙。
柳影冰无叶，梅心冻有花。
寒野凝朝雾，霜天散夕霞。
欢情犹未极，落景遽西斜。

胡客立刻捕捉到了两首诗中的关键点。

“刺西？”胡客抬起头来。

密函中的八个字，取用了《江上》中的“刺字从漫灭”和《冬日临昆明池》中的“落景遽西斜”，将两句诗组合而成，只是隐去了其中的“刺”字和“西”字而已。

索克鲁面浮笑意，倒回轮椅里，说道：“当今主政的慈禧太后，在早年垂帘之时，曾与慈安太后两宫同治，因慈安太后居住在紫禁城东边的钟粹宫，慈禧太后居住在紫禁城西边的储秀宫，所以世称慈安太后为东太后，称慈禧太后为西太后。”索克鲁说到这里，言下之意已十分明显，“圣上被慈禧太后囚禁，已有七年之久。圣上与太后关系不和，甚至相互仇视，朝野皆知，所以圣上有这样的想法，并不奇怪。圣上担心这封密函落入旁人手中，对他造成不利，是以将真正意思隐于‘字从漫灭，落景遽斜’这八字当中。若非我遍查典籍，恐怕也很难解出圣上的旨意。”

“你要我入宫替你刺杀慈禧？”

“你的确很聪明。”面对胡客的问话，索克鲁微微一笑。

当初他第一次看透密函中的旨意时，吓得浑身寒战不断，如同在大冬天里掉进了冰窟窿中。对他而言，摆在面前是一个艰难无比的抉择。一方面，慈禧当政，权倾天下，刺杀慈禧，绝对是冒天下之大不韪的事，如果失败，难逃凌迟处死、株连族人的厄运。可另一方面，虽说眼下是慈禧当政，但毕竟慈禧年事已高，人再厉害也胜不过天，是人就有垂暮老死之日，反观光绪，虽遭囚禁，成为一个徒有虚名的傀儡皇帝，但他正值壮年，等到他日慈禧寿终正寝，驾鹤西去，大清的权力势必落回光绪的手中，此时如果不听受光绪的旨意，等到将来他亲政之日，第一批要收拾的人里，必定就有他索克鲁的名字。

这个两难的抉择，着实纠缠了索克鲁好一阵子。最终他决定，为将来的前途着想，听受光绪的密旨，秘密组织人手刺杀慈禧！

然而御捕门之中，且不说有没有人愿意领受这项任务，即便有人自告奋勇，索克鲁也不会把事情交给他去做。一来，御捕门的人虽然擅长抓捕刺客和暗扎子，但却从没有行过刺杀之事，欠缺这方面的经验；二来，如果派御捕门的人去做，一旦失手，追查起来，整个御捕门都会受到牵连，索克鲁作为御捕门的总捕头，必定首当其冲难辞其咎。基于这些原因，索克鲁决定物色一个精于刺杀之道而又与御捕门、与他索克鲁没有丝毫关联的人去做。哪怕失败了，朝廷追查起来，索克鲁两手一推，自然不会有任何瓜葛。

有了这样的打算，索克鲁密令白孜墨持金鹰腰牌南下，召集天地字号御捕齐聚汉口，随后亲自南下，准备以铁良为引，活捉揭了赏金榜的暗扎子荆棘鸟。

在铁良乘坐的那班火车上，虽然由白孜墨在明处调度，实则索克鲁也伪装成乘客潜伏在车上，一切事务都由他暗中指挥。自从双腿残疾之后，他已经有很多年没有亲自行动过了，但这件事实在关系重大，如果他不亲身参与其中的每一个环节，始终会觉得提心吊胆。

原本一切都在索克鲁的掌控之中，可没想到刺客道的胡客和屠夫会以铁良为目标来展开守杀的争夺。假扮成厨子的屠夫，分散了御捕门的注意力，胡客的出现，则彻底改变了格局，使得荆棘鸟在爆炸中死于非命。

面对荆棘鸟的尸体，索克鲁当机立断，追捕胡客。荆棘鸟死了，那就让杀死荆棘鸟的人来代替。

胡客在保定府境内换乘马车，这给了索克鲁等人骑快马追赶的机会。早在抵达卢沟桥之前，索克鲁就已经悄悄追上了胡客的马车。他是亲眼看着胡客进入北京城的，他也是亲眼看着胡客走入头号当铺的。

北京城是清廷的权力中心，天子脚下发生的事，几乎全在御捕门的视线之中。刺客道在头号当铺集结力量对付胡客，这件事早已被御捕门的探捕秘密探知。索克鲁一进京，探捕就向他禀报了这一情况，当时情势太过紧急，来不及回御捕门调集人手，索克鲁急忙找附近负责巡防的陈守业借巡警队一用，好歹抢在刺客道动手之前，将胡客救了下来。

“你要知道，这并不是一件坏事。”索克鲁说，“战国末年，燕太子丹结交荆轲，定下割地献图计，谋刺秦王政，使得荆轲千古流芳。如今慈禧弄权，天下人皆唾骂不止，你若能入宫刺杀慈禧，即便没有成功，也必定会同荆轲一样，名流百世，万古颂扬。”

从同治年间起，四十余年来，慈禧一直是紫禁城中真正的帝王。古往今来，敢于刺杀帝王的刺客屈指可数，其中成功者更是寥寥无几，只有杨玉夫刺杀宋后废帝刘昱、耶律察割刺杀辽世宗耶律阮、辛古刺杀辽穆宗耶律璟等几个成功的案例，个中难度可想而知。胡客是刺客道的青者，对光绪自然没有任何感念之心，对御捕门更加不会有任何好感，为一个毫不相干的理由潜入紫禁城刺杀慈禧，这种蠢事，恐怕只有傻子才肯去做。

胡客理所当然地拒绝了索克鲁。他还肩负着其他的使命，不能如此草率地拿身家性命来开玩笑，就算要刺杀慈禧，也绝不会是为了“名流百世，万古颂扬”这样荒诞无稽的理由。

“你一定会愿意的。”索克鲁却显得信心十足。他从桌下的抽屉里拿出了一样事先准备好的东西，放在了桌上。他相信，这样东西的出现，一定能令胡客改变主意。

果然，当胡客看见这样东西时，他的脸色有了一些变化。

那是一串项链，以蔓草纹相缠的水晶瓔珞。对胡客而言，这串项链意义非凡。世间的每一样东西，都代表着一段独一无二的回忆，这串项链也不例外。在那个皓月当空的夜晚，胡客与姻婵在湘江畔的江神庙中拜天地的场景，总会因为目睹这串项链而历历在目。尽管胡客努力地克制，不想让内心的情绪波动表露出来，可脸色的细微变化，还是被索克鲁注意到了。

“我不会强求你。”索克鲁很显然精于谈判之道，“我一开始就说过，我想和你做一笔交易。你替我刺杀慈禧，我还她自由，并且替你二人安排好事后的一切。哪怕大清的土地容不下你们，我也会给你们安排一个海外的好去处，我保证让你们这辈子有享不尽的富贵荣华。你好好考虑一下吧。”

“她在哪里？”胡客抬起头来。

胡客并不知道，那天姻婵在货运车厢里醒过来后，因为担心他的安危，所以在最近的集镇上抢了一匹马，一路飞驰，终于在彰德府过后的一个中腰小站追上了火车。她虽然巧妙地避开了日月庄的那群人，却在还没来得及找寻胡客的时候，就阴差阳错地撞见了曹彬。曹彬对这位在八宝洲秘密监狱里救走胡客的“姻小妹”恨之入骨，早就把姻婵的容貌深深地刻入了脑海，化成灰也能认出来。姻婵身上的毒早已用光，在曹彬的面前几乎丧失了反抗之力。

胡客虽然不知道姻婵是怎么被御捕门抓住的，但他十分后悔，后悔那一天把姻婵留在了货运车厢上。如果让她跟随在身边，虽然也要面临无数不可测的危险，但无论如何，也不至于让她落入御捕门的掌控。

“你大可放心，她现在待在一个很安全也很舒适的地方。只要你肯接手这笔交易，即便没有成功，我也保证，她一定会毫发无损地回到你身边。”

“好，我答应你！”这一次，胡客不再有任何犹豫，“不过我有条件。”

“尽管说。”索克鲁将身子微微前倾，“无论什么样的条件，我都答应你。”

“我身上被你们搜走的东西，必须全数归还。另外，我还需要三样东西。”胡客面部的肌肉微微抽动，“一柄足够锋利的短刀，出入京城的凭证，再额外给我十天的时间。”

“好，一切都应允你。”索克鲁不假思索地说，“你身上的东西，会全部还给你，我府上收藏了不少宝刀，供你挑选，出入京城的凭证，我今天就能给你，十天的时间也有，我定好的刺杀计划，是在半个月后才进行。”接着又试探性地说，“那我现在跟你说说我的计划吧。”

“不必了。”胡客猛地站起身来，“把我要的东西给我，十天后如果我活着回到这里，再听你说。”

索克鲁有些不理解地望着胡客。他不知道胡客要这十天的时间去做什么。但他知道，买卖谈到最关键的时刻，是决不能说出“不”字的。

“好，”他颔首应允，“所有事情，一概依你。”

虽然不知胡客为何要十天的时间，但索克鲁深知，他可以派人跟踪胡客，秘密地监视胡客的一举一动，以防胡客在这十天的时间里做出任何对他不利的事，比如说告密。

复仇

胡客要这十天的时间，不为其他，只为复仇！

他怀揣着从索克鲁府上挑选的一柄锋利的短刀，化装成一名脚夫，在御捕门总领衙门的斜侧街口坐下。

北方的春季并不暖和，穿堂入巷的春风，还裹挟着丝丝缕缕的余寒。街上行人不多，偶有过路者，大都是进入御捕门总领衙门办事的官员。

胡客在街口一坐就是一天，目不转睛地盯着总领衙门的大门。他在搜寻一个人。在头号当铺那天，黑衣人因情况紧急，把胡客丢给了巡警便急匆匆撤离。黑衣人原本是打算处死胡客的，所以胡客坚信，黑衣人一定会派人前来总领衙门打探他的死讯。只要他没死，这个打探死讯的人，就一定会三番五次地前来，想搞清楚胡客目前到底是个什么样的状况。

胡客要等的，就是这个前来打探他死讯的人。

从清晨初起，到黄昏降临，一个白昼的时间过去后，终于，一个熟悉的身影出现在了总领衙门的大门前——头号当铺的老板。

当铺老板把身子裹在厚实的大衣里，顶着寒风走到总领衙门的门前，找看门的守卫攀谈。守卫对这个连续一个月都来询问的中年男人已经习以为常，如果哪天当铺老板没来，他反倒觉得奇怪。当铺老板还没开口，守卫就摇起了头："今儿个还是没信儿。"索克鲁需要胡客去刺杀慈禧，当然早就严令不许走漏胡客的任何消息，所以这个小小的守卫，自然打探不到胡客的准信儿。

当铺老板一脸失望，又暗暗不解，心里想："人都关进去一个多月了，怎么还没被处死？该不会出什么变故吧？"

当铺老板垂头丧气地转身离开，裹紧了大衣，朝几条街外下榻的客栈走去。

当穿过一条巷子时，他的身后响起了迫近的脚步声。

当铺老板回头，见是一名赶路的脚夫，便没在意。

那脚夫加快脚步，超过了当铺老板，在巷子的中段，忽然转过身来，将当铺老板的去路拦住。

当铺老板向左移，脚夫也向左移，当铺老板向右挪，脚夫也向右挪，总之是不偏不倚地拦住了去路。

当铺老板懊恼地仰起头来："我说你这人……"

他忽然认清了脚夫的脸，霎时间瞠目结舌，已到嘴边的话，又一字字地咽了回去。他不禁扭头看了看前后，整条巷弄空空荡荡，连一个可以呼救求援的人都没有。

当铺老板望着扮成脚夫的胡客，眼神里透出了绝望："你，你怎么会活着……"

他话未说完，一道寒光忽从眼角掠过，右手一凉，大拇指带着血丝，掉落在了地上。当铺老板急忙捂住血流如注的伤口，却连一声呻吟都不敢发出，只是疼得浑身发颤。

"这封信，你带回去，交到他们的手上。"胡客收回带血的短刀，将一封信放到当铺老板的左手上，"如果带不到，你就等着给自己收尸吧。"

当铺老板咬紧牙关，连连点头。大冷天的，他的额头上却早已汗出如浆。

事关身家性命，当铺老板不敢有丝毫怠慢。胡客一离开，他便急忙去医馆简单包扎了伤口，然后雇了一匹良驹，连夜奔出北京城，沿官道向南飞驰。

三个时辰后，他飞奔进了东口有一株百年老槐树的倪家坳，闯入西口一家单门独户的农家小院，飞快地敲打板门："快开门，开门！是我！"

这户农家小院，正是刺客道众人的藏身之处。黑衣人带人离开北京城后，就藏身于此，令当铺老板返回京城，打探胡客的死讯，一旦有消息，火速赶来通报。

一个多月过去了，眼看始终没有想要的讯息捎来，黑衣人不免起急。会不会出了什么变故？他犹豫着要不要亲自回一趟北京城，看看到底是什么情况。然而这时候，当铺老板却在一个深夜骑着快马赶到了。

听到如此急切的敲门声，黑衣人顿时猜到事情不妙了。他打开门，当铺老板跌跌撞撞地扑了进来，上气不接下气地讲述了胡客还没死的事，并将信件交到了黑衣人的手里。黑衣人急急忙忙拆开封口，却发现信封内是空的，并没有信纸。

“信呢？”

“我……我没有动过啊。”当铺老板急忙解释。

“当真？”

当铺老板连连点头。

“那他是……是什么……什么意思？”黑衣人手握信封，不解地望着当铺老板。当铺老板也用同样不解的眼神回望着黑衣人。

就在两人相互对视的时候，偏屋里忽然传来了两声惨叫。

这两声惨叫短促而凄厉。

偏屋里住着两名青者，看来多半出事了。

黑衣人和当铺老板急忙冲入偏屋，果如所料，两名青者一个横卧在床，一个斜躺于地，房中鲜血四溅，两人的脸上，都有两个潦草的血字：“廿七”。左侧窗户敞开，尚在微微摇晃。

黑衣人冲到窗前，朝外面眺望。夜色漆黑，看不见任何人影。黑衣人走回来，看了两名青者脸上的血字，又俯下身查看了伤口，均位于胸前，既薄且深。

“是他！”黑衣人面色冷峻。他瞬间明白过来，胡客之所以让当铺老板送信，并不是为了传什么话，而是想让当铺老板做他的引路人。当铺老板心急火燎地连夜赶到倪家坳，胡客正好暗中尾随，轻而易举就找到了刺客道众人的藏身之处。

黑衣人心中懊恼，狠狠地瞪了当铺老板一眼。然而这时候责备当铺老板，已然于事无补。

“当初没……没杀死他，真是悔……悔之莫及！”黑衣人内心起急，口吃更加严重，“快……快把人都……都召集起来！”

当铺老板匆忙跑出偏屋，把所有人召集到偏屋。此行总共一十四人，眼下已死了两个。剩余的十二人，齐聚屋中，共同商讨对付胡客的法子。

胡客是青者，黑衣人等人也是青者。同为青者，黑衣人对胡客的进攻方式揣摩得十分准确。他知道，胡客虽然身手厉害，一对一时有必胜的把握，但若一对十四，就没有绝对的胜算。当没有足够的胜算时，一个成熟的青者是不会轻易选择出击的。所以，胡客虽然尾随当铺老板来到了倪家坳，却没有直接现身，而是先出其不意地偷袭了住在偏屋中的两个青者，得手后迅速逃遁。胡客采取的进攻方式，是分而击之，逐个击破。

黑衣人当即决定，剩余的十二个人，从此刻起，无论做什么事，哪怕是去上茅厕，也要聚在一起，防止落单的情况出现。胡客被视为刺客道数十年一出的奇才，与之对决，单个个体势必落于下风，但如果将十二个人的力量集中在一起，对付胡客，就有了相当程度的胜算。

这一晚，十二个人紧绷着神经，聚集在偏屋之中，轮流守夜，不让胡客有任何可趁之机。依靠严丝合缝的看守，一直到天亮，都没有任何风吹草动出现。

一夜无事，反倒令黑衣人更加担心了。胡客是怀揣着复仇之心来的，但他却能忍住仇恨，蛰伏整晚，如同一只张开血口吐着信子潜伏于草丛深处的毒蛇，哪怕猎物近在咫尺，但只要最佳时机没有来临，就绝不会发动致命的一击。越是冷静镇定的敌人，就越是可怕。

长时间留守在倪家坳，和藏身暗处的胡客干耗下去，绝非长久之计。所以天亮后，经过又一番合计，十二个人决定，即刻离开倪家坳，赶往南方。刺客道的势力集中在南方，所以大部分的青者都在南方活动，十二个人这样决定，是要寻求庇护的意思。

日升日落，赶了一天的路，傍晚时分，十二个人来到一个叫茅革集的地方。人不休息，马也要休息，于是十二个人在此过夜，住进了镇口的客栈。掌柜见一群人进了客栈，本以为来了一单大生意，热情洋溢地迎上去，没想到十二个人却只要一间房。掌柜的热脸顿时有如六月飞霜。

晚上睡在二楼的客房里，十二个人仍然轮流守夜。

但是到午夜时分，还是出事了——客栈失火了。

和汉口大智门的四海客栈一样，火也是从厨房里烧起来的。因为是午夜，忙了一天的伙夫和小二都睡下了，无人控制的火势越烧越大，最终蔓延至整家客栈。滚滚浓烟中，刺客道的人迅速从房间里撤离，然而聚到客栈外一点人数，却发现少了三个人。

“果然跟来了！”

黑衣人神色凝重，这少了的三个人，多半已在刚才的混乱中惨遭毒手。看来茅革集也非久留之地。黑衣人一招呼，剩下的九个人从马厩里牵出坐骑，连夜向南方赶路。

至黎明时分，经过一片果林时，一个叫陆横的青者，在压抑了一天一夜之后，终于无法忍受下去了。

“你们先走，我一个人留下来对付他！”

往常都是让别人承受死亡的恐惧，而今却彻底颠倒过来。陆横不想再逃了。横竖是一死，与其在逃跑的途中死得不明不白，还不如正大光明地与胡客对决而死。

黑衣人了解陆横的脾气，没有勉强他，带上其余的人速速离开了。

陆横一个人留了下来。

他手握一对吴钩，立在果林中。

晨曦穿透枝桠的间隙，洒满他的全身，将他的影子扯向西方，拉得斜长斜长。

“出来吧！”陆横横眉怒目，“我知道你就在附近！都说你是兵门的后起之秀，难道就只会干些偷鸡摸狗的事吗？”

他浑厚的话音刚落，一条魁伟的身影，从一株树后转了出来。

陆横斜仰起头，眯缝双眼，望向初起的朝阳。也许这是最后一次欣赏人间的日出了。他有些留恋地多看了几眼，然后深吸了一口气，紧了紧握吴钩的双手。

陆横在道上的绰号是“赵客”。“赵客缦胡缨，吴钩霜雪明”，古老的燕赵之风造就了世代相传的燕赵侠气，是以自古以来，燕赵之地就多感慨悲歌之士。陆横是河北人，与生俱来了这种侠的气质。自入刺客道起，十余载寒暑，他始终秉承替天行道的原则，只杀该杀之人，若任务的目标是他觉得不该死的人，他便拒绝执行。这种与众不同的气质，令他在道上颇具侠名。

在这样一个晨曦明媚的清早，在这样一片静谧安宁的果林，吴钩与短刀相撞，星火四溅。刹那间惊鸟啁啾，振翅纷飞。一场生死对决，就此展开！

陆横早就听说过胡客的强大，一上来绝不轻敌，使出了全力，发动了一轮疾风骤雨般的进攻。然而这轮拼尽全力的疾攻并没有对胡客造成太大的麻烦。当迅猛的浪潮平息后，胡客的反击开始了。刹那间，陆横左右支绌，显得手慌脚乱。对陆横而言，能胜过屠夫一招半式的胡客实在是过于强大了。只不到三十个回合，在胡客的“龙转扶摇”中，陆横回钩不及，被短刀侵入中宫，败下阵来。

吴钩掉落于地，吴钩的主人则闭上了眼睛。

“你走吧。”出人意料地，胡客并不打算取他的性命。

陆横睁开眼睛：“为什么？”

“你敢留下与我对敌，还算有些骨气。你在道上的名声不坏，快走吧，别再让我看到你。”胡客在道上行走六年，听过不少青者的名头，然而能让他佩服的人并不多，陆横身手并非翘楚，但人品德行出众，算是其中的一个。胡客收起了短刀，与陆横错身而过，头也不回地向南边走去。

陆横像丢了魂魄般，一动不动地站在原地。败于胡客之手，却能保住性命，让他有些错愕。在这份错愕中，他忽然意识到，胡客的为人，似乎并非如道上传言的南家人那般。片刻后，他忽然转过身，冲走远的胡客大声喊道：“他们会在九龙道设伏，你不要再追下去了。”

“那我就在九龙道破伏！”胡客的声音坚如磐石，步伐一往无前。

陆横提到的九龙道，位于果林南面三里地外的两道山梁之间。九龙道左傍山，右临涧，迂回蜿蜒，有如龙身九曲，因地势险要，自古以来就是兵家战地。从春秋战国起，在此地发生的大小战役以数十次计。据说此地的乡民，在道旁的山涧中刈草时，常常能拾得锈蚀的断戟残剑，多为前朝之物，也有不少被流水冲散的遗骸残骨，零星地散布在乱石浅草之间。

黑衣人不愿意坐以待毙，也知道陆横不是胡客的对手，所以当胡客被陆横暂时阻击在果林中时，他带余下的七个人赶到九龙道，在第七拐的荒草丛中设伏，按住兵器，屏息以待，准备依靠九龙道的险要地势，给胡客以致命的伏击。

山涧深处流水哗啦，满山林莽鸟啼虫吟。在潜伏的杀气四周，却是一派融融其乐的春景。

等待了片刻，在洒满阳光的山道尽头，胡客的身影出现了。

第一拐，第二拐，第三怪……第六拐……

当胡客走入第七拐的埋伏圈时，黑衣人弹了一个指啸，八个人同时从荒草丛中跃出，四前四后，将胡客夹击在狭窄逼仄的山道拐点上，随即亮出兵器，展开了迅猛的围攻。

胡客早就知道九龙道有埋伏，是以并不慌张，背倚山壁，出刀如电，单拳两脚翻转蹈动，片刻间化解了八个人的三波攻势。

眼见集合八人之力，竟还是无法奈何胡客，黑衣人立即收起两刃刀，取出藏在怀中的问天，窥准时机，一刀砍出，正好击中胡客的短刀刀面。咔哧一声脆响，胡客手中的短刀虽说是索克鲁的藏品，也算得上是一柄宝刃，但在问天面前，还是如麻雀之于苍鹰，蜉蝣之于鲲鹏，顿时折为两截。

短刀一断，胡客身手再怎么厉害，充其量也只是肉拳肉脚，打在身上，顶多一阵阵痛，并不至于毙命。少了这层顾虑，八个人胆气一壮，攻势密如急雨，诸般兵器朝胡客周身招呼，势要毕其功于一役。

胡客仍不显慌乱。越是危急的时刻，越能看出一个人的沉着与冷静。

胡客在刀缝剑隙间闪转躲避，忽而伸手一捉，扣住一名青者的手腕，将其整个人拉至身前，左手按住其后颈窝上的要害，将其充作肉盾，一面舞动该青者的右臂，迫使他动用手中的鹰嘴弯刀，抵御另外七个人的围攻。

这一招以敌制敌，委实出人意料。七个人投鼠忌器，出招变得畏手畏脚，生恐误伤同伴。而在胡客的控制下，那名青者的每一刀都狠辣无比，毫不留情。

这一下局势瞬间颠倒！

眼见情况对己方不利，黑衣人只好又使出先前的那一招，看准时机，问天的赤芒划过，鹰嘴弯刀应声折断。兵器折断，被控制的青者就失去了用处，胡客催动手劲，将半截断刃插回那青者的胸口，随即飞起一脚，将其整个人踹落山涧。胡客旋即使出一门古怪的手法，趁七个人尚未回过神来之际，又将一人擒住，依葫芦画瓢，一面制住其身充作肉盾，一面迫使其挥舞龙头刀应敌。

黑衣人咬牙切齿，狠下心来，又一次用问天断其兵刃，胡客也用同样的方式毙了手中的青者。黑衣人发一声喊："留心，别再让他拿住！"

然而他的话音还没落，胡客那怪异的手法又使了出来。

这一次倒霉的是那位当铺老板。当铺老板还没明白是怎么回事，已落入胡客的掌控之下。

见胡客同样的手法竟然一连三次得逞，黑衣人不由得气急败坏。怒火攻心之下，他不再顾惜同伴的性命，发动了一轮强攻。胡客以当铺老板的身体抵挡。转瞬间，当铺老板身中七刀，口涌血沫，双眼死死地盯住黑衣人，渐渐断了气息。

当铺老板死后，胡客夺下他手中的单刀，斜向撩出一刀，攻击黑衣人的左肋。黑衣人仗着问天锋利，既不闪也不避，将问天的刃口迎向单刀，妄图再次格断胡客的兵器。

胡客正是要引黑衣人出击！

两刀相交的瞬间，胡客的怪异手法第四次使出。黑衣人只觉眼前一花，倒霉的已变成了他自己，他的手腕落入了胡客的擒拿之下。但黑衣人身手当真了得，情急之下，手腕一翻一转，竟从胡客的掌下逃脱出来，只是问天却被胡客夹手夺去。

问天重回手上，胡客顿时如虎添翼。他的嘴角浮起了一抹冷笑。问天在手，剩下的五个人，再不用放在眼里！

胡客没有问天时，八个人非但奈何不了他，反而还折损了三人，如今胡客问天在手，剩下的五个人都知道眼前的敌人变得多么强大。五个人不约而同地退却了几步，一时之间，竟原地逡巡，不敢再围攻上去。

寂静之中，山道的两侧传来阵阵清脆的马铃，有赶早路的商贾队远远行来，至第七拐前，被眼前的一幕吓住，急忙勒住马缰，远远驻足观望。

这一瞬间，胡客想起了走入头号当铺的那天，想起了他被锁在窄椅上动弹不得的情景，想起了刑刃冰冷的尖锋一点点地划开胸膛的感觉。胡客浑身上下，无一处不透出腾腾的杀气。他缓缓地将问天翻转，刃口翘起，反握于掌下，目光冷漠无情地扫过在场的每一个人。

令人胆寒的肃杀之气弥漫开来，连鸟鸣都似变得尖锐刺耳，连阳光也似变得冰冷无情。当胡客出手，问天的杀气裹挟着血雨漫天飞舞，一道道妖艳夺目的赤芒仿佛要将这凝滞不动的世界割裂得支离破碎。两个青者倒下了，紧接着是那使者，然后是青衣人。黑衣人虽然极力抵挡，却也身负多处刀伤，血光飞溅。当两刃刀最终寸寸断裂，问天赤红得发紫的弧形刃尖，最终刺入黑衣人的左胸，然后横向一拉，划开了黑衣人的胸肉！

“从今日起，我胡客正式脱离刺客道，将来是生是死，与刺客道再无半点干系！”胡客声严辞厉，“你回去转告姓雷的，不劳他派人寻我，只管让他在天层等着，我胡客办完手头的事，一定会想办法找到天道，亲自上天层拜会他！”

胡客并没有杀死黑衣人，他掌握好刺入的尺寸，只是报还了那开胸肉的一刀之仇。留下这番铿锵有力的话后，胡客转身便走。

黑衣人抬起手，想触摸鲜血流淌的伤口，却因疼痛而缩手。他哽了哽喉结，嗓子里吃力地挤出声音：“你斗不过……斗不过整个刺客道的……”

胡客却置若罔闻，大步向前。

远处的商贾队急忙让路，丝毫不敢招惹这个烈焰腾腾的杀神。

直到胡客的身影消失在九龙道的尽头，黑衣人才终于支撑不住身子，跪伏在地。他望着满地的鲜血和同伴们的尸体，回想方才的一幕，心头一阵冰凉。

七尸八命

原本预想的是十天，可只用了四天的时间，胡客就办完了所有该办的事情，返回了北京城。

贺捕头奉索克鲁之命，每日从早到晚在城门前等候。胡客一出现，等候多时的贺捕头就迎了上来，一边将胡客引上一抬轿子，抬至鸿宾酒楼，一边派人前去通知索克鲁。

当晚，索克鲁包下鸿宾酒楼的整个二楼，命贺捕头亲自看守楼道，不许任何人上楼来打扰。他在二楼位置最好的雅间里设宴，亲自款待归来的胡客。

胡客心情不好，胃口也就不好，只随意动了动碗筷杯盘，就不再理会满桌的美酒佳肴。他知道，索克鲁包下整个二楼共八间雅间，绝不仅仅只是为了吃一顿饭。所以他停下筷子后，就安静地靠着椅背，等待索克鲁把话题引入正轨。

酒过半晌，索克鲁取出两张票样，对胡客说：“这是半个月后去日本的船票，事成之后，你可以带上她去海外避一避风头。当然，如果你们不想远走海外，我会给你们安排国内的去处。你先把这两张票拿着。”

待胡客接过船票，索克鲁又说：“自从‘庚子西狩’的途中遇刺之后，老太婆从此学了个乖，减少了在大场合露面的次数，再加上最近几个月京城发生了不少怪事，如今紫禁城守备森严，除了极少数心腹亲信外，大多数人连入宫的机会都没有，更别说面见老太婆了。”虽然包下了整个二楼，但毕竟身处人多混杂的酒楼，不是御捕门大狱里的秘密石室，所以索克鲁不敢直言慈禧二字，代之以“老太婆”三字，倒也含了讥讽之意在其中。

“想接近老太婆，唯有等到她过寿之时。那时百官朝贺，歌舞斗艳，虽有禁军保护，但人员复杂，是以有机可趁。可她的寿辰在十月，还有大半年的时间，我们可等不了那么久。不过，”索克鲁语气一变，“最近京城发生了震惊朝野的‘三大案’，虽然令紫禁城加强了守备，却也创造了一个绝佳的机会。”

胡客想起一个多月前，押着铁良进京那天，城里满大街的告示牌上，贴满了通缉“三大案”凶手的悬赏令。胡客虽然来北京城有一段时日了，但进城当天就遭遇黑衣人的算计，后得索克鲁救命，此后一直被关在御捕门京师大狱里养伤，出来后就直接去报仇，所以始终没有机会了解“三大案”是怎么回事。这一次通过索克鲁的讲述，总算得知了“三大案”的来龙去脉。

当初胡客在北方接连刺杀七位朝廷命官后，御捕门奉旨缉拿凶手。当贺捕头和曹彬率领一批捕者南下追捕胡客时，远在北方的京城，接连发生了三宗扑朔迷离的灭门凶杀案！

第一宗案子，发生在弘腾烟馆。崔承德夫妇在三号私房的烟床上，被刺身亡。

第二宗案子，发生在孟家饭庄。崔延寿一家三口在此用饭时，全部中毒而死。

第三宗案子，发生在光华戏院。柳青及其妻子余湄儿在后台被杀，一刀毙命。

这三宗案子，发生在短短的三天之内，相互间只间隔一天，前后总共有七人被杀，其中余湄儿死的时候怀有身孕，所以实际上又是七尸八命。

按理说，三件凶杀案的死者，既非朝廷重臣，也非皇亲国戚，没有理由激起太大的波澜。但实际上这三件案子却在极短的时间内制造出了无与伦比的轰动，究其原因，是因为这三件案子相互间休戚相关，并且共同指向了同一个人——崔玉贵。

崔玉贵，时任宫中的二总管太监。此人早年净身进京，在庆王府当过太监，后来宫中为迎合慈禧，成立了升平署戏班，崔玉贵因身手不错，被推荐入宫，进入戏班子演戏。因他演得讨好，博得了慈禧的欢心，再加上又是李莲英的同乡，所以从此得以发迹，很快平步青云，升任二总管太监，授三品衔，成为慈禧身边的红人。

自古以来，太监就没有生育能力，只能靠收养义子，使自己名义上得以传宗接代。崔承德和崔延寿二人，就是崔玉贵所收的义子。而柳青和余湄儿，则是跟随崔玉贵学京剧的徒弟。

三天内接连发生三件凶杀案，死者都与崔玉贵有关，很难说这只是巧合。坊间猜测，凶手定与崔玉贵有深仇大恨，只因崔玉贵常年在宫中行走，极少露面，且出行都有众多护卫保护，不好下手，所以这才接连杀死与崔玉贵最亲近之人，连小孩和腹中的胎儿也不放过，大概是觉得让崔玉贵家破人亡还不够，要他“断子绝孙”才甘休。

这等人伦惨剧从天而降，年近半百的崔玉贵如何承受得住？他日夜恸哭，数日不振，竟险些因此一命呜呼。

死去的三家人，平日里仗着崔玉贵的权势，骄横自大，死了倒也没人觉得可惜，甚至有不少人拍手称快。

但官府的反应就不同了。

因死者系崔玉贵的亲属，官府追查凶手时相当卖命，但始终查不到线索。凶手就像是一阵风，来去无影，过往无踪。

眼看三件案子就要随着时间的流逝而逐渐平息，偏偏在这时候，紫禁城里发生了诡异的“鬼影事件”，一下子令三件案子再度被炒热，变得更加扑朔迷离。

不知从哪一天起，紫禁城内忽然有风声走出，说接连数日，宫中都有女鬼出没。据说有宫女在宫墙下看见过一个穿白色满服的女子出没，还有看守瀛台的太监看见一个白衣女子在中南海的冰面上飘荡。传言者言之凿凿，听受者将信将疑。于是乎，珍妃冤魂不散的说法，在北京城内不胫而走。

说起这位珍妃，那倒真是一出人间惨剧，也难怪一出现冤魂鬼影，宫中的宫女太监们第一个就会往她的身上想。

这位大名鼎鼎的珍妃，就是当朝皇帝光绪的宠妃他他拉氏。

七年前，戊戌变法失败后，光绪被慈禧囚禁于颐和园的玉澜堂，后迁囚于中南海上的瀛台。作为光绪最宠爱的妃子，珍妃的下场和光绪一样，也遭到了囚禁，先是囚禁于紫禁城内的北五所，后迁囚于景祺阁。

由于光绪长久以来的不合作，慈禧在囚禁光绪后，产生过废帝另立的念头。然而，自从戊戌变法之后，西方列强一直高度关注中国的政局。对西方列强而言，一方面，保持中国政局的稳定，有助于他们从中国攫取利益，而皇帝的更换，无疑只会造成政局的动荡，制造不稳定的因素；另一方面，让年轻而又开放的光绪当政，不再实行某些排外或闭关的政策，更有利于他们从中国获利。因此，早在戊戌变法刚刚失败时，英国公使窦纳乐就直截了当地向李鸿章发出警告，不可对光绪轻举妄动。在这种压力下，慈禧虽有废黜光绪的想法，但也只能采取温和的手段徐徐图之，不敢操之过急。

光绪二十五年，慈禧将端郡王载漪的次子，十五岁的溥俊封为大阿哥，实际上就是立其为皇储，作为大清的皇位继承人。接着，为了给大阿哥继位做铺垫，慈禧对外大张旗鼓地宣布光绪已经病重。

各国公使不相信慈禧的话，要求派一位医术高超的西医为光绪看病。慈禧起初不同意，但后来迫于广泛的舆论压力，勉强同意让法国名医德对福入宫，为光绪看病。这位法国医生在看完病后对外宣称："皇帝血脉正常，没有任何病症。"并将诊断结果公布在报纸上。

如此一来，慈禧的骗局被彻底戳穿，册封大阿哥的决定遭到了所有外国公使的强烈反对，并一致表示绝不承认溥俊的大阿哥身份，甚至有传言称，洋人要"勒令太后归政"。这让慈禧恼羞成怒，对各国公使怀恨在心。

恰巧在此时，山东地界的义和团打出扶清灭洋的旗号，如火如荼地开展反洋教斗争。慈禧从中看到了机会，密令直隶总督裕禄放义和团入京，利用义和团来攻打各国使馆，在取得了一些微不足道的胜利后，慈禧竟被胜利冲昏了头脑，发布《宣战诏书》，言道："与其苟且图存，贻羞万古；孰若大张挞伐，一决雌雄。"正式对英美法等十一国宣战。

在经历最初的小范围失利后，西方列强调集了多达三万人的军力，组建八国联军，对清廷展开反击。

一旦动起真格的来，在那个武器装备足以决定一切的年代里，腐朽落后的八旗军和赤膊上阵的义和团脆弱得不堪一击。

于是，在短短两个月后，八国联军打进了北京城。

慈禧慌忙携光绪从西华门出逃，驾幸西安，史称“庚子西狩”。临行前，因珍妃跪求皇帝留京，主持京城事务，触怒了绝不可能让光绪掌握实权的慈禧，慈禧遂对珍妃动了杀心。

慈禧是一个只要敢想就一定敢做的女人。

于是在庚子年的七月二十一日，崔玉贵从慈禧那里获得了命令。这位绰号叫“催命鬼”的太监，将珍妃从景祺阁后面的小院里放出来，以“洋人入城，免受污辱”为由，将珍妃架到八宝琉璃井前，活生生将她推入井中，因怕珍妃爬出，竟在井口上压了一块巨大的圆石。

珍妃死后，尸体在井里泡了一年有余。直到第二年辛丑回銮后，经瑾妃再三请求，慈禧才派人移开八宝琉璃井上的圆石，打捞起珍妃的尸体，重新装殓厚葬，并将杀死珍妃的罪责一古脑儿推到崔玉贵的头上，象征性地削去崔玉贵二总管太监的职务，送还庆王府，但不久后又将他召回宫中，官复原职，仍留在身边伺候。

这件事一度闹得沸沸扬扬，只因当事人涉及慈禧，人们只敢窃窃私议，不敢公开谈论。

转眼四年过去，此事已经告一段落，偏偏此时“三大案”发生，偏偏被杀的人都与崔玉贵有关系，偏偏紫禁城中又出现了冤魂鬼影，所以京城一下子就热闹了，“三大案”的舆论影响也随之急剧升级。人人都在说，“三大案”的凶手是珍妃的冤魂，是珍妃的冤魂回来找崔玉贵报仇索命了！

这还没完。

据崔承德家中的仆人说，自从崔承德夫妇死后，一到晚上，崔承德的卧房里就会传出窸窸窣窣的奇怪响声，吓得仆人们一到晚上就锁在自己房里不敢出来，而崔延寿家中的仆人更是发现，后院一口水井里的水，不知为什么竟变成了鲜红色，水质粘稠，带着一股腥味儿，根本无法饮用。

这些风言风语全都传入了慈禧的耳中，作为害死珍妃的幕后推手，年事已高的慈禧不免有些疑神疑鬼。她命令相关官员火速查办此案，但左查右查，一两个月过去了，仍然没有任何头绪。

和慈禧一样，崔玉贵同样担惊受怕到不行。因义子崔承德家中一到夜晚就不安宁，坊间传言是崔承德的鬼魂在作祟，为了让义子的亡灵安息，崔玉贵命仆人前去九虚观，将道士田景池请来，准备在崔承德的卧房里做一场法事。

这位道士田景池，在京郊一带久负盛名。早在“三大案”发生之前，田景池就因替九虚观附近的乡民寻龙点穴、驱魔除灾而声名远播，连直隶总督袁世凯都曾请他到府中开坛祈福。所以崔玉贵打算做法事时，第一个就想到了田景池。

田景池来到崔承德的家中，往卧房里洒了九把送神米，又烧了十盘赤色香，闭门熏足一个下午。到了晚上，崔成贵的卧房竟彻底安宁了，连日来一到夜间就传出的奇怪响声消失得无影无踪。崔玉贵见田景池果然如传说中那般神通广大，于是又请他去崔延寿的家中看看水色变红的水井。田景池第二天就去了，揭开密封的井盖看了看，闻了闻，往井里倒了一包白色的粉末，盖上竹笆封住，三天过后，揭开竹笆一看，井水竟重新恢复了清澈。

崔玉贵常在慈禧身边走动，见慈禧为鬼影事件忧心忡忡，于是就向慈禧推荐了神通广大的田景池，说只要让田景池在宫中做一场大型法事，彻底把珍妃的魂魄震住，她就没法再兴风作浪。

慈禧正踌躇无措，一听之下，觉得这是一个不错的办法，当即点头应允。

因珍妃的事见不得光，慈禧没有直接宣旨召田景池入宫，而是让崔玉贵私下去找田景池，务必将此事做得秘密。

但世上没有不透风的墙，田景池入宫一事，还是被索克鲁探知，并且探得田景池在挑选黄道吉日时，选定了五月初五，也就是端午节这天，入宫开坛做法。

听完索克鲁的讲述，屈指一算，离端午节只剩下十天的时间，胡客明白了，田景池入宫，就是索克鲁所说的由“三大案”创造的绝佳机会。

“我得到准确的线报，宫中已经开始在八宝琉璃井前搭建御览台，这说明田景池入宫做法，老太婆一定会亲自前往观看。”索克鲁不由自主地压低了嗓音，“这绝对是一个值得利用的机会，只要把握好，不愁大事不成。”

索克鲁啜了一小口清茶，润了润有些发干的嗓子，直起轮椅里的身子，微向前倾，正要向胡客讲述刺杀的计划。这时，雅间的门忽然响了。

“谁？”索克鲁神色一紧。

门外一个声音回答：“总捕头，是我。”

“有什么事？”索克鲁听出是贺捕头的声音，不由松了一口气。

“有急电！”

索克鲁把身子倒回轮椅里：“进来吧。”

贺捕头推门而入，看了胡客一眼，附在索克鲁的耳边，低声说：“总捕头，驻日公使杨枢发来急电，逆犯孙文，昨日已由横滨赴港，恐谋滋事。”

索克鲁心头顿时一震！

孙文上一次从横滨秘密赶赴香港，还是在八国联军攻占北京城的时候。那时因为清廷不听话（慈禧公然向十一国宣战），洋人想直接覆灭清廷，有立李鸿章当中国皇帝的意思，刘学询和港督卜力也极力地鼓动李鸿章以两广独立。刘学询是李鸿章的心腹幕僚，他秘密联络远在日本的孙文，以李鸿章欲以两广独立为由，邀孙文回国协助。孙文抱着将信将疑的态度，与平山周、宫崎寅藏等人秘密抵达香港，密商此事。只可惜李鸿章最后放弃了两广独立的想法，选择了北上代表清廷与列强交涉，继续做大清的“裱糊匠”。如今孙文再次由横滨赴港，必定又有重大图谋。

索克鲁的眉头不禁微微拧起，问：“我们派去的人呢？”

“没有一个回来，想必都失手了。”

“知不知道他这次赴港要做什么？”

“不知道。”

索克鲁的眉头拧得更加厉害了，凝思片刻后问：“此事袁总督知道吗？”

贺捕头点了点头。

“我知道了，此事容后再议，你先且退下。”索克鲁说，“记住，看紧楼道，勿放任何外人上来。”

贺捕头应了声“是”，拉上门出去了。

贺捕头一走，索克鲁就冲胡客很不自在地笑了笑：“总是公务缠身，连吃饭都不得空。”他把一整杯茶都喝尽了，收整心情，尽量不被孙文赴港的消息所影响，然后向胡客逐步讲述了端午节的刺杀计划。

索克鲁讲了大约有半个时辰，不过最后归结起来，整个计划大体上分为四步。

第一步：入宫。

借田景池入宫开坛做法的机会，想办法混进田景池的法事队伍，随田景池的队伍进入紫禁城。

第二步：刺杀。

慈禧会在端午节当天亲临现场观看法事，这是难得的与慈禧面对面的机会，胡客寻找最佳的机会动手，刺杀慈禧。

第三步：潜伏。

白天紫禁城内眼线很多，想逃出紫禁城是很困难的事，所以胡客在刺杀后，必须以最快的速度，趁乱逃离现场，赶到宫中相对隐僻的慈宁花园潜伏，等待夜晚的来临。

第四步：脱身。

潜伏到夜间子丑时分，胡客溜出慈宁花园，赶到紫禁城的西华门。索克鲁已经买通当夜值守西华门的一名守门禁军。胡客只需在附近的城墙下学三声鸟叫，这名守门禁军就会悄悄从宫墙上抛下绳索，助胡客越墙脱身。出紫禁城后，绕道往东，赶到东安门，御捕门会有人在东安门接应胡客出皇城。

第七章

紫禁城内，生死博弈

偷天换日

鸿宾酒楼的宴席结束后，胡客又回到了熟悉的御捕门京师大狱。

接下来的十天，胡客都是在养伤时待过的牢房里度过的。他被彻底限制了人身自由。只有让胡客时刻处在眼皮子底下，索克鲁才能放心。

对胡客而言，这十天是来之不易的休息时间，然而他却休息得很不自在。过去的六年里，胡客的生活千篇一律，机械地重复马不停蹄的东西奔波和南北穿梭，日日夜夜绷紧神经，在血与黑暗的世界里踽踽独行。过惯了风驰电掣的生活，忽然间放缓节奏，反倒有些不习惯，以至于分分秒秒，他都觉得是那么的百无聊赖。

胡客每天所能做的事，就是对着索克鲁给的一张皇城布局图，推想刺杀计划中的每一步，细想什么地方可能存在纰漏，什么地方又可能遭遇危险。"出刺"的两年里，胡客每一次完成任务都如探囊取物，然而在外人看似轻易的刺杀背后，却是他一次次的苦思冥想和缜密推敲。世上没有所谓的天赋异禀，只有后天不懈的努力和付出，方能换得一番成就，哪怕身为刺客，也逃不出这条法则。

胡客曾刺杀过的最高官员，是总揽一省军政大权、镇抚一方的封疆大吏，虽然官居一品，但和慈禧比起来，仍小到不值一提。所以胡客更要做足准备，把可能遇到的所有情况在脑海中翻来覆去地设想数遍。过去的经验告诉他，只有准备充分，才能真正做到随机应变。

十天的时间，缓慢似度日如年，但终究还是一分一秒地成为了过去。

端午节终于到来了。

这一天，天还未亮，贺捕头就打开了牢房的门。他给胡客带来了一套奇形怪状的衣服，让胡客换上，然后领着胡客走出牢房。御捕门的副总捕头白孜墨，铁青着脸等候在狱道的尽头。三个人走出京师大狱，绕后门小道，出了总领衙门。

刺杀慈禧，是极为机密的事情，多一人知道，就多一分风险。白孜墨是索克鲁的拜把兄弟，也是御捕门的二把手，贺捕头则是白孜墨的亲传弟子，是御捕门的得力干将，也是御捕门未来总捕头的不二人选，这两人都是索克鲁的绝对亲信，索克鲁放心地将此事交给两人办理，至于其他的御捕，连参与了捉拿荆棘鸟计划的几位天地字号御捕，对此事都毫不知情。

“办妥后，在金鱼胡同会合。”留下这句话，白孜墨只身离开。

贺捕头带着胡客，朝另一个方向行走，不多久，来到了一家彩妆店外。

彩妆店的老板尚在梦里还乡，便迎来了端午节的开张生意。

按照贺捕头的要求，老板仔仔细细地给胡客绘上了又浓又厚的彩妆。绘好后，对着镜子一照，满脸的五颜六色，状同妖魔鬼怪，连胡客都认不出镜中的人是自己。

绘完彩妆出来，天色已经微明。贺捕头带着胡客赶到贤良寺外的金鱼胡同。白孜墨还没有到，于是两人在转角处静候。

没过多久，白孜墨从南面赶来，冲贺捕头点了点头。

日出东方，物影西斜，一切布置已经妥当。

刺杀计划的第一步，正式开始。

就在胡客、贺捕头和白孜墨守候在金鱼胡同里时，东街客栈里的田景池，正在诸多繁琐的准备工作中忙得焦头烂额。

他忙着清点桃木剑、生火粉、凝烟香、请魂铜铃、柳叶八仙桌和一些叫不出名字的法事器具，忙着指导四个仙舞者的彩妆和换装，忙着指挥锣鼓队和炮仗队列队演练……

在紫禁城内开坛做法，对田景池而言，无疑是无上的荣耀。尽管崔玉贵一再叮嘱，此行要低调行事，但田景池表面上答应，背地里却不打算这么做。放眼天下，有多少凡夫俗子终其一生，能进得一回紫禁城？如此难得的机会，田景池自然不想敷衍了事。既然要去，就不能寒碜，反而要隆重响亮，最好是弄得风风火火，满城无人不知，无人不晓。

朝阳慢慢爬上天际时，田景池凝视东方，深深吸了一口气。

“出发！”他大声地说出了这两个字。

一行二十余人，走出东街客栈，响锣打鼓，一街一炮仗，极尽招摇之态，浩浩荡荡地开往皇城的东安门。

沿途有零星的日出而作者，站在街边围观这难得一见的热闹。几家四合院中奔出好些个还未梳洗的半大小童，追在队伍的后面，嘻嘻哈哈地跳着脚，不停地拍手乱叫。

田景池坐在一顶露天大轿上，一身玄色道袍，手握太乙拂尘，背披桃木赤剑，颇有几分仙风道骨之姿。一路上，他正襟危坐，目视前方，然而眼角的余光，却时不时地瞟向四周，但凡见到路人艳羡的神色，就不自禁地飘飘然起来，心想天底下有几个道士能像自己这般风光？这一辈子，总算没有白活！

田景池一直保持着这种自我感觉良好的心态，直到行至离东安门只剩下两条街的金鱼胡同三岔口。

一支穿着打扮毫不逊色的锣鼓队，忽然从左侧的金鱼胡同里走出，与田景池的队伍撞了个正着。这支斜刺里杀出的锣鼓队拉着一条横幅，上书“铁门胡同饭庄开张大吉”的字样。所谓鸿运当头，这喜庆事自然要抢头彩，两支队伍相遇，谁都不想走在对方的屁股后面。一时间为了争先，你推我挤，互不相让，争到急处，对面的鼓手率先举起木槌打人。田景池的队伍不甘示弱，一个个卷起袖脚，挥舞鼓槌锣面就动起了手。眨眼之间，大街上陷入一片混乱。

田景池的队伍终究人多势众，一番殴斗后，将对方的锣鼓队揍得灰溜溜地逃走了。虽然打赢了这场架，自身却损伤不小，好些人鼻青脸肿，衣衫残破，以这番形象入宫，实在有失体统。更重要的是，田景池难得的好心情被彻底破坏了。如此喜庆的日子，想不到一大清早出门就掉坑，田景池的郁闷可想而知。

郁闷的田景池并不知道，两支锣鼓队的遭遇，是有人刻意为之。在刚才的混乱中，四个仙舞者中的一个，已经被调了包。仙舞者面绘灵魔彩纹，身披彩衣缟裙，负责在做法事时跳敬神舞，念敬神咒，是开坛做法必不可少的环节。白孜墨一手安排了这场混乱，在混乱之中，将一个仙舞者打晕，给他披上一件不显眼的大衣，夹杂在锣鼓队中带走，而换好行装绘好脸彩的胡客，则趁乱混入人群，加入到四个仙舞者的行列。四个仙舞者都绘着厚厚的脸彩，脸上没有一处干净的皮肤，根本瞧不出本来的面目，而胡客的身高和体型都与被带走的仙舞者相似，所以一场混乱过后，竟没人知道自己的队伍里已混入了外人，连田景池也没觉察出来。

虽然队伍里不少人鼻青脸肿有失体面，但抗旨不遵，那是杀头的大罪。田景池只好硬着头皮，叫所有人捡起各自的东西，整理好队伍的次序后，继续朝东安门走去。只不过经了这一场混乱，好比战场上中了埋伏的军队，士气变得十分低落，人人垂头丧气，再看不出丝毫喜庆之色。

北京的整个皇城，呈“回”字形的布局，内部是宫城，即紫禁城，外围一圈则是皇城。这样的回字形结构，有利于防卫。一旦发生动乱，即便外围的皇城失陷，只要城高墙厚的紫禁城不被攻破，皇帝便不会有事。

东安门，正是外围皇城的东城门。

田景池等人行至东安门前，被守城的清兵拦下。田景池百般解释，清兵死活不放行，直到一个太监持总管太监令牌赶到。

“你们这是……”太监诧异地望着这群鼻青脸肿的人。

田景池尴尬地赔笑，急忙解释了一通。

太监似乎对田景池的遭遇不感兴趣：“得了，都搜一下吧，随我进去。”

清兵开始搜身，查了查这批人是否夹带武器，确认无误后，方才放行。至于锣鼓队和炮仗队，则由田景池发放酬银，就地遣散。

走进东安门，就算入了皇城，再向前走了不远，恢宏的宫城，也就是紫禁城，便出现在眼前。

紫禁城东华门的守门禁军拦下了这批人，再一次搜身之后，由太监将田景池、两个道童以及四位仙舞者领入了东华门。

一入紫禁城，那就是入了皇宫，踏足于皇帝的家中。诸般磅礴大气的景致，立刻惊得田景池等人目瞪口呆。胡客也是第一次踏足紫禁城，虽不如田景池等人惊异，倒也觉得眼花缭乱，目不暇接。

古时星象学称，紫微垣位于中天，乃大帝所居，天人对应，是以自古以来，皇帝的居所便被称为紫禁城。

尽管清王朝已经日暮途穷，但整座紫禁城仍保有千百年来的雄伟壮阔之气。身处其中，放眼望去，红墙黄瓦绵延不绝，画栋雕梁井然有序，殿宇楼台鳞次栉比，远近高低错落有致，四面俱堪金碧辉煌，八方皆是巍峨大气，于朝暾烨煜中，宛若人间之仙境。

“都利索点儿！”太监暗暗讥笑这群乡巴佬，不耐烦地催促，“崔公公可在景祺阁候着，别让他老人家等急了。”

“是，是！”田景池在太监面前点头哈腰，转过身就开始催促其他人，“快点儿，都紧赶几脚！”

景祺阁位于紫禁城的东北角，在宁寿宫的背后，一行人穿行于紫禁城中，往北面疾行。

眼见田景池的队伍已经入宫，并一步步地走远，把守东华门的禁军领班，急忙沿城门石阶，小跑上了宫城城楼。

“奴才叩见索大人。”领班朝轮椅上的人下跪，“奴才已按大人的吩咐，将田景池等人放入了宫中，现下由耿公公领着去了。”

“我都看到了。”与领班对话的，正是御捕门的总捕头索克鲁。他一大早没有出现在御捕门总领衙门，而是安排白孜墨和贺捕头带着胡客行事，正是因为他赶来了紫禁城。坐在轮椅上，一直眺望着远处的索克鲁，转回头来说：“你做得很好，回头事成了，少不了你一份功劳。”

“这是奴才分内的事，奴才岂敢居功？”领班话虽这样说，但得到索克鲁的夸奖，心中仍少不了窃喜，“说到劳苦功高，得非大人莫属。”

“今天还要辛苦你一整天，记住，招呼你的手下，看死东华门，没有老佛爷的懿旨，休放任何人出入！”叮嘱完领班，索克鲁招呼身边的一名侍卫，对侍卫比划了一个手势，说：“是时候了。”

禁军领班和侍卫双双领命，快步下了城楼，办各自该办的事去了。

城楼上，索克鲁又转回头眺望紫禁城的北方。

田景池一行人早已湮没在殿宇楼阁之间，不见了踪影。

索克鲁双手平握，一丝笑容，忽然在他的嘴角绽放。

在经过阅寿堂和颐和轩后，田景池等人来到了景祺阁的门外。

一个老太监候在阁门前，田景池见过崔玉贵的面，知道那老太监不是崔玉贵。领田景池等人入宫的耿公公赶忙迎上前去，施礼道："奴才见过权公公。"

权公公扫了田景池等人一眼，说："崔公公临时有事，方才去了，得过一阵子才能回来。你先带他们进去吧，到西回廊里候着。"

耿公公领了命令，将田景池等人引入景祺阁内，走到西侧小院的回廊，停下脚步说："你们就在这里候着吧，等崔公公他老人家来了再说。可长点记性，不要胡乱走动，皇宫大内，踏错了脚面，那是要掉脑袋的！"想是还有要事在身，叮嘱完这些话，他唤来几个小太监看着田景池等人，便急匆匆地走了。

将所有器具放置好后，田景池一行人在回廊的廊台上坐下休息。

因珍妃死在这里，景祺阁这几年显得格外孤僻和冷清，单说那宫墙的墙头，早已爬满了不知名的草藤，一直无人清理。不过这倒成就了景祺阁萧索与静雅并存共融的景色。

方才进紫禁城时，当着耿公公的面，田景池一行人没有停过地东张西望，对各处景致指指点点，此时耿公公一走，身处幽谧静雅的景祺阁内，一个个反倒静坐下来，不言不语。尤其是田景池，脸上的喜色已经不见痕迹，取而代之的是不易察觉的凝重神色。自进入景祺阁后，他一直显得心事重重。

坐了片刻，田景池忽然站起来，开始在回廊里来回踱步。末了，他走到一个仙舞者的身旁，紧挨着坐下，瞅了瞅站在回廊口的几个小太监，小声地说："今天总感觉有些不对劲儿，我看……这事还是不要干了，老老实实地做完法事，就回去吧。"

假扮成仙舞者的胡客，坐在四个仙舞者的最右边，田景池的话，一字不漏地听了进去。

领头的仙舞者扭头盯着田景池，压低声音说："我们耗费了多少心血，眼看就要大功告成，这种时刻，你怎么能说出这等话？"

田景池的喉结哽了哽，又看了看远处那几个小太监，叹了声气：

“好吧，权当我没有说过。”他把屁股挪到一边，后背靠住一根圆柱，单独坐在那儿，两只手紧紧地攥在一起，显得无比紧张。

所有人又不再言语了，四下里重归寂静。

刺杀

坐了良久，始终不见崔玉贵到来，也不见其他管事的太监，田景池有些不高兴了：“怎么把我们干晾在这里？”忽地变了脸色，“该不会……漏了风声吧？”这一句话压得极为小声，以免回廊口的几个小太监听见。其余人听田景池这么一说，都抬起了长时间低垂的头，望了望景祺阁的阁门，脸上露出了紧张的神色。

唯独之前和田景池对过话的仙舞者一脸镇静，压低嗓音说：“事情做得如此隐秘，绝不可能走漏风声。就算真走漏了风声，在皇城外就该把我们抓起来。你不要胡猜乱想，再等等看。”

话音刚落，就听见回廊口几个小太监异口同声地喊道：“见过耿公公！”

一个太监走进了回廊，正是之前领田景池等人入宫的耿公公。田景池立马站起：“见过公公，您可算来了。”

“崔公公他老人家有事在身，眼下是来不了了，就由我带你们进去吧。”耿公公说，“田师父，把你的人都叫上，随我来。”说完头也不回地朝景祺阁背后的小院走去。田景池等人急忙收拾器具，小心翼翼地跟上。

来到阁后小院的空地上，首先窜入眼帘的是一口浅白色的漂亮窄井。这口窄井正是吞噬珍妃性命的八宝琉璃井。从外形看，八宝琉璃井通体混白，别具一格，在一丛翠竹的依傍下，透出一股异域风情，乃是紫禁城中一处较为特殊的景致。若非当年珍妃死在此地，就凭八宝琉璃井的景致，景祺阁也不至于沦落到如今这般清冷萧索无人问津的地步。

见到八宝琉璃井的第一刻，田景池等人心头都禁不住一跳。这口井的井口实在太窄小了，稍胖一些的人必定被卡于井口，瘦削的人若不小心掉下去，连挣扎的空间都没有。联想到当年珍妃被推入井中，在井下垂死挣扎的情景，田景池等人顿时不寒而栗。

离八宝琉璃井不远的地方，搭建起了一方御览台，台面的正中央摆放着一把精致大气的宽椅，铺着柔软的金色缎垫，想必是供慈禧从高处观看法事所用。

田景池要做的是一场阴事法事。道教的阴事法事有许多讲究，其中必须遵守的一条，就是在阳气最重的午时准点开坛。离午时尚有一段时间，此时的小院内寂静安宁，空无一人。虽然时辰尚早，但开坛前的各项准备工作必须提前做好。田景池招呼两个道童把带来的器具一一取出，按照内两仪中四象外八卦的方位，围绕八宝琉璃井摆置整齐，并不断地做细微的调整，直到他满意为止。

当准备好一切，所有人都坐下来歇气时，一队腰挂佩刀的大内侍卫小跑进了小院，将御览台四周团团护卫起来。又过片刻，另一队侍卫进入小院，层层站桩，把守各处门径和通道。再过片刻，一些宫女太监走入小院，手捧鲜花、盆栽等物，将御览台布置得十分漂亮，还摆上了精致的茶具，似乎慈禧来此并不是观看阴事法事，而是为了听曲看戏。

田景池等人按耿公公的要求，挪到小院的西北角，最后一次整理穿着打扮，然后静候慈禧的到来。

等候的过程中，所有人都沉默不言。

良久，之前和田景池对过话的仙舞者忽地压低声音说："记清楚了，是最后一句'急急超生'，是第二遍，千万不要出差错。"其他人都会意地点了点头。

胡客不懂这话的意思，但观察田景池等人，脸色全都紧张无比。尤其是田景池，脸色发白，额头上竟冒了一层虚汗，怎么看都不像是因为要在慈禧太后面前做法事而紧张，倒像是要上刀山下火海一般。

午时到来时，一声"太后驾到"，所有人齐刷刷地跪伏在地上。慈禧在一班太监宫女的簇拥下，一步步登上御览台。踏上最后一阶时，慈禧忽然趔趄了一下，惊得身后的李莲英和崔玉贵同时"啊哟"一叫，伸手搀扶。慈禧的脸色有些奇怪，冲李莲英尴尬地一笑，入座正中央的宽椅。所有人齐声道："老佛爷吉祥，老佛爷圣安！"

慈禧微微抬了抬手，李莲英会意，让所有人免礼平身，然后冲御览台下的耿公公点了点头。

耿公公快步走到西北角，吩咐田景池等人："该你们上了，可千万别搞砸了！"

田景池深吸一口气，整了整道袍的边角，当先走出，两个道童一左一右侍行，四个仙舞者随后。

先前说过话的仙舞者一边走一边低声说：“孝通兄、士元兄、默庵兄，眼下已无回头路可走，唯有一心向前。清室兴亡，大业成败，皆在此一举！”

这番话虽然小声，却郑重庄严，尤其是“清室兴亡，大业成败”八个字。话中的意思再明显不过。胡客证实了心中的猜想，田景池这一行人，果然暗藏其他目的，多半也抱有冒死犯上之心。

胡客忽然感到了一丝紧迫。如果只是他一个人行刺，倒还好办，如今田景池等人也牵涉进来，只怕会坏了他的计划。眼见四周大内侍卫守备森严，正如那仙舞者所说，眼下已没有回头路可走，胡客唯有尽可能地镇定，如果发生意外状况，只有见机行事了。

来到八宝琉璃井前，一行人先向慈禧请了安。田景池走到柳叶八仙桌前，摇响铜铃，手握桃木剑，竖在额前。两个道童一持净水，一持净土，站在八仙桌两侧。胡客此时要做的，就是学另外三个仙舞者，见三人分别走向井口的南北东三侧，知道是分立四方，于是走到井口的西侧站定。

田景池开坛做法，用桃木剑穿符咒，焚于烛前，然后脚踩八卦，剑舞九宫，围绕八宝琉璃井疾走，口中念念有词：“荡荡游魂何处留存，虚惊异怪坟墓山林，今请山神五道路将军，当方土地家宅灶君，查落真魂，收回附体，筑起精神，天门开、地门开，千里童子送魂来！”

“来”字一落，他已走回到八仙桌前，往烛火上扬了一把灰，窜起一大串火焰，大喝道：“吾奉太上老君急急敕令！”

四个仙舞者各从八仙桌上抓起一块形似笏板的木条，迈步走到御览台前，面朝八宝琉璃井跳起了奇形怪状的舞蹈，齐声念诵道：“太上敕令，超汝孤魂，鬼魅一切，四生沾恩。有头者超，无头者升，枪殊刀杀，跳水悬绳。明死暗死，冤曲屈亡，债主冤家，讨命儿郎……”胡客不会咒词，只好翕张嘴唇，舞手蹈足，做了一回滥竽充数的南郭处士。

在四个仙舞者念诵咒词的同时，田景池在两个道童的洒水铺土中，妖魔化般地挥动桃木剑，一步步走向八宝琉璃井的井口。

这场法事虽然只有七个人，却做得眼花缭乱，连李莲英、崔玉贵等人也看得面浮笑意，频频点头。唯独慈禧，一脸魂不守舍的样子，对眼前的法事漠不关心，倒时不时地看一眼南侧的院门，仿佛那里有什么东西更加吸引她似的。

四个仙舞者继续念诵：“……跪吾台前，八卦放光，站坎而出，超生他方。为男为女，自身承当，富贵贫贱，由汝自招。敕救等众，急急超生，敕救等众，急急超生！”

“急急超生”四个字一出，胡客的神经猛地一跳，瞬间想起了之前那仙舞者叮嘱过的话：“是最后一句‘急急超生’，是第二遍。”

胡客刚想到这里，第二遍“急急超生”已经从三个仙舞者的口中吐出。

刹那间，只见三个仙舞者拧开木条的下端，原来木条中空，用于藏物，三把小型的匣子枪立刻掉出。三个仙舞者猛地回身，举枪朝御览台上的慈禧射击！

这一下出其不意，三枪齐发，两枪打偏，一枪命中，慈禧顿时胸口中弹，额外打死了两个企图护驾的太监。慈禧倒在宽椅里，胸前凤服浸透鲜血，气息只出不进，眼看要害中弹，活不成了。李莲英在枪响的瞬间，便趴倒在台面上，嘴里不停地大喊：“护驾！护驾！”崔玉贵趴在离李莲英不远的地方，用更为尖厉的嗓音喊道：“来人啊，抓刺客！”

宫女太监们争相逃命，四周几十个大内侍卫团团围了上来。南侧的院门外早已埋伏了数百侍卫，听闻响动，潮水般涌入。三个仙舞者打光了子弹，抓起柳叶八仙桌上的法事器具，与田景池等人一起同众侍卫肉搏。但终究寡不敌众，两个道童被当场砍死，田景池和仙舞者皆负伤被擒。

一个仙舞者见慈禧倒在座椅上不再动弹，狂笑起来：“狗太后已死，大事成矣！哈哈，哈哈……”被一名侍卫用刀背斫得门牙脱落，满嘴流血，仍狂笑不止。

李莲英和崔玉贵这时才站起身来，还没有从惊恐中缓过神，脸上苍白无血色。李莲英竟没管死去的慈禧，而是扫了一眼被抓的刺客，急忙问领头的侍卫：“怎么少了一个？”

侍卫们这才发现，先前有四个仙舞者，此时却只抓了三个，地上也不见尸体，莫非是趁乱逃脱了？

三个被擒住的仙舞者相互看了看，因脸上的彩妆太厚，竟不知是谁得以逃脱。一个仙舞者张了一下嘴，瞧其口型是个“金”字。另外两个仙舞者会意，一个露出“罗”字的口型，另一个露出“刘”字的口型。相互报完了姓氏，三个仙舞者顿时知道逃走的是谁，心中都想：“默庵兄不愧是梁先生身边的人，竟有如此本事。”他们三人自然不知道，陈默庵早就在进入皇城之前，便被胡客掉了包，若是他当真进来了，未必能有逃出重围的本事。

知道有刺客逃脱，接下来的任务自然是追捕。“传令下去，关闭四方宫门，搜查各处角落，务必要……”李莲英的话还没有说完，就有一个侍卫从小院内的房屋里冲出来，跪禀道：“李总管，屋子里发现了冯公公的尸体！”

“什么？”李莲英眉角一翘。

逃掉的仙舞者，正是胡客！

在枪响的瞬间，胡客抽出藏在鞋底的问天，手起刀落，连杀四名扑上来的侍卫，随即一头扎入混乱的人群，抓住一个逃跑的太监，趁乱蹿进旁边的房屋。这间房屋布置简陋，正是当年囚禁珍妃的地方。胡客在屋中换上了太监的衣服和帽子，将太监一刀杀了，又取水洗净了脸上的彩妆，这才小心翼翼地走出房屋。

当时大群侍卫正在围攻田景池等人，没人理会四散逃命的宫女和太监。胡客换上了太监的衣服，假意慌张逃命，随在几个太监宫女中，出了景祺阁，也没人发现不对。

在田景池等人被捕后，一名侍卫忽然看见身后房屋的门半开半闭，屋内似乎躺着一个人，于是走近细看，认出是太监冯吉祥，已被人一刀杀死，急忙奔出来向李莲英禀报。

“定是逃走的刺客所为！”李莲英心中笃定，“冯吉祥的衣服被扒了，这刺客想必是换上了冯吉祥的衣服，假扮成太监，这才逃了出去！”想通这一节，便有了搜捕的方向。李莲英即刻下达命令：“四处搜捕，遍查所有太监，一个都不能放过！务必要将犯上作乱的刺客拿下！”

众侍卫听令，留下十来个看守被擒的田景池等人，其余侍卫则飞奔出景祺阁，分成十来个小队，朝各个方向展开地毯式搜捕。

在朝正西方向搜捕的队伍中，一名落在最尾端的侍卫忽然离开了队伍，悄悄转入一条小径，三转四折，跑进离景祺阁不远的符望阁。索克鲁、白孜墨、贺捕头等人正候在阁内。侍卫一见到索克鲁，立刻跪下禀道："索大人，不好了，逃……逃走了……"

索克鲁神色一凛："胡客？"

侍卫点头，说："三个仙舞者被生擒，身上都带着枪，由此看来，逃掉的那个，应该是胡客。"

索克鲁一向面色和蔼，极少发怒，但听了这话，却面皮紧绷，开了脏口："饭桶！不是让你们盯紧的吗？"

这侍卫是由御捕门的捕者所扮，向来没见过总捕头发怒的他，此时吓得不敢抬头："我们是盯紧了的，但……但当时场面太乱，我们扑上去的四个捕者，都……都被他杀了，然后他就没了踪影……后来发现了被脱去衣服的冯公公，想来他应该是换上了冯公公的衣服，假扮成太监才得以逃脱。李总管已经分派人手去追捕了。"

贺捕头站在索克鲁的右边，走出一步说："总捕头，他既然假扮成太监，就不难寻。让我带人去抓他。"

索克鲁摇了摇头。他想起胡客在答应行刺后，曾向他要十天的时间，当时索克鲁不知道胡客要去做什么，心觉不妥，于是派白孜墨暗中跟踪，结果发现胡客是前去报仇，只用了不到四天的时间，就把得罪他的十几个青者尽数解决。索克鲁知道这一情况后，对胡客的能力有了一个崭新的认识，应该在荆棘鸟之上。他当时就开始担心，害怕选错了人，但由于时间紧迫，没别的人替换，只好硬着头皮让胡客入宫行刺，想不到胡客果真在重围之中逃脱了。

"此人厉害无比，让他逃出景祺阁，要想再找到他，恐怕没那么容易。"索克鲁让跪着的侍卫退下，然后说，"我估计胡客还不知道我们的打算，他应该会按原计划去慈宁花园潜伏。孜墨，你即刻调集人手，在慈宁花园内设伏，这一次，决不能再让他逃脱！"

白孜墨拱手领命："是！"

储秀宫

逃出景祺阁后，胡客并没有急着赶去慈宁花园，而是站在一座宫殿右侧的石径上。搜捕的声音逐渐临近，胡客却镇定自若，静心以待。

很快，两个大内侍卫从殿墙后转了出来。

见一个太监远远立在宫墙下，有了李莲英的命令，两个侍卫都不敢大意，朝太监走去，老远就问："前面的公公，敢问你在哪处宝地当差？"

胡客一直低垂着头，没有任何反应，仿佛压根没听见。

两个侍卫起了疑心，按住刀柄，走近问："公公，你可是在这承乾宫中当差？"旁边的宫殿，正是内廷东六宫之一的承乾宫。

胡客这时才抬起了头。两个侍卫看见胡客的脸上竟有稀稀拉拉的胡碴，匆忙拔刀。然而胡客的动作更快，两人的刀只拔出三分之一，便被胡客的重拳击中耳后两分处，当即昏死在地。

胡客将两人拖至隐蔽处，脱下其中一人的侍卫服，换在身上。之前换上太监的衣服，不但成功从景祺阁内逃出，还将宫中侍卫搜捕的注意力转移到太监们的身上，此时再脱掉太监的伪装，假扮成侍卫，正好避开搜捕侍卫们的眼线，实为金蝉脱壳之计。

换好侍卫服后，胡客手起刀落，两条性命又葬送在问天的妖刃下。刚才不下杀手，是怕鲜血溅出，弄脏了侍卫服，此时下杀手，自然是为了灭口，两个侍卫一死，就没人知道胡客已假扮成大内侍卫了。

胡客此次入宫，是为行刺慈禧而来，然而没想到的是，田景池一行人，竟也是为了相同的目的而来，而且抢在胡客的前面动了手。虽然不是胡客所为，但毕竟慈禧已死，从结果看，胡客的任务算是完成了。眼下要考虑的首要问题，就是如何脱身。

在将两具尸体藏好后，胡客按照既定的计划，朝紫禁城的西边走去。在御捕门大狱里，胡客已将皇城的布局图烂熟于心，行走其间可谓轻车熟路，而有了大内侍卫这层外衣，胡客在紫禁城中更是畅行无阻。路上遇见的侍卫们，无不行色匆忙，都在急着搜捕刺客的下落，可谁也不曾想到，眼前擦身而过的"同行"，正是他们千辛万苦要搜捕的对象。

很快，绿意葱然的慈宁花园，出现在了胡客的视野里。

索克鲁早已抵达了慈宁花园，在花园的东南隅和西南隅埋伏了不少人手，静候胡客的到来。

慈宁花园是按照主次相辅、左右对称的格局排布，园中树木繁多，以松柏为主，间有梧桐、银杏、玉兰、丁香，乃是宫中妃嫔们游憩和礼佛的地方。

在鸿宾酒楼里，索克鲁告诉过胡客，之所以选择慈宁花园作为行刺后的潜伏地，是出于三点考虑，一是慈宁花园离西华门近；二是花园四周守备松懈；最重要的一点，是园内花木繁多，比起其他宫殿来，更易于藏身。

在嘉庆年间，席卷楚、川、陕三省的白莲教起义历时九年多，最终被清军镇压下去，然而全国各地，仍然秘密活动着不少白莲教的残余势力。嘉庆十八年九月间，嘉庆皇帝前往承德。白莲教的支派天理教，有不少教徒已在京城潜伏了多日，总算等来了皇帝离京、京城防务空虚的机会。天理教的教徒们秘密聚集，出其不意地攻打皇宫。依靠几个信奉天理教的太监的引导接应，教徒们轻松进入皇城，然后分别从东华门和西华门攻入紫禁城中。宫中侍卫们临时在内宫各门组建防线。然而教徒们利用宫墙边的树木，爬上大树后跳入墙内，竟连续突破宫中侍卫临时组建的数条防线。大难临头，宫中人心惶惶，嫔妃们哭成一片，太监们四处逃窜，侍卫们乱作一团。幸亏此时在上书房读书的皇子旻宁及时赶到，挺身而出，沉着指挥，并亲自用火枪击毙两名天理教教徒。在他身先士卒的指挥下，原本乱作一团的侍卫们重新集结，振奋士气，与天理教教徒们展开殊死搏斗，最终平息了这场叛乱。旻宁在这场平乱中的出色表现，奠定了他未来继承皇位的基础，即后来的道光皇帝。这场叛乱虽然得以平息，但从承德还京后的嘉庆皇帝仍然心有余悸，惊呼道："从来未有事，竟出大清朝。"因天理教教徒靠爬树越墙攻入紫禁城腹地，于是嘉庆皇帝"传谕伐树，遂不复植也"。

自嘉庆十八年后，紫禁城内的三大殿即太和殿、中和殿、保和殿，以及后三宫即乾清宫、坤宁宫、交泰殿等地，再看不见一株树木。没有了树木的遮掩，想在紫禁城中的各处宫殿潜伏变得难上加难，唯有御花园、乾隆花园和慈宁花园等供帝后妃嫔们休憩的场所，仍是花木扶疏，古树葱茏，方可藏身。整个慈宁花园内，东南和西南两隅花木最为繁茂，最适合潜伏，索克鲁相信，胡客只要进入花园，必定会来到这两隅中的一隅潜伏，是以事先将人手埋伏在这两处，守株待兔。

虽然等了好一阵子，别说胡客了，连个鬼影子都没瞧见，但索克鲁依旧坚信，胡客一定会来的。那些原本可能成为胡客藏身处的林木丛中、矮桥底下，埋伏着大内侍卫和御捕门的捕者，每个人都按住亮了刃的兵器，屏息以待。

慈宁花园进入了胡客的视野。

正如索克鲁所言，慈宁花园四周的守备确实松懈。这种松懈不是一般的松懈，而是连一个看守的侍卫都没有。胡客放心了，大步走向花园的北门。

在即将跨入门槛的那一刻，胡客忽然停下了脚步，已迈出的右脚，又缩了回来。他退后几步，望着眼前的这座皇家花园。

花园内很安静。在这个端午节阳光明媚的午后，禽鸟虫豸们似乎都睡过了头，竟没有任何啼吟之声。这座占地超过十亩的庞大花园，栽种了品种繁多的花木，甚至可以称得上是一片小型的森林，又正值春夏之交，总不至于虫鸟绝迹吧。

胡客继续往后退步，一步步地远离了慈宁花园。

虫不鸣，鸟不啼，这绝对是一个危险的讯号。胡客不是傻子，不会傻到去以身犯险。虽然他不知道慈宁花园内到底有什么危险，但直觉告诉他，这座花园进去不得。他躲进了慈宁花园北边的寿康宫，并始终在暗中留意慈宁花园方向的动静。

索克鲁等得有些着急了。

躲在一株梧桐树后的他，时不时探头望上一眼。他始终不肯承认自己的判断出现了错误。直至整个下午过去，日薄西山之时，他的脸上，终于显露出一丝垂头丧气的窘态。

然而，一串响亮的脚步声，又唤起了他的精神。

索克鲁举起了手，所有埋伏的侍卫和捕者都打起了精神。可最终所有人都失望了。奔进来的人并非胡客，而是一名传讯的侍卫。

“索大人，袁总督正在隆宗门等候。”侍卫向索克鲁亲面禀告，“袁总督有要事相商，着奴才来请索大人前去。”

此时天色已晚，看来胡客是不会出现了。索克鲁原本有放弃埋伏的打算，但碍于面子，一直死等，袁世凯的传话，让他有了解散埋伏的借口。在遣散所有侍卫和捕者后，白孜墨问他：“西华门还需不需要布置？”索克鲁想了想，点头说：“一切照旧。”

索克鲁在贺捕头的陪同下，出了慈宁花园，滑动轮椅，向北侧的隆宗门行去。

袁世凯已在隆宗门前候了一段时间，见索克鲁在远处出现，急忙三步并作两步地迎了上去。

袁世凯本来有话要说，但看了一眼索克鲁身边的贺捕头，欲言又止。

索克鲁道：“袁大人，有话尽管说，贺谦不是外人。”

有了索克鲁这句话，袁世凯放心了。“听说你找来的人逃掉了，抓到了吗？”袁世凯的口气略带责问。他当年依靠在戊戌变法中向慈禧告密，从此获得慈禧的信任，眼下官居直隶总督，无论官职的品阶，还是朝中的声望，都要高过索克鲁一截。

索克鲁口吻平静：“袁大人不必惊慌，四方宫门都已派人看死，除非他插上翅膀，否则决计逃不出去。”

“老佛爷召我觐见，眼下刺客没拿住，你让我如何向老佛爷交代？”

“袁大人，我随你一同觐见，如何？老佛爷若问起刺客的事，就由我来回答。”

“你有把握？”

“十成把握不敢说，但七八成总是有的。”

“此事关系重大，你我的身家性命都搭在里面。索大人，在老佛爷的跟前，可别说错了嘴。我袁某人就全仰仗你了！”

“袁大人哪里话？”索克鲁右手一抬，“请吧！”

三人一起往北行走。伴着轮椅的轱辘声，三人穿过隆宗门，经养心殿、永寿宫、翊坤宫和体和殿，最后来到储秀宫的宫门前。

此时天色已黑，宫门四周有大批侍卫严密守护，只因这储秀宫中居住的，正是手握天下权柄的慈禧太后！

储秀宫是内廷西六宫之一。早在咸丰二年，被封为兰贵人的慈禧，就住进了储秀宫，并在这里生下了载淳，也就是后来的同治皇帝。光绪十年，已经在长春宫居住的慈禧，因过五十大寿时，怀念起曾在储秀宫中度过的岁月，一时间心血来潮，竟斥资六十三万两白银，翻修储秀宫，使储秀宫成为西六宫中最为考究的一座宫殿，随即移居此宫。

贺谦官阶不够，不得进入，只好留守宫外。袁世凯和索克鲁进入了储秀宫，来到后殿丽景轩，由把门太监通传了，进入轩中。慈禧正与一个老太监在桌前弈棋，一丝檀香味儿在空气中若有若无地游走。因刺客的事，宫中已经吵翻了天，然后慈禧却仍有心情在此下棋，且举棋落子，无不显得从容不迫。袁世凯和索克鲁不敢打扰，轻声请了安，候在一旁。

“说吧，逃走的刺客，抓到了吗？”良久，慈禧盯着棋盘上的楚河汉界，忽然有些漫不经心地问了一句。

袁世凯看了索克鲁一眼，索克鲁回话说：“回老佛爷，刺客逃出景祺阁后，在宫中躲藏起来，大内侍卫和御捕门的捕者，正在四处搜捕。”

慈禧睨过眼来，斜视了两人一眼，又把目光转回到棋盘上，随口问：“姓刘的老宫女呢？死了吗？”

“回老佛爷，刘宫女当场中枪，已经死了。”袁世凯回答。

“她是代我而死，该当厚葬。”

“是，奴才一定照办。”袁世凯忙道。

“这一次多亏有你二人，事先探得刺客一事，该记上一功。”慈禧慢条斯理地说，“若非如此，此时死的，可就不是那姓刘的老宫女了。”说着又落了一子。

听闻慈禧夸赞，两人急忙跪下谢恩。原来在景祺阁内被刺身亡的“慈禧”，并非慈禧本人，而是由一名姓刘的老宫女所假扮。

“抓住的刺客，可有审过？”

“回老佛爷的话，已审过一次。”袁世凯应道。

“都是什么来历啊？”慈禧问道，“为什么不要性命，入宫来行忤逆之事？”

“刺客的嘴都很硬，审了一个下午，没一个开口。不过，倒是从另外一个地方，有了一些发现。”袁世凯说。

"什么发现？"袁世凯的话，勾起了慈禧的好奇，她抬起头来。

"从景祺阁内逃走的刺客，是换上太监冯吉祥的衣服，假扮成太监才得以逃脱的。他逃走时匆忙，脱下来的衣服，全都丢在了景祺阁内。奴才在检查刺客的衣服时，在衣服的夹层中，发现了一封密函。"袁世凯从怀中取出一封密函，毕恭毕敬地呈上。

慈禧接过去，拆开封口，抽出信纸看了一眼，脸色有些不易察觉的变化，问："字从漫灭，落景遽斜，这八个字何解？"

"奴才才疏学浅，想了一二个时辰，仍想不明白。"袁世凯低眉俯首。

慈禧盯着信纸看了片刻，冷冷一笑，说："逃走的刺客，务必要生擒，我想亲自瞧瞧，他是何方神圣。至于其他的刺客，就算是用铁钎撬，也要把他们的嘴撬开。"说着挥了挥手，"你二人下去吧，有新消息时，再来见我。"

袁世凯和索克鲁跪了安，躬身退出了丽景轩。

两人走后，慈禧显得有些神思恍惚。她盯着局势复杂的棋盘看了片刻，心不在焉地落了一子，却是错棋一着。

与她对弈的老太监，名叫廉琦，供职于御膳房，乃是宫中有名的棋痴，此时一心专注在棋局上，忽见慈禧棋错一着，立刻摆车直进，乐呵呵地说："奴才杀老佛爷的马。"

此话一出，不知如何触怒了慈禧，慈禧瞬间神色剧变，勃然大怒："你杀我的马，我便杀你全家！"不由分说，唤来宫外侍卫，将苦苦哀求的老太监廉琦拖了下去。

廉琦嘶哑的喊叫声渐去渐远，丽景轩中陷入一片死寂。

慈禧又重新拾起那封密函，目不转睛地盯着信纸上的八个墨字。虽然她不明白这八个字是什么意思，但是字迹却是化成灰都认得。每一处的点线勾画，若飞若动，均是当朝天子的笔墨，她绝不会认错。

天子的笔墨竟出现在刺客的衣服夹层里，慈禧当然知道这意味着什么。一抹冷笑爬上了她的嘴角，她心说："三十年前，你乃垂髫小儿，我便能将你捧上天去；三十年后，我虽古稀老妇，却也能将你摔下地来！"

慈禧唤入了候在门外的把门太监。把门太监见了方才廉琦被拖下去的一幕，心中尚且惴惴不安。慈禧年事已高，人越老就越容易喜怒无常，这几年慈禧时不时不问缘由杀一两个人，已成了家常便饭，是以把门太监被慈禧传唤时惶恐万分。慈禧没有杀他泄愤之意，只是将他唤至身前，吩咐了一番话。

把门太监不敢怠慢，连连点头，提了一盏灯笼，急匆匆离开了储秀宫。他在夜幕中迈着惶急无比的步子，数次险些摔倒，几乎是一路小跑，朝东南方向奔去。他心中只记得一个地名，那就是南三所以东的太医院，除此之外，他还记得一个人名——太医院医士冷德全。

突围西华门

当储秀宫被远远抛在了身后，袁世凯紧悬的心总算是稍微放了放，当然，仍不免有一丝担忧。“不点透密函的意思，”当四下里寂静无人时，袁世凯才小声地说，“老佛爷能明白吗？”

“袁大人，你多虑了。”索克鲁说，“懂不懂密函的意思，并不重要，只要老佛爷认得字迹就行。旁人的字迹，老佛爷兴许记不得，但圣上的御笔，老佛爷绝不可能忘记。老佛爷要我等生擒逃走的刺客，就说明她已认出了圣上的字迹。她命我等生擒刺客，就是想亲自审问这封密函的来历。”索克鲁的语气十分肯定，“这招借刀杀人之计，袁大人，你就放一百二十个心吧。”

袁世凯急忙嘘了一声，左右顾盼，说：“此事关系重大，须谨言慎行才是。”随即压低了声音，“此事若成，你我各取所需，都有好处。只盼索大人将来最好能忘了此事，忘得一干二净。”

索克鲁会意，抚着胸口笑道：“袁大人的话，索某谨记在心。”

两人各怀心事，默默走了一截路，来到了中右门。索克鲁要去西华门布置埋伏，袁世凯要走东华门出紫禁城，一西一东，在此分别。

“逃走的刺客，一定要尽快抓住。”袁世凯临走时不忘叮嘱，“这刺客一刻在外游荡，总感觉要捅出什么娄子，我这心呐，便一刻也放不下。”

“袁大人尽管放心，我赶去西华门，正是为了此事。”

“要真抓住了我才能放心。”袁世凯拱手道，“此事就拜托索大人了。”

和袁世凯分开后，索克鲁由贺谦陪同，向西华门赶去。

默默不言，一路疾行，走到凝道殿外时，贺谦忽然压低声音说："总捕头，有尾巴。"

"没有听错？"

"错不了。"

"继续走，切莫回头。"索克鲁深知，身后尾随的人不声不响，极有可能是胡客，而以胡客的能力，他和贺谦加在一起也没有几分胜算。

"近了。"贺谦忽然说。

"更近了。"贺谦随即又补充了一句。

索克鲁感到了一丝紧张。身后尾随的人若是胡客，他越走越近，那就是要动手的前兆。

"贺谦，依你之见，今晚胡客会不会去西华门？"索克鲁忽然提高嗓音，大声发问。

"恐怕不会。"贺谦说出了内心真实的想法。胡客既然没有按原计划去慈宁花园潜伏，多半已经有所察觉，自然也就不会再按原计划走西华门出城。

索克鲁却笑了："我和你的想法正好相反，依我看，胡客此番一定会去西华门！"他的笑容里透出无与伦比的自信，"别忘了，我们手里还握有一张王牌。"

贺谦的脸上流露出不解。但他听见，身后尾随之人的脚步声，明显减缓了，保持着不远不近的距离，似乎是想听索克鲁会说些什么。

"胡客这人，别看他外表冷血，实则是个外冷内热之人。"索克鲁极有把握地说，"为了那个女人，他一口便应允入宫行刺。所以我想，只要把他的女人押到西华门来，即便西华门是刀山火海，他也一定会来的！"索克鲁说得尤为大声，有意要让身后尾随之人听见。

说话间，两人转过一道弯，来到了武英门外，灯火通明的西华门已经遥遥在望。贺谦急忙加快脚步，推着轮椅，片刻后赶到了西华门。

"后面的人没有跟来。"贺谦回头望了一眼。

"但愿他的耳朵够灵敏，听清了我刚才说的话。"索克鲁说。

两人登上西华门城台，进入了城楼。

白孜墨早已在城楼里候了多时。"总捕头，全都布置好了。"他迎上来，向索克鲁禀报。

“一共埋伏了多少人？”

“三队捕者，每队十人，共计三十人。另有三队捕者，分别守在东华门、神武门和午门，以防胡客走其他门出宫。”

“胡客一定会来西华门，三十个捕者远远不够。”索克鲁又想起胡客只花四天就解决掉十多个青者的事，“此人好比是先秦时期的聂政、南北朝时的刘桃枝，绝不可小视。保险起见，把另外三队捕者通统调到西华门来。对了，再派人去总领衙门通知曹彬，让他火速去我府上，押解姻婵来西华门。”

半个时辰后，另外三队捕者先后赶至西华门集结，算上已有的三队，总计六十个捕者，其中五十个捕者埋伏在城门两侧和城台上的隐蔽之处，另有十个捕者，跟随在索克鲁、白孜墨和贺谦的身边，随时听候调遣。

一切都已完备，现在就只等曹彬把姻婵押解来了。

然而，索克鲁左等右等，却始终等不来曹彬。

小半个时辰后，索克鲁有些坐不住了。他打算派出一个捕者，回总领衙门去看看，曹彬为何迟迟不至。

可就在这时候，西华门外忽然传来了一声沉闷而又短促的鸣鸣。

那是御捕门的紧急讯号！

白孜墨和贺谦霍地站了起来。

鸣鸣声是从西南方向传来的，听起来还有一段距离。皇城之内，御捕门的所有人都集中在西华门，而西华门外却忽然传来御捕门的紧急讯号，那只有一个可能，便是押解姻婵的曹彬，在赶来西华门的途中遇到了危难！

虽然不知道发生了什么事，但索克鲁丝毫不敢轻率，毕竟这是皇城之中，而且西南方向是皇家园林的西苑。他急忙命贺谦率一队捕者赶过去。

贺谦率领十个捕者火速赶到了声源地。

出事的地方，是皇家园林西苑的一条林荫小径。

发出紧急讯号的正是曹彬，他已身受重伤，另有两个捕者死在地上，被押解来的姻婵已经不见了踪影。据曹彬说，他和两个捕者押解姻婵从天安门方向进入皇城，经过西苑时，忽有一人从暗处杀出。两个捕者来不及做出反应，咽喉便已中刀，曹彬奋力抵挡，仍然身负三处刀伤，所幸都没有伤及要害。曹彬发出了紧急讯号，那人急忙劫走姻婵，朝西边去了。

“西边？再往西走，那就是瀛台了！”贺谦暗暗吃了一惊。瀛台是光绪被囚禁的地方，能不能追上行凶者夺回姻婵倒在其次，首要的，是保证瀛台不能出事。贺谦不敢怠慢，留下一个捕者照料曹彬，领着另外九个捕者，飞速朝瀛台赶去。

赶到中南海的南海北岸，贺谦放眼望去，南海上的瀛台一片漆黑，不见一星半点的灯火。

瀛台孤立于南海之上，四面环水，只有一座木桥与北岸相连。往常有两个太监把守在木桥的桥头，日夜轮替，以防止光绪逃跑，此时两个太监却全没了踪影。贺谦当机立断：“你等守在桥头，休放任何人通过，我去对面看看。”

一个捕者急忙阻拦：“贺捕头，没有太后的懿旨，擅闯瀛台重地，那是杀头的死罪啊。”

贺谦却管不了这么多。如果让那行凶者上了瀛台，搅出什么事来，同样是死罪难逃。

“如果瀛台有事，我会发出讯号，到时你们就赶过来增援。”贺谦提了一盏灯笼，径直踏上木桥，快步走向桥对面的瀛台。那盏孤零零的灯笼，慢慢地消失在瀛台的黑暗深处。

曹彬，以及另外两位捕者的尸体，很快被弄到了西华门。

曹彬伤得不轻，索克鲁看过伤势，吩咐一个捕者赶去太医院请太医。白孜墨检查了两具尸体的伤口，向索克鲁说：“刀口斜长，又宽又厚，伤在喉结下两分处。”说着微皱起眉头，“这和冯则之的伤口，倒是很像。”

索克鲁问：“是刺客道的人干的？”

“很有可能。”白孜墨说，“在回京的火车上，杀死冯则之的，是一个厨子，我与那厨子交过手，瞧他的身手，肯定是行家人。”

“那他为什么要劫走姻婵？”索克鲁又问。

白孜墨摇了摇头。

“他劫了姻婵，当真往西苑的西侧去了？”索克鲁问曹彬。曹彬点了点头。索克鲁的想法和贺谦一致，他说：“西侧就是瀛台了，瀛台可万不能出事。孜墨，你赶紧增派两队捕者，去瀛台支援贺谦。”

贺谦已经带去了一队捕者，再派两队去，那么留守西华门的，就只剩下三队捕者了。“如果这时候胡客来了呢？”白孜墨不无担忧地问。

“不管胡客来不来，总之必须先保证瀛台不出事！”索克鲁清楚这两件事孰轻孰重，所以命令无比坚决。白孜墨急忙安排两队埋伏在城台上的捕者，火速朝瀛台方向赶去增援。

这两队捕者前脚刚离开西华门，一个守门禁军后脚就飞奔上了城楼，向索克鲁禀报说：“索大人，太医院医士冷德全，奉了太后之命，说要出宫办事，现在正候在城门前，不知可否放行？”

索克鲁想了想，说：“带我去看看。”他下了城台，亲自查看了冷德全的出宫令牌，问道：“这么晚了，冷先生还要急着出宫，不知是去办什么事？”

冷德全并不打算照实回答，只说是老佛爷的吩咐。

“冷先生，西华门外不安全，不如等天亮了再出宫吧。”

冷德全面露苦笑：“老佛爷的旨意，向来说一不二，说二不一，我这做奴才的，也是没有办法啊。”

索克鲁微微一笑：“那就祝冷先生办事顺利。”回头命令守门禁军开门。

西华门缓缓开启，冷德全左手拎起药箱，右手提着灯笼，脚步匆匆地出了城门。

城门刚刚关合，索克鲁等人正准备返回城台上，一个人忽然从黑暗中跌跌撞撞地冲了出来，却是个大内侍卫，浑身上下都是触目惊心的鲜血：“刺……刺客……”他伸手指向身后，神情惊恐无比。据他所言，他与三个侍卫巡逻至武英门外时，遭遇了袭击，三个同伴当场送命，只有他侥幸逃脱，奔来最近的西华门求救。

索克鲁问明了情况，说：“过去两个人，看看是怎么回事。”

两个捕者提着灯笼，小心翼翼地朝武英门方向走去。两人越走越远，渐渐被黑暗包裹，只剩两点灯光，在无边的黑暗深处移动。

忽然，两点灯光一齐灭了。两声惨叫响起，随后寂静无声。

敢在皇城之中杀死大内侍卫和捕者的，除了躲藏在宫中的胡客，还能有谁？

“去一队人，”索克鲁急忙说，“其余人死守城门！”

白孜墨伸手摸向腰间，扶住十字棱刺的柄端。终于有机会，可以报隧道里的一刀之仇了。他率领一队捕者，向灯笼光灭掉的地方赶去。

还未靠近，白孜墨等人在半途就遭到了袭击。两个提灯笼的捕者首当其冲，被杀死在地，两盏灯笼也被人弄灭了，四周又陷入黑暗。白孜墨抽出十字棱刺，向出事的地方扑去，却扑了个空。四周一片漆黑，不知敌人藏身何处。

“撤回来！”远处忽然响起来了索克鲁的命令声。黑暗是对刺客最有利的环境，索克鲁深切地明白这一点。

白孜墨虽然报仇心切，但总捕头索克鲁下了命令，他也不敢违背，只好率剩余的捕者撤回西华门。

刚撤回西华门前，众捕者的心神还没定下来，索克鲁忽然一声大喝：“围起来！”留守城门的两队捕者，闻声而动，将撤回来的这批捕者团团围住。

索克鲁微微一笑：“胡客，你装扮成太监，能够逃出景祺阁，可那不代表你就能装扮成捕者，从我索克鲁的眼皮子底下溜过去！”说这话时，索克鲁的目光扫了扫，最终落在一个捕者的身上。

索克鲁深知，胡客一整天躲藏起来没有动静，却忽然袭击四个巡逻的大内侍卫，而以胡客的本事，竟然还会让其中一个侍卫逃脱，并且跑来西华门求救，这太反常了。索克鲁略微一想，便猜到了胡客的计谋。

白天里，胡客没有进入慈宁花园，而是躲入了寿康宫中，极为耐心地熬过了整个下午。

时近黄昏，忽有大批侍卫和捕者从慈宁花园中撤出，索克鲁也在贺捕头的陪同下往北边走去。这一切印证了胡客的猜想，慈宁花园中果然潜伏着危险。只是让他略感吃惊的是，要对付他的，竟然是指使他入宫行刺的索克鲁！

胡客出了寿康宫，悄悄尾随在索克鲁等人的身后。他想看一看，索克鲁究竟要做什么。

他跟着来到了储秀宫外，储秀宫守卫森严，他没法跟进去，只好在外等了一段时间。索克鲁出来后，他又跟着向南走。跟踪到武英门外时，他打定决心，准备向落单的索克鲁和贺谦动手，但却听到了索克鲁故意大声说出的要将姻婵押到西华门来的那番话。灯火通明的西华门已然在望，再往前走就将暴露身份，于是他停止跟踪，就近躲了起来。

如今整座紫禁城四门封锁，便如一座巨大的牢笼，将胡客牢牢地困在了其中。但胡客丝毫不担心脱身的问题。他没有打算逃出宫去，而是打定了主意要救姻婵。若非为了姻婵，他当初也不会答应入宫行刺。然而西华门一定设有重重埋伏，要想营救姻婵，必定千难万险。

这一天一夜之中，胡客先是假扮成仙舞者，进入了紫禁城，然后又假扮成太监，顺利逃出了景祺阁，接着再假扮成宫中侍卫，成功避开了宫中的大搜捕。所以当面临营救姻婵这一难题时，胡客再一次想到了假扮。要想混入西华门，最好的办法，自然是扮成御捕门的捕者。然而这一次，却终于没能逃过索克鲁的法眼。

索克鲁猜到了胡客鱼目混珠的计谋。当看见远处的灯笼连续两次熄灭时，索克鲁便知道，那是胡客在制造鱼目混珠的机会。所以他当即下了命令，让白孜墨等人撤回来。而当白孜墨率领剩余的捕者撤回时，索克鲁果然准确地在捕者当中找到了胡客。

被识破了计谋，就无须再隐藏下去！

胡客动手了，问天的赤芒爆裂开来，在火光的照耀下肆意地跃动。

三队捕者，外加十几个守门禁军，人数约有半百，在索克鲁的指挥下，将胡客重重包围在垓心，不给胡客任何突围的机会。虽然慈禧曾说过要生擒逃走的刺客，但索克鲁似乎不打算照办。所有捕者和禁军都使出了全力，要致胡客于死地。

索克鲁将轮椅向后滑动，与激斗的圈子保持一定的距离。“束手就擒吧。”他冷笑着劝说。

胡客的字典里没有投降二字。

身陷重围，胡客却始终保持着沉着和冷静。看起来，他似乎没有任何脱逃的机会，然而他却拥有一个十分利己的优势——穿着捕者的衣服。在这黑夜之中，在明暗不定的火光下，在一群捕者的扎堆之中，胡客疯狂地左冲右突，电光石火之间，他的身影便融入了众多捕者之中。

这才是真正的鱼目混珠！

虽然实现了包围，可捕者们却相当被动，接连伤亡了好几人，不少捕者却连胡客身在何处都没有看清。

这时候，白孜墨出手了！

他静立在圈子外，旁观了片刻，目光一直锁定在胡客的身上。无论胡客如何变换位置，他的目光始终像一枚钉子，牢牢地钉死了胡客。

报仇的机会到来了！

白孜墨拨开了几个捕者，十字棱刺准确地刺向胡客的后背！

胡客很清楚白孜墨的实力，这个人曾在火车上和屠夫交手，且长时间不分胜负。但是面对白孜墨的攻击，胡客却没有闪避，而是转过身来正面迎击。

这是胡客与白孜墨的第一次正面交锋！

身处困境，胡客没有丝毫的保留，每一次抵挡和反击都使出了全力。简单的几个回合后，白孜墨感受到了来自胡客的压力。对于他而言，胡客比当初在火车上和他交过手的厨子，似乎更难以对付。

上一次在火车上与屠夫交手，胡客用的是左手，已能胜出一招半式。这次他的右手已经恢复，自然更为厉害。

胡客不但身手厉害，兵器上更是占了极大的便宜。白孜墨的十字棱刺，虽也是一件名匠打造的利器，但在两千多年前铸剑大师欧冶子锻造的问天面前，仍然逊了一筹。随着一声脆响，十字棱刺折断成两截。问天直进，胡客在白孜墨的手臂上留下了一道寸长的刀伤。

旧仇未报，又添新恨！

众捕者急忙合围而上，护住受伤的白孜墨。但胡客斗志正盛，趁势而进，成功寻找到了突破口，一举杀出了众捕者和守门禁军的包围圈。

冲出重围的胡客，没有逃离西华门，而是飞快地沿石阶奔上城台，蹿入了城楼。

胡客并不知道，姻婵已在来西苑的路上被人劫走。他冲入城楼，本是为了营救姻婵，但姻婵没有看到，却看到了身受重伤的曹彬和两个捕者的尸体。

胡客的脸色顿时发生了剧变。“他怎么也来了？”两具捕者的尸体上，那又宽又厚的伤口，像极了屠夫的杰作。就在胡客惊愕之时，身后追来的捕者，已经冲上城台，将城楼团团围住。

索克鲁大手一挥，十几个捕者小心翼翼地进入了城楼。

城楼里的灯火，忽然一齐灭了。刚进入楼中的捕者们，顿时陷入黑暗，而伴随黑暗一起袭来的，还有死亡的恐惧。

胡客再一次制造了黑暗的环境。他不会放过这样的机会。他在黑暗中实施了袭杀。同伴的惨叫声，令没遭受袭击的捕者们不约而同地选择了撤退。胡客要的就是这个机会。他随在十几个捕者中，从城楼里一拥而出。

这是又一次鱼目混珠！

然而白孜墨眼尖无比，胡客即便化成了灰，也无法从他的眼皮子底下溜走。他从身旁的捕者手中抓过一柄刀，朝涌出城楼的捕者们冲了过去。他一刀砍向其中一人，正是胡客。

白孜墨对手臂上的伤势不管不顾，向胡客发动了猛烈的进攻。遇上如此难缠的对手，而且还是御捕门的副总捕头，换了其他的刺客，恐怕心里只有叫苦不迭，然而此时的胡客却暗自兴奋。

因为，只有这样的人，才算得上是真正的对手！

几个回合后，白孜墨的兵器又被问天斫断。他揉身而上，徒手与胡客搏斗，又受多处刀伤后，在不得已的情况下，方才撤阵。虽然落败，但白孜墨争取到了时间。分散在四周的捕者纷纷围拢，再一次将胡客困在垓心。

胡客虽然厉害，但是从城门前到城楼里再到城台上，几番被围困，几番突围，又再次被围困，长时间的恶斗，已令他的力气一分一毫地流失。再这样斗下去，即便是神仙，也有力竭被擒的时候。

"索克鲁，姻婵到底在哪里？"胡客忽然大声问。

远处的索克鲁冷冷一笑，什么话也没说。

胡客已经进城楼里看过，姻婵不在里面。整个西华门，只有城楼可以藏人，其他地方都暴露在眼皮底下，如此看来，姻婵绝对不在西华门。胡客心想，索克鲁在武英门外说的那番话，看来只是诱骗他上当而已。

姻婵不在，胡客便没有了留下的理由。他奋起余力，将捕者的包围圈杀开一个缺口，移步到城台边上，忽然纵身一跃，跳了下去。

城台高三丈有余，胡客纵身跃下，下坠的力道极大！

落地之时，他双腿一曲，向前连续翻滚了四圈，终于消去下坠之力，随即几个蹿步，消失在了西华门外苍茫的夜色之中。

白孜墨率人追去西华门，然而夜色茫茫，早已不知胡客逃向了哪个方向。

"不用追了，直接去瀛台。"索克鲁滑动轮椅，从后方缓缓跟出来，"只要把姻婵抓在手里，不愁胡客不自投罗网。"

第八章
瀛台杀局

天子做囚徒

姻婵仍旧下落不明，胡客当然不会就此离开。出西华门后，他没有逃离，而是躲入了近处的一片景林之中。

他看着御捕门的众捕者追出了西华门，也听到了索克鲁下达的命令。他在心里想，莫非姻婵已经逃脱了，此刻身在瀛台？

听到了这一丝线索，胡客立即动身，赶往瀛台。

当他抵达时，连接瀛台的木桥桥头，已经黑压压的堆满了人。那是贺谦带来的一队捕者，以及从西华门赶来增援的两队捕者。贺谦孤身入瀛台，一直没有讯号发回，三队捕者不敢贸然擅闯，只好焦急地等在桥头。

那位从西华门出宫的太医院医士冷德全也在人群之中。他原本奉了慈禧之命，要进入瀛台办事，然而一听说瀛台可能存在危险，他便驻足不前。虽有懿旨在身，但自个的性命更为重要，他打算先候在桥头，看看情况再说。

通往瀛台的唯一道路被堵死，胡客只有藏身在暗处，先静观其变。

夜风贴着水面吹来，裹挟着丝丝水汽，颇有些寒意。远处的瀛台隐没在夜色之中，黑影幢幢，朦朦胧胧，如同隔了一层薄纱，当真有几分海中蓬莱的感觉，名曰“瀛台”，倒真是恰如其分。

瀛台二字，本是海中仙岛的意思，清朝历代的帝王后妃们，都将此地选作避暑的好去处，康熙帝曾在此垂钓，乾隆帝曾在此闲读。然而这处拥水而居、秀美宜人的皇家胜地，其命运却在七年前彻底颠覆。

七年前是戊戌年。那一年的九月十六日，光绪在颐和园召见统率北洋新军的直隶按察使袁世凯，令他助行新政，并升任他为侍郎候补。两天后，谭嗣同夜访袁世凯，带去了光绪的密旨，命袁世凯起兵勤王，诛杀当时的直隶总督荣禄，并包围慈禧太后所居住的宫殿。然而袁世凯却阳奉阴违，表面答应，转过头来却向荣禄和慈禧告密。被触怒的慈禧太后，随即发布“上谕”，声称皇帝患病，借机开始了生涯中的第三次垂帘主政。慈禧先是将光绪囚禁在颐和园的玉澜堂，不久后迁囚于瀛台。自此之后，这处皇家胜地的命运，便和光绪紧紧地系在了一起，由往昔人来人往的热闹繁华，转变为无人问津的孤寂冷清。

胡客听见了成片的脚步声，索克鲁和白孜墨已经率领众捕者从西华门赶到了木桥桥头。

索克鲁一眼就看见了人群中的冷德全，微笑着说：“冷先生，想不到我们又见面了。”

冷德全尴尬地一笑，并不答话。

“为什么都守在这里？”索克鲁问。

在得知贺谦一个人进入瀛台后，索克鲁的担心加重了。守桥的两个太监不见踪影，贺谦进入瀛台长时间没有消息，冷德全奉慈禧之命要入瀛台办事，无论从哪一个角度来看，今晚的瀛台绝不可能太平。

“过桥！”索克鲁当机立断。

在留下五个捕者把守桥头后，索克鲁和白孜墨领着其余捕者走过木桥，进入了瀛台。冷德全也跟着过了桥。与这么多捕者待在一起，想必定能安全无事，至少冷德全的心中是这么想的。

机会来了！

索克鲁等人走远后，胡客从暗处现身，实施了偷袭。守桥的五个捕者很快倒下了，甚至来不及发出一声喊叫。胡客将五具尸体拖到树林中藏好，以免被巡逻的禁军和侍卫发现，然后走过木桥，踏上了这座囚禁当朝天子的水上孤岛。

索克鲁进入瀛台，第一件要做的事，并不是寻找贺谦，而是确认光绪的安全。

瀛台面积广阔，有翔鸾阁、涵元殿、香扆殿、迎薰亭、丰泽园、怀仁堂、海晏堂等建筑。光绪被囚禁的地方，是涵元殿。

索克鲁在朝涵元殿赶去的路上，竟连一个人影都没瞧见，负责看守瀛台的十几个太监，竟一个也没见到。偌大一座瀛台水岛，死气沉沉之中，透露着几分光怪陆离。

来到涵元殿外，还未靠近，便听见殿中传出哐啷哐啷的响声，有微弱的灯光从殿里透出，一忽儿明，一忽儿暗。

只听一个尖锐的声音传了出来："你为什么要砸开它？你砸它，我就砸你！你来啊，你吃，你快点吃！哈哈哈，哈哈哈……"

这番话语无伦次，不知在说些什么。索克鲁手一竖，所有捕者停下脚步。他轻轻滑动轮椅，悄无声息地靠近涵元殿的窗户。窗户纸上有很多破洞，索克鲁透过其中的一个破洞，往殿内偷望，只见一道消瘦的人影站在昏暗的大殿中央，手舞足蹈，嘴里念念有词，地上满是摔碎的瓷片碗片，一股酸腐之气，透过窗户纸上的破洞隐隐飘出。

胡言乱语了片刻，那消瘦之人忽然走到御案后，一屁股坐在御椅上，歪斜着身子，一副失魂落魄之态，喃喃地说："我不如汉献帝……"隔了片刻，重重叹了一口气，又重复了一遍："我不如汉献帝啊！"随即干笑两声，带了几分哭腔，第三次说道："是啊，我连汉献帝都不如……"言辞之间，满含悲怆。

呆坐了片刻，他忽然仰起头，望着大殿的西北角，呢喃道："你还在等着我吗？你切莫害怕，再等一等，我很快就会来陪你……"

痴痴凝望了一阵，他忽又垂下头，眼睛里透出凛冽无比的杀气，恶狠狠地说："线蜡李，你个死太监，你好不要脸，竟然口口声声说会为我求情？崔老棍子，总有一天，我要叫你求生不得，求死不能！袁世凯，我落得如今这步田地，皆是因你而起，有朝一日，我定要将你凌迟，凌迟，凌迟！"他接连怒吼三声，手臂一推，御案上的青花龙纹大瓷瓶摔落在地，粉身碎骨！

这个清瘦之人正是当朝的天子，大清的第十一位皇帝——光绪。

看到光绪完好无损，索克鲁不由松了一口气。然而松气之后，随之而来的便是恐惧。光绪已几近癫狂，他的种种神经质的举动，以及前言不搭后语的说话，像一把沉重的利剑，深深地刺入了索克鲁的脑海。

光绪的话，让索克鲁不由想起了袁世凯。此次袁世凯与他秘密合作，用光绪偷传出来的暗码密函，将刺杀慈禧的罪责嫁祸到光绪的头上，正是为了借慈禧之手，致光绪于死地。这七年间，慈禧虽囚禁了光绪，甚至一度打算废掉他，另立新君，但却始终留着他的性命，一来普天下的舆论都盯着此事，二来各国公使施加压力力保光绪的性命，最重要的一点，是沦为阶下囚的光绪已对慈禧构不成任何威胁。但袁世凯却全然不同。慈禧已经七十高龄，指不定哪天便撒手而去，她倒是没什么事，然而她一死，光绪重掌实权，袁世凯的下场，自不用说，任谁都能想象得到。袁世凯不想成为俎上之肉，任人宰割。他要先下手为强。然而光绪毕竟是名义上的大清皇帝，要想除去光绪，唯有借助慈禧之手。袁世凯太了解慈禧的脾性了，这个老女人可以漠视天下的所有事情，但一旦危及到她的利益，她就绝不会坐视不理。她会动手报复，而且是加倍地、疯狂地报复。冷德全奉慈禧之命连夜赶来瀛台办事，似乎正印证了袁世凯的预想。

索克鲁早就听说过光绪在瀛台过得十分凄惨，但实在没想到光绪竟被折磨成了这副样子——衣衫褴褛，须发乱成一团，俨然一副乞丐疯子的模样。一代天子，竟沦落到如此地步，实在是亘古罕有之事。

光绪被囚于瀛台期间，身心的确是倍受折磨。

每逢冬季，南海的水面都会结冰，换在以往，该是王公贵族们聚集于此举行“冰嬉”的好日子，可自从光绪被囚禁在这里后，“冰嬉”就再也没举行过。不仅如此，光绪被囚禁在此的第一个冬天，眼见南海冰面明亮剔透，好不容易有了点儿闲情逸致，与六个小太监一起玩耍，不知不觉踏冰走到了岸边，却被崔玉贵看见了，当即“跪阻”光绪返回。事后，崔玉贵以小太监们挟光绪出巡，欲行不轨为由，将六个小太监全部活活打死。慈禧闻知此事，命令此后一旦南海结冰，便叫工匠凿开冰面，以防光绪逃跑。光绪每日的膳食也非常糟糕，甚至不比最下等的人吃得好。光绪初到瀛台时，依照慈禧的吩咐，每日还送来两席饭菜，后来竟撤至一席，而所谓的饭菜，往往干硬变质，粗糙到难以下咽。彼时的工部侍郎立山，因为在冬天给光绪的住处糊了糊窗户纸，便被慈禧大骂一顿，若非李莲英从中求情，立山恐怕难逃罪责。此后涵元殿的窗户纸不知破了多少洞，竟没人再敢补上一补。一到寒冬腊月，光绪就不得不在凛冽的朔风中被冻得浑身发抖，手足麻木。

除此之外，慈禧不但害死光绪唯一宠爱的珍妃，还时不时找机会刺激和打击光绪，并让李莲英挑选了十几个心腹太监“侍奉”光绪，这其中除了一位叫王商的太监见光绪实在可怜，对光绪还算忠心可鉴外，其余的太监全都牢牢地监视着光绪的一举一动，并压根不把这位过气的皇帝放在眼里。

光绪真正体会到了“欲飞无羽翼，欲渡无舟楫”的感觉，甚至被折磨到了喜怒无常、神经兮兮的地步。他感慨自己不如汉献帝，其实一点儿也不假。

索克鲁不忍再看这位天子囚徒的惨状，暗暗叹气，摇了摇头，打算离开这个惨淡、压抑的地方，带领捕者去其他地方寻找贺谦。

然而就在他准备转开轮椅的瞬间，他的双眼忽然定住了。

因为他看见，在光绪所坐的御椅侧后方，一双眼睛，正躲在烛光照射不到的后殿里，直勾勾地盯着自己！忽然一闪，那双眼睛消失在了御椅的背后。

涵元殿里竟躲有其他人！索克鲁微微一惊。

索克鲁不动声色，轻轻用右手比划了一个圆圈。众捕者会意，悄无声息地散开，转眼间便将涵元殿团团围了起来。

索克鲁向站在一旁的冷德全招了一下手，冷德全走过来，索克鲁在他耳边低语了几句。冷德全面露为难之色，说：“索大人，这个……”

“冷先生，请了。”索克鲁不给冷德全任何回旋的余地，直接将轮椅滑到一旁，将冷德全一个人留在了涵元殿的殿门前。

冷德全见所有埋伏的捕者已呈现出剑拔弩张的态势，索克鲁又直勾勾地盯着自己，一股无形的压力扑面而来。他心情紧张，定了定神，踏上两步，伸出手，却又缩了回来，转头瞧向索克鲁，面露难色。索克鲁点了一下头。冷德全再一次鼓起勇气，又一次伸出手去，屈起食指，在空中停留了片刻，终于叩在了殿门上。

哆、哆、哆！

“谁？”光绪警觉的声音从殿内传出，“谁在外面？”

“奴才太医院医士冷德全，闻圣躬违和，奉命来替皇上诊治。”冷德全小心翼翼地回答。

“朕病了四日有余，你为何现在才来？何不让朕死了，一了百了，倒也干净！”

虽然隔了一道门，但冷德全还是急跪而下，惶恐地说：“奴才不敢，奴才罪该万死！请皇上息怒！”

涵元殿内静了片刻，光绪的声音忽然又一次响起：“进来吧。”

冷德全推开殿门，小心地走入，跪在御案前：“奴才冷德全，叩见皇上。”

光绪斜坐在御椅上，冷冷地瞧着他，腔调显得有些阴阳怪气：“虎落平阳被犬欺，可如今朕呢？朕却连个太监都不如！哼，别人都趁机欺辱朕，你却恭谨有加。”顿了一下，加重语气说，“你说，你来此，是不是暗藏了什么图谋？！”

光绪这一句有意无意的呼喝，正好戳中冷德全的心事，吓得冷德全后背冰凉。他一时不知该如何回答，情急之中，急忙叩头，一个叩完，又接着一个，脑袋犹如捣蒜一般，在地上叩个不停。

光绪丝毫不为所动，任他叩了二十多个头，忽然说：“你从哪里来的，就滚回哪里去。”

冷德全一下子愣住了，抬起头来说：“奴才……奴才还没替皇上把脉……”

“朕叫你出去，你耳朵聋了吗？”光绪厉喝。

冷德全又急忙叩头，却不起身，心里打定主意，就赖在这里不走了。

光绪却不是好伺候的主子，见冷德全不肯走，立刻走下御案，捡起地上的一块碎瓷片，朝冷德全挥舞而来，看样子是打算在冷德全的身上划个七八道口子。冷德全不敢跟光绪动手，秉承好汉不吃眼前亏的原则，脚底抹油逃出殿外，心里直叫：“疯了，真是疯了！”

“外面还有什么人？”光绪的喊声传了出来。他早就透出窗户纸上的破洞，看见外面有人影晃动。

索克鲁滑动轮椅，现身于殿门外。

“御捕门索克鲁，见过皇上。”索克鲁腿脚不便，没有下跪的打算，不过语气倒甚是恭谨。

见到索克鲁的一瞬间，光绪的眼睛里忽有异样的光芒闪动。

“索……索……”

他一时激动，竟唤不出索克鲁的名字，最后化作一句：“事已济？”当索克鲁回应以摇头时，光绪的神色如同傍晚的暮色般黯淡了下去。他问，语气惘然若失：“那你来做什么？”

“行刺老佛爷的刺客逃出了西华门，”索克鲁说，“奴才担心皇上的安危，特来瀛台护驾。”

光绪心想，若是刺客刺杀慈禧成功，索克鲁便是立下头功，当然要来瀛台迎接自己，如今刺杀失败，索克鲁却仍然悄悄来到瀛台，将这个消息通知自己，倒也令光绪颇为感动。光绪心想：“索克鲁果然没有忘了朕。”在他的心中，仍然将索克鲁视作可信之人，毕竟百余年来，御捕门一直只效忠于皇帝一人。殊不知，索克鲁派胡客入宫行刺慈禧，却并非出于对光绪密旨的遵照，而是另有一番不可告人的目的。

“朕很安好，你没别的事，就退下吧。”刺杀失败的消息，令光绪有些无精打采，他走回御案后，在御椅上坐了下来。

索克鲁不打算就此离开，而是希望到后殿查看，到底是什么人躲在殿中。

“奴才担心刺客躲入瀛台，还望皇上同意，让外面的捕者们进入殿内，搜查一番。”

索克鲁这句话一说完，光绪的脸色变得比翻书还快，勃然大怒道：“我叫你退下！把你的人也通统撤走！”他一忽儿喜一忽儿怒，情绪起伏剧烈，脾气的好坏让人捉摸不透。

索克鲁看了一眼后殿，心想皇帝多半是故作疯癫之态，他此举，显然是打算保住躲在后殿里的人。光绪毕竟是名义上的皇帝，索克鲁还不敢抗旨不遵，于是道了声“奴才遵旨”，不动声色地退出了涵元殿。他让众捕者撤离了涵元殿，候在离此不远的丰泽园中，冷德全也随捕者们去了丰泽园。索克鲁和白孜墨却悄悄折返回来，在涵元殿的附近，拣了一处黑暗地儿，秘密地躲藏起来，想看一看涵元殿中究竟藏着什么名堂。

光绪走到殿门前，向外面扫了一眼，确定四处无人后，快速地拉拢了殿门。

白孜墨和索克鲁悄无声息地靠近殿外，隔墙细听。

保皇党

涵元殿内，关上殿门后的光绪，身上的疯癫状态忽然一扫而净。他不再呆坐出神，不再喃喃低语，不再叫苦诉冤，也不再抱摔物件。他忽然变得无比正常。他从后殿中引出了几个人，几个穿着黑色夜行衣的人。

“人都撤走了，你们赶紧找机会溜出去吧。”光绪说。

一个黑衣人向他走近了一步：“皇上，您当真不跟我们走吗？”

光绪坐回御椅，叹着气说：“我如果要逃，早就逃了。”他自称“我”，而不言“朕”，显然对这几个黑衣人的态度，要比对冷德全和索克鲁友善许多。

光绪这句话一点也没有说错，他若想从慈禧的囚禁下逃走，并不是没有机会。

当初八国联军攻入北京城时，宫中大乱。《庚子国变记》记载：“是日，百官无人朝者……宫中人纷纷窜出。”当时皇城内一片混乱，人人争相逃命，谁还顾得上别人？这时候，光绪若更换一身太监的衣服，乘乱逃走，可谓轻而易举。他也不需要逃多远，只需逃到东交民巷列强的使馆里，便可摆脱慈禧的控制。可是他没有这样做。身为一国之君，他不愿偷偷摸摸地做事，而是直接面见慈禧，对慈禧说，他想留下来主持乱局，珍妃也跪求皇帝留京。慈禧当然不会让光绪有机会独自掌权，命崔玉贵杀害了珍妃，挟光绪出狩西安。在逃亡西安的路上，光绪也有逃走的机会。途经洋河时，恰逢河水大涨，将桥冲垮。《德宗遗事》记载，当时慈禧急着逃命，让心腹太监们抬着她的御舆过河，却把光绪留在了洋河对岸。此时陪伴在光绪身边的，只有忠于他的肃亲王善耆。光绪大可以乘机脱离慈禧的行伍，返回北京城，然而他却没有，而是叫善耆去附近的村子里找人来抬他过河，追上了慈禧的行伍。光绪之所以不逃，正是因为他内心认定自己是一国之君，乃是大清的正统，如何能行逃跑之事？

光绪对黑衣人说：“梁铁君，你此次回去，路上务必要小心，莫被人识出身份。你回去后，转告康有为和梁启超，就说我有自己的打算，叫他二人别再来为我冒险。”

站在光绪对面的黑衣人，姓梁名铁君，是保皇党的骨干分子。此次田景池等人入宫行刺，正是以康有为为首的保皇会的掩耳盗铃之计。

早在戊戌变法期间，康有为就意识到，要推行变法维新，必须除去守旧大臣和慈禧太后，否则新政空有条令，却无从实施。为此，康有为制定了“围园杀后”的冒险计划，只可惜这一计划还没来得及实施，慈禧太后便抢先一步发动政变，囚禁了光绪，捕杀了谭嗣同、康广仁等六君子。

被迫流亡海外的康有为、梁启超等人，在加拿大成立“保救大清光绪皇帝会”（即保皇会），入会者以保皇党人自居。保皇党人在海外的留学生中发展力量，筹措活动经费。在筹划了多年后，康有为派梁铁君、陈默庵、梁子刚等人秘密入京，伺机刺杀慈禧太后，营救光绪皇帝。

梁铁君在北京广泛活动，买通了宫中的几个太监，通过几个太监收集的信息，掌握了慈禧太后和光绪皇帝的情况，同时联络上了西分厅四区区官范履祥，以保证他们的集会地点吉昌照相馆的安全。

经过长时间的准备后，梁铁君等人制造了轰动京师的三大案，创造了入宫的机会，由田景池等人找机会刺杀慈禧太后。刺杀若能成功最好，即便失败，也能将京城的防御力量集中到紫禁城内，使得皇城外围的守备空虚。他趁机率几名心腹，在买通的太监的接应下，趁夜色从西安门溜入皇城，赶到瀛台，将看守瀛台的十几个太监迅速拿下，随即来到涵元殿，要将光绪救出宫外。

梁铁君费尽心思，岂料到头来，光绪却不肯离开瀛台。

光绪自然有他的打算。他一点也不愿意逃跑，身为堂堂的一国之君，国未破家未亡，焉有逃命的说法？光绪现在已经打定了主意，刺杀既然不成功，那就只有学当年卧薪尝胆的越王勾践，沉下心来等待，等待慈禧老死，然后名正言顺地重掌清王朝。

此时站在光绪对面的梁铁君，心中却是另外一番想法。他耗费了如此多的心血，筹划了这次掩耳盗铃的行动，表面上刺杀慈禧，暗地里营救光绪，眼看就要成功，岂能因光绪自身的原因而失败？这么长时间的费心费力，连带上了好几位友人的性命，焉能付诸东流？

梁铁君犹豫了。

他站在原地，最终，做出了他自己的决定。

皇帝不走，那就只有强迫皇帝走！

“皇上，请恕我等冒犯！”梁铁君斩钉截铁地说完这句话，命令几个心腹，将光绪架了起来。光绪没有反抗，只是无奈地摇头，在心中暗暗叹息。梁铁君拉开涵元殿的殿门，指挥几个心腹架着光绪，向北面的木桥赶去。

这一切都被暗处的白孜墨和索克鲁瞧在眼里。

“阻止他们。”索克鲁低语道。

白孜墨的身上被胡客击伤多处，索克鲁腿脚不便，要阻止梁铁君等人救走光绪，只有招来候在丰泽园中的捕者。

白孜墨掏出一个黑色瓷埙，吹响了代表紧急讯号的呜呜声。

梁铁君等人听见了暗处传来的埙声，虽不知是什么事，但也赶紧加快脚步，想以最快的速度逃离瀛台。

御捕门的几十个捕者岂是善类？只要丰泽园的一众捕者赶过来，这区区几个保皇党人，又岂是对手？白孜墨这样想，索克鲁也这样想。

然而意外出现了，呜呜声传了出去，丰泽园那边却没有任何动静。白孜墨连吹数声，仍没有一个捕者赶过来。

索克鲁当机立断，让白孜墨设法拖住保皇党人，他亲自去丰泽园里叫人。

白孜墨带着浑身的伤，向梁铁君等人追赶而去。

索克鲁则飞快地推动木轮，以最快的速度赶到了丰泽园，然而丰泽园内的场景，却令他悚然一惊！

数十个捕者都在园内，然而每个人都已经躺倒在了地上，数十个人犹如杂草一般，横七竖八地摆满了一地！

瞬间，索克鲁头皮发麻，震惊和恐惧的感觉，像电流一般袭击了他的全身。是什么人，竟能在如此短的时间内，悄无声息地杀尽几十个训练有素的御捕门捕者？！

索克鲁探了几个捕者的鼻息，发现气若游丝。这些捕者并没有死。索克鲁试图弄醒几个捕者，然而各种努力都是徒劳。这些捕者像是中了毒般昏迷不醒。

“难道是刺客道毒门的人？”这个念头在索克鲁的脑袋中闪过。

为了证实自己的想法，索克鲁从身上掏出一盒火柴，擦亮了火光，凑近细看一位捕者的脸色。

白里带紫，紫中透青，青内藏黑，黑中还有乳白色的小斑点！这显然是中毒的迹象！

索克鲁右手忽地一抖，火柴棒掉在地上熄灭了。他的脑海里如同划过了一道闪电，一个名字在漆黑的夜空中被照亮了。

“是她？！”索克鲁的心头猛地一颤，“她……她怎么会来瀛台？”

阳解阴毒

索克鲁急忙环顾四周，偌大的丰泽园，完全被夜幕所笼罩，各处角落都是死一般的沉寂，看不见任何活物。

“她好几年没有现过身，为什么今晚会出现在这里？”索克鲁迷惑不解，“兴许不是她，是别人……可是……可是放眼天下，这种毒的配方只有她有，除了她，还能有谁？”

索克鲁正被各种念头纠缠不清的时候，远处忽有脚步声传来。

索克鲁急忙将车轮一转，躲到一片花石之后。

两道人影从丰泽园的西门走了进来，快步从园中穿过。地上躺了几十个捕者，两人却视而不见，只管往前走，从东门而出，向涵元殿的方向走去。

索克鲁正打算跟上去瞧个究竟，忽然又有一道人影，从西门入园，穿园而过，看样子是在悄悄尾随前面的两人。

索克鲁眼尖，轻喊了一声：“贺谦。”

那人正走到丰泽园的东门，立刻收住脚，转回头来，目光在黑暗中搜寻。索克鲁从花石后转出。那人问一声：“总捕头？”嗓音清朗，正是进入瀛台后便消失不见的贺谦。

贺谦之所以消失不见，是因为他踏上瀛台后，很快发现了两个行踪诡秘的人。他认出了其中一个是姻婵，另一个也是个女人，但没照过面，想来应该是从曹彬手中劫走姻婵的人。贺谦选择了主动出击。但令他万万没想到的是，这个劫走姻婵的女人，身手竟厉害到难以想象的地步。堂堂御捕门的天字号捕头，贺谦在她的手下，竟然走不过十招，也难怪曹彬加上两个捕者，都不是她的对手了。贺谦知道敌不过，为了不把性命枉送在这里，他当即知难而退。那女人也没有追击，任贺谦逃了。

贺谦隐身暗处，等两人走远了，才悄悄地尾随上去。他发现那女人抓着姻婵，在瀛台的各处建筑间穿行。那女人每到一处建筑，便让姻婵四处细瞧，姻婵瞧完后，总是摇头，然后那女人又抓住姻婵，拉着她往下一处建筑走去。

贺谦跟着瞧了几处地方，最终认定那女人该是在寻找什么东西。似乎那女人只知道东西藏在瀛台上，却不知藏于哪处建筑内，因此才用最原始的办法，一处处地寻找。

在贺谦跟踪两人到瀛台的西南面时，索克鲁带领捕者上了瀛台，赶到了涵元殿。两方所处的方位不一，正好错过。索克鲁命捕者退入丰泽园，恰好那女人也带着姻婵赶来丰泽园。那女人种了毒，毒气随风而走，众捕者吸入毒气，纷纷倒地。姻婵在丰泽园中查找片刻，仍是摇头，那女人便抓着姻婵赶往海晏堂。在海晏堂中仍无发现，整个瀛台水岛上，便只剩下了涵元殿一处地方没有查找过。

那女人抓着姻婵往涵元殿走去，又从丰泽园中经过。贺谦尾随在后，正好碰上了藏在花石背后的索克鲁。

“那女人不知是什么来路，身手竟如此厉害，我还是头一次遇到。”贺谦摇头叹言，言语中满是佩服。

索克鲁心想：“她数年没在江湖上走动过，身手多么厉害，你当然是不知道了。”他叫贺谦迅速赶去北面的木桥，援助白孜墨，阻止保皇党人带走光绪。“至于那两个女人，交给我来处理吧。”索克鲁说。

“那这么多门下的兄弟呢？”贺谦指着躺满园中的几十个捕者说。

“我自有办法。”索克鲁说完，滑动轮椅，头也不回地朝涵元殿方向而去。

索克鲁虽是御捕门的总捕头，可双腿残疾已有二十一年，如何是那厉害女人的对手？贺谦放心不下，想跟着索克鲁，好歹可以保护一下他，哪知却被索克鲁喝止。贺谦不知道总捕头心中究竟是什么打算，见其无比坚决，无奈之下，只好朝北面的木桥赶去，寻找白孜墨和保皇党人的踪影。

索克鲁赶回涵元殿外时，殿内已经亮起了火光。

在涵元殿的后殿里，姻婵正沉下心来，研究殿内的布置。

“瞧出什么眉目了吗？”问话声来在姻婵身后站着的那个女人。那女人穿着一身鸦青色的衣服，容貌看起来有些苍老，估摸年龄在四十来岁，可头发却已白了不少。

“你不要出声，行吗？你一说话，就打断我的思路，原本能瞧出来的，怕也瞧不出来了。”姻婵没好气地嘟囔。她被别人控制，心里自然百般的不爽。

那女人冷笑着说：“若瞧不出来，含剑、藏血等人是什么下场，你是知道的。”

她言语间提到的含剑和藏血，都是刺客道颇具声名的青者，前者隶属于是兵门，后者隶属于是毒门，两人分别在半年前和四个月前，被人杀死在安徽宁国府和山西汾州府，死状残忍。

此话一出，姻婵便已猜到，背后这个女人，十有八九，就是那个专杀刺客道青者、行踪诡秘、出没无常的刺客猎人！

姻婵已经见识了这个女人的身手。在她被押解前往西华门的途中，曹彬和两个捕者遭遇了来自夜幕深处的袭击。两个捕者当场身亡，曹彬遭受重创，姻婵则被人劫走，而劫走她的人，却是兵门的屠夫！

在九龙道上逃过一死后，黑衣人赶回了南方，也将胡客的话一字不漏地带回了刺客道。随即，一项艰巨的任务从天层传下，通过串人的传递，交到了身在北方的屠夫的手中：抓住姻婵，以姻婵为饵，诱杀叛逆胡客！

屠夫劫走姻婵后，打算经西安门出皇城。然而在连接瀛台的木桥附近，他却遭遇了同样来自夜幕深处的伏击。

螳螂捕蝉，焉知黄雀在后？屠夫偷袭曹彬等人的时候，哪里知道，有一双凛冽的眼睛，正在暗处死死地盯着他！

屠夫反应极快，遭遇伏击后，立刻抽出剔骨尖刀反击，哪知竟不是敌手。屠夫知道遇上了极为罕见的狠角色。在被击伤后，屠夫果断选择了放弃。再勉力斗下去，必死无疑。屠夫的刀功了得，逃遁的功夫同样了得。更为重要的是，偷袭他的人意在姻婵，对他没有赶尽杀绝。所以屠夫得以顺利逃脱。

偷袭屠夫的，不是什么身手矫捷的壮汉，而是一个女人。这个女人将姻婵抓入了瀛台，命姻婵在各处建筑中查看有无毒门的阵法。

身为毒门的青者，姻婵最擅长的是用毒，然而此时此刻，她的身上没有任何毒药。她亲眼目睹了这个女人的身手，知道自己完全不是这个女人的对手，所以没有作任何反抗，便束手就擒，并且按照这个女人的要求去做事。

姻婵已经瞧出，涵元殿后殿内的四面墙上，悬挂着的七幅字画颇有门道。这七幅长短大小都不相同的字画，是按照文王卦的方位排列的，离、震、兑、乾、巽、坤、艮七个卦位上各悬一幅，唯有坎卦位上空空荡荡。在刺客道的毒门中，这种排布的方法，又有一个特殊的称谓，叫阳解阴毒阵。阳解阴毒这个词，出自李贽的《答来书》，是表面和解背后下毒手的意思。所以毒门的阳解阴毒阵，有“七面皆玲珑，其毒出阴位”的说法。文王卦中，正南为阳，正北为阴，阳解阴毒阵的关键点便在于正北方向。殿中的这七幅字画，悬挂在七个卦位上，唯独正北方的坎卦位上没有。所以姻婵料定，正北方的墙面有问题。

“你这么费尽心思，到底想要找什么东西？”姻婵忽然开口问身后的女人。她不想这么快就把想到的东西，告诉这个来路不明的女人。

“你不必知道。”女人的说话声冰冷无情，“有什么发现？”

“这里面什么也没有，”姻婵撒了个谎，“你要找的东西，看起来不在这座岛上。”

“那你就没有用处了。”女人的口吻淡得如同一杯白水。

兵刃出鞘的金属声，在姻婵的背后响起。

姻婵没想到这个女人做事竟如此狠绝。“北面的墙壁！”她急忙说。

女人冷冷一笑，来到北面的墙壁前，先用手按了按墙面，然后拔出腰间的短刀，小心翼翼地剥去墙皮。

在女人忙活的时候，姻婵一边看着她，一边心想，这七幅字画按照长短和大小的不同，排布成阳解阴毒阵的布局，这显然只有刺客道毒门的人才能做出来。悬挂这七幅字画的始作俑者，会不会是毒门的某位青者？瀛台是皇家重地，这个青者竟敢跑来此地，不知是为了藏匿什么重要的东西？

在姻婵暗自疑惑的时候，那女人已经剥落墙皮，从墙壁里抠下了一个细长的木匣。木匣上没有挂锁，那女人轻而易举便打开了木匣。

姻婵离那女人有一丈多的距离，只是远远地朝木匣中望了一眼，便惊讶不已。因为姻婵看见，匣中放置的，是一幅卷轴，用一把双头的鬼头锁扣住，鬼头锁的锁面上有一片红色，似乎是几个刻字。姻婵之所以惊讶，是因为这幅卷轴无论是尺寸，还是质地，竟然和她从日月庄封刀楼内盗出然后存放在长沙府十四号当铺里的那幅卷轴完全一样。姻婵心想，莫非有人去过十四号当铺，想办法取出了那幅卷轴，藏到了涵元殿的墙壁里？可是细看周围的墙壁，显然是多年前修葺而成，没有任何修补过的痕迹，如果这卷轴是最近才被人藏入墙壁里的，墙壁上总该留下修补过的痕迹才是。

那女人看过匣内的卷轴后，便合上了木匣。她已经拿到了想要的东西。她抓住姻婵，往殿门走去。

姻婵说："我已经帮你找到了东西，你该放我走了吧。"

"你当真以为，我抓你，只是这么简单？"

姻婵情不自禁地一愣。

"另外一幅卷轴呢？"那女人忽然停下了向前走的脚步。姻婵被她反箍着右手，也只好跟着停了下来。

"什么另外一幅？"姻婵知道那女人说的是什么，却故作不知。

"日月庄，封刀楼。"那女人手腕用劲，姻婵的右手顿时被疼痛包裹。

"我没有去过什么日月庄，什么封刀楼，也不知道你说的是什么。"那幅卷轴是姻婵的任务，她若说了出来，让那女人夺去了卷轴，她的这次任务便宣告失败。

"日月庄的四兄弟，临死前说的话，又岂会有假？"

"他们死了？"姻婵脱口而出。

那女人冷冷地一笑。姻婵说出"他们"二字，就等于变相地承认自己去过日月庄，与那四兄弟打过交道。

"是我杀的。"那女人说。

"你北上的途中，想必是将卷轴存放在了某号当铺之中。"那女人用右手死死地制住姻婵，让她无法反抗，随即将左手中的木匣放在地上，空出左手来，在姻婵的怀中、衣袋里翻找。姻婵被御捕门囚禁了一段时间，身上携带的匕首等器物，早已被御捕门搜走，她的身上只留下了一些没有威胁的东西。那女人从姻婵的身上搜出了一串项链和几个小盒子，并将小盒子一一打开，里面都是上品的胭脂。

“当铺的暗码纸呢？”那女人问。

“哪有什么暗码纸？我不知道你在说什么。”姻婵已经铁了心，无论如何，决不说出卷轴的下落。

那女人还待逼问，忽然瀛台的北面传来了枪声。

皇城之内，巡逻的禁军和侍卫是不准携带枪械的，这是出于对皇室人员安全的考虑，以防有不臣之人袭杀皇室人员，但若皇城内发生急变，经上谕批准后，皇城内的禁军和侍卫可由武械库配发枪支和弹药。此刻瀛台北面响枪，寥寥数声，不像是大批禁军所为。那女人虽不知是保皇党人正朝贺谦和白孜墨开枪，但料想瀛台有了枪响，不用多久，必会有大批的禁军和侍卫赶来瀛台。此时不走，更待何时？

那女人制住姻婵，携带木匣，拉开了涵元殿的殿门。

殿门一开，只见门外停着一辆轮椅，轮椅上坐着一人，正是静候了多时的索克鲁。

那女人和索克鲁面对面地看着对方，神情都是微微一愣。

此时此刻，时间仿若凝结。

“当真是你？”片刻后，索克鲁用难以置信的语气，打破了这相对无言的沉默。

女人没有说话，推着姻婵从索克鲁的身边走过。

错身而过的瞬间，索克鲁问，小声而又谨慎：“你……这些年可好？”

女人的脚步停顿了一下，只是短暂的一下。她仍没有回答一言一字。她扔回一个瓷瓶，准确地落在索克鲁的腿上，却连身子都没转。那是解救丰泽园中数十个捕者的解药。她押着姻婵，继续走向黑暗。

索克鲁望着那女人渐渐隐入夜色的背影，心情竟是多年未曾有过的平静。

三叠毒阵

离开涵元殿后，那女人没有选择走直接通往北面木桥的道路，因为又有枪声在那条路上响起了。女人带着姻婵朝西走，那是通往丰泽园的道路。从丰泽园绕一个圈子，可以避开枪响的地方，从而安全地抵达木桥。

再一次进入丰泽园内，再一次从几十个捕者的身体上跨过。然而这一次，走到园子的中央时，那女人忽然停了下来，警觉地回头，警觉地四顾。她已经预感到了潜伏在暗处的危险。

她取出了一条牛筋索，用无比熟练的手法，将姻婵反绑在一棵树上。这是为了防止姻婵逃跑。如此一来，她便腾出了双手。她抽出腰间的短刀。那短刀的把柄上拖着一截不长不短的铁链，乃是既可近身搏斗亦可远距离攻击的锁链刀。

女人左手托链，右手握刀，像一尊石像，静立于园中。

园内寂静无声，既无虫鸣，也无鸟啼，黑暗之中，唯有夜风吹得树叶子翻转，沙沙作响。

女人的左手忽然一拨，右手跟着一带，铁链带动短刀划出一道又扁又平的弧线，击向左前方！这一刀虽是出自一个女人之手，然而威风凛凛，霸道狠绝，甚至比一个壮汉使出来还要强劲有力。

一声金属脆响，火星四溅，黑暗中，竟有人挡住了这霸烈的一刀！

挡住这一刀的，不是别人，正是胡客！

进入瀛台后，胡客便一直潜伏在暗处，做了许久的看客，最后终于等到了姻婵的出现。为了救姻婵，他像一匹草原上独自作战的苍狼，在黑暗中隐藏自身，直到最好的时机来临。最终，他选择在草木生长的丰泽园中解决问题。

胡客原本是发动偷袭，他已经做到足够悄无声息，却还是被那女人准确地识破了方位。胡客硬生生地挡住了这霸烈的一刀。一刀之中，便见功力，胡客已经清楚对手的实力。他立即向斜后方退步，欲退入一片花石之后。

胡客退得快，那女人的锁链刀更快。刀口凌空劈落，胡客被迫又一次用问天抵挡，又是一次火星四溅！锁链刀与问天两次碰撞，竟然没有折断，足见锁链刀的质地也是相当的精纯。

那女人不愧是能击退屠夫的角色，一出手，便压制住了胡客。胡客即便躲于花石或树木之后，但锁链刀的铁链能在石棱或树干上一折，令短刀改变方向，绕击躲在后面的胡客。胡客不得已现身，从正面进行攻守。然而一到正面对敌时，胡客以短搏长，处处受制于锁链刀，竟无法挨近女人一分。无法近身，问天的勇绝阴狠之劲，便得不到分毫的发挥，是以胡客更加被动。只不过短短的十几个回合，胡客便接连遭遇了三次凶险，每次都是在毫厘之间挡住了锁链刀的刀锋，这才避免了负伤的厄难。

姻婵已经认出了与那女人对敌的人是谁。那样的身形，那样的身手，除了他，还能有别人吗？姻婵曾经是多么地渴望，在她被囚禁的一个多月里，渴望这个男人会突然出现在眼前，救她离开。然而当这个男人真正现身时，她却又多么地希望他不要出现。

“你不用管我！”姻婵万分希望胡客能够听从她一次，“你赶紧走啊！你斗不过她的！”

但胡客来了，就决不会抛下姻婵独自离开。

虽然面对的是生平从所未遇的强劲对手，虽然处处受到锁链刀的压制，但胡客决不轻言放弃。他明知山有虎，却偏要向虎山而行！

在极为不利的局面下，胡客强行发动了反击。他彻底舍弃了防守，顶着受伤的危险，向那女人逼近！他寸尺必争，在被锁链刀击伤了两次后，终于以不要命的攻势，逼得那女人向左侧退避了一步。

胡客终于逼出了一线机会！

他一步跨过那个女人，问天的锋刃，闪电般从姻婵腰间的牛筋索上划过。

牛筋索瞬间绷断，姻婵身上的束缚得以解除。

然而胡客这一击，却将后背完全送给了对方。那女人绝不会放过这样的机会。胡客刚割断牛筋索，后背上就抹过一缕深入骨髓的凉意。

姻婵大声尖叫了起来！胡客却将她一把推远，随即返转身去，又和那女人斗在一起。他的后背血如泉涌，却仍旧拼尽全力。他只喊了一个字，声音低沉而不可抗逆：“走！”他要用自己来拖住那女人，为姻婵赢得脱身的时间。

姻婵知道胡客的用意，可是她的双脚却像生了根一般，一寸一分都挪不动。

胡客又大吼了一声，两声，三声！他不停地嘶吼，不停地叫她走！

姻婵的心已经纠结到了极点。她不知道该如何选择。慌乱之中，她踉踉跄跄地退了两步，脚底下忽然绊到了什么，猛地一下摔倒在了地上。

夜风吹来，姻婵忽然闻到了一股浓烈的、呛鼻的药味儿。在她的脚边，有一口箱子。就是这口箱子，绊倒了踉跄退步的姻婵，而这口箱子也顺势倾倒在地上，盖子摔开，掉出来好几个瓶瓶罐罐。

这是多么熟悉的味道！

姻婵的头脑一下子清醒了。她像遇到什么宝贝似的扑向了这口箱子。在箱子里，她发现了许多药材和药瓶，其中有几味药，竟是极为名贵的珍品。她在箱子中准确地找到了散发出浓烈刺呛鼻气味的纸包——那是一包毒粉，带有剧毒！此外，她还找到了几个装有毒药的瓷瓶。

这口箱子的主人，乃是太医院的医士冷德全。冷德全随众捕者退入丰泽园，也遭到了暗算，吸入毒气，昏厥在地。此刻的他，正躺在这口药箱子的旁边。

这些本该是光绪“享用”的毒药，此刻却全落在了姻婵的手里。

这一个多月以来，姻婵先是被日月庄的人追杀，后遭御捕门的囚禁，接着又被那女人挟持。她任人摆布，全因身上没有任何毒药。毒门的青者，若没有毒在手，便和普通人几乎没有区别。现在手握几味霸烈的毒药，姻婵终于有了反戈一击的资本。

她趁着胡客赢来的宝贵时间，在园中左走右突，用尽这十二年来在毒门的所学，成功布下了物腐虫生阵、蓼虫忘辛圆和春华寒木圈交互相佐的三叠毒阵！

姻婵用布阵后剩余的毒药，连续朝那女人种毒，逼开那女人，为胡客赢得了撤退的时间。两个人趁机退出，将那女人留在了三叠毒阵中。

这个三叠毒阵，足以在短时间内困住那女人，尽管她也同样精于毒道。

就是这好不容易争取到的极短的时间，让胡客和姻婵逃出了瀛台。胡客后背遭受重创，这拖慢了两个人逃离的速度。为了避免那女人追来，两人奔过瀛台北面的木桥后，找来树枝和蔓草，放了一把火，火势见风就长，很快将整座木桥吞噬。

远处传来了人声，那是赶来的巡逻禁军。瀛台的枪响，终因距离过于遥远，未能引起巡逻禁军的注意，然而这一把大火，在烧断出入瀛台的唯一道路的同时，也令附近的禁军和侍卫们趋之若鹜。这样一来，那女人即便冲出三叠毒阵，也难以轻松地逃离瀛台了。

在禁军赶到之前，胡客和姻婵悄然远离了这座囚禁天子的孤岛。

寻了一处僻静地，姻婵撕下一只衣袖，简单包扎了胡客背上的伤口，使鲜血不至于滴落在地而暴露行踪。两人躲避往来奔走的禁军和侍卫，悄悄出了西苑，由西安门溜出了皇城。

第九章
光复会秘密集结

奇怪的安徽会馆

夜已经很深了。

西安门外，街道交错纵横，却不见半点灯火。

背上的这道刀伤，需要胡客寻找一个不被打扰的地方静养一段时间才行。但客栈非安全的去处，官府一旦追查刺客，首先不会放过的就是供旅人居住的客栈；头号当铺也去不得，那里早已经被封了。

头脑里的念头旋转了一圈后，胡客想到了一个去处——安徽会馆。

当日吴樾、张榕和胡客一同进京，分别之时，吴樾曾告诉胡客，如果有什么差遣，只管去后孙公园胡同的安徽会馆寻他便是。

在同吴樾相处的几天里，吴樾知恩仗义的品性，令胡客颇为欣赏，只不过胡客性格深沉，平素少言，心中即便认定了某个人，也不会流露于形色之间。他对结为连理的姻婵尚且如此，何况是没有深交的吴樾？

有了明确的目标，两人便拣正南方向而行。

姻婵一直关切地注视着胡客。胡客的脸色有些委顿，这令姻婵的心中翻涌起无尽的悔意。在逃离瀛台的时候，因为匆忙，姻婵竟忘了将那口药箱里的治伤药拿走。眼下虽时不时路过某家医馆，可一旦入内治伤，就等于留下了行踪，御捕门的捕者依此追查，很容易就能掌握两人的去向。

现在只有忍耐了。

胡客忍耐刀伤的疼，姻婵忍耐心头的痛。只有到了安徽会馆，安顿好了，再想办法治伤。

不知走了多久，两人终于寻到了后孙公园胡同，也找到了位于胡同北侧的安徽会馆。

这座同治年间由李鸿章等安徽籍官员捐资修建的建筑，分为正院、东院和西院三个部分，内有夹道将三套院落分开，夹道间开的门又将三套院落连成一体。三套院落各自开有一道气宇轩昂的朱红大门，无论从哪一道大门进去，都能通达各处。

胡客和姻婵寻到的，是西院的大门。

敲门。

门刚一响，门内就传出了声音，似乎竟有人一直守候在门后："谁？"

如此深的夜，竟还有人守在门后，且这一声"谁"，问得既谨慎又小心。这是极不正常的。胡客对各种异常情况十分敏感，哪怕是微小到极致的异常，尤其是在经历了这样一个惊心动魄的夜晚后。所以他没有应答。

"是谁在外面？"片刻后，门内的声音又一次响起。

胡客仍然没有答话，并示意姻婵不要做声。

门内人长时间听不到回应，免不了好奇，轻轻地拔去门闩，启开一丝缝儿，想看一看外面到底是什么情况。

门一开，胡客就不会再给他以关门的机会。

尽管背上受了重伤，但胡客的身手仍然足够迅速。他闪入门内，右手的五根指头，准确地扣在了开门人的咽喉上。先下手为强，这是胡客在练杀山中学到的第一课。不管对自己有没有害，只要情况异常，就必须先制住对方，如此方可保证己方的安全，尤其是姻婵的安全。

门里面本来是漆黑一片，胡客这一动手，周围立刻响起了咔嚓咔嚓的响声。

胡客和姻婵对这种声音再熟悉不过。

那是好几支枪在争相上膛。

胡客本能反应，将开门人挡在自己和姻婵的身前。胡客向左右前三个方向观察，只见漆黑的夜色里，隐隐约约站了三个人。

没有人说话，这夜静得让人窒息。

一支火把忽然点亮了。

“把家伙收了，是自己人！”胡客的右侧忽然响起了一个急切的声音。

这声音十分耳熟。胡客识得，那是张榕。

站在右侧黑暗里的人，正是张榕。他点燃火把后，立刻认出了胡客。他从黑暗里冲了出来，拦在胡客的身前，避免了一场误会的发生。

胡客松开了手，开门人揉了揉脖子，扭过头来，凶狠地瞪了胡客一眼。

张榕将胡客和姻婵往会馆里面引。另外三人没有跟来，仍旧留守在大门后，看样子的确是在等候什么人。

“真没想到这个时候你会来！”张榕一边走，一边小声地解释，“刚才那些人，都是会里的兄弟。吴大哥，还有其他的兄弟们，都在西耳房里候着呢。”

安徽会馆里房舍很多，夹道极为复杂，行走其间，如同走入了一座不大不小的迷宫，若没有张榕的指引，要在会馆里找一个人，倒不是件容易的事。

来到西耳房外，张榕敲响了房门：“是我。”

“来了吗？”伴随开门的吱声，房中传出了吴樾的问话声。

“你看是谁来了！”张榕笑着说。

吴樾见到胡客和姻婵时，惊喜之情溢于言表。见到胡客是喜，见到姻婵则是惊。他还记得姻婵的样貌。当日假扮成狱卒的姻婵，和胡客一起，将他救出了八宝洲的秘密监狱，只不过当时他以为姻婵是个男人，如今出现在眼前的，却是一位容颜亮丽的女子。

惊喜过后，便是忧急。耳房中点着两盏煤油灯，光线充足，胡客受伤的情况，被吴樾看得一清二楚。他急忙从床头的小木柜中扒拉出一个布裹，里面全是大大小小的药瓶药罐。他加入光复会，投身革命党，时常四处行走，少不了和大病小伤打交道，如果每次都去医馆求医，难免留下行迹。所以吴樾每到一地，都会购齐各类应急的药品，带在身边，随时取用，如今正好派上了用场。

揭开背上的衣服，胡客所受的刀伤完整地呈现在众人的眼前。

那女人下手果然狠辣！这道刀伤斜着从胡客的背上划过，从右肩至左腋，又宽又深，连带血的肉都翻了出来，向外渗着鲜血。

耳房中除吴张二人外，还有六个人，每个人的脸上都闪过了惊恐的神色。即便是姻婵，在清楚看见这道触目惊心的刀伤后，也哑然心忧。

吴樾还未向房中的六个人介绍胡客，但受了这样一道刀伤却仍旧面不改色，足以让另外六人对胡客敬佩至极。

上药并重新包扎好后，吴樾扶胡客躺在床上休息。

“不必了。”胡客径直扶了一张椅子坐下。

“你还是躺下吧。”姻婵关切地说。

胡客却不以为意。比起被黑衣人用刑刃开胸肉的那一刀，如今的这道刀伤，不过是小巫见大巫而已。

吴樾问起受伤的缘由，胡客却闭口不谈。胡客的种种行动，向来只对姻婵一个人说，从不在外人面前提起。他只是说明了来意，想在此暂避几日，只等伤势稍好一些，就和姻婵立即离开，绝不多做耽搁。

吴樾对胡客的性格和脾气多少有一些了解，胡客不肯说，他便不再问第二遍。

他转过头去，将另外六个人引见给胡客认识。

“这位是我们光复会的副会长陶成章，这位是我们的炸弹专家杨笃生，这位是陈独秀先生，这位是龚保铨，这是魏兰，这是马洪亮。”

六个人都是光复会的骨干级人物，胡客虽不认识，但早就在报纸上见过陶成章、杨笃生、陈独秀等人的名字。

“这一位，就是我向你们多次提起的义士！”吴樾迫不及待地向六人引见了胡客，接着又引见了姻婵。六个人纷纷抱拳致礼。直到此刻，吴樾还不知道胡客的真实姓名，只能以“义士”相称。胡客是刺客道的青者，在外人的面前，姓名向来不留。

相互引见后，吴樾就把话题转回到了正事上。他没有把胡客和姻婵当作外人。他直接问张榕说：“人还没有来吗？”

张榕摇了摇头：“还没到。”

坐在里侧的陶成章说：“今晚是电报里约定的最后日期，也许是路上有所耽搁。大家不用着急，再等等看。”

陶成章的话刚说完不久，耳房外就响起了脚步声。

“杜先生到了。”一声传话声在门外响起。

陶成章、陈独秀等人几乎在同一时间站了起来。

只因该来的人，终于来了。

第一保镖

门开后，走入耳房的，是一个长相儒雅的中年男人。

陶成章等人迎上去，抱拳说："久仰杜先生的大名，始终缘悭一面，今日终于得见先生真容，幸会幸会。"

中年男人取下毡帽，抱拳回礼："杜心五见过光复会的各位义士！"他刻意压低了声音，但每一字的发音，都让人觉得掷地有声。

听到来人自称是"杜心五"，胡客扬起的目光，不由停留在此人的身上。一袭灰色的长袍，个头不算高，短发，长须，从容貌来看，年龄不算大，尤其双眼炯炯有神，显得精神头十足。

杜心五这个名字，在当时早已名噪全国，杜心五本人，乃是与霍元甲齐名的武术界宗师。霍元甲是精武体育会的创始人，杜心五则是自然门的当家。杜心五少年老成，在他尚不到四十岁的人生当中，各种经历可谓丰富多彩。他自小习武，拜入自然门，后来考过科举，杀过大盗，当过猎手，做过镖师，守卫过皇宫，还行刺过慈禧，只可惜未能成功，后来在北京机缘巧合结识宋教仁，受宋教仁的影响，蹈海赴日。他考入日本东京帝国大学，学习农科，与吴玉章成为同窗，和林伯渠结为至交。他在课余的闲暇时间里，研究日本的柔道和空手道，不久便在日比谷公园，击败了日本极为著名的相扑师斋藤一郎，从此名噪东瀛，后经宋教仁的推荐，与湖南"拳王"王润生一起，成为孙文的贴身保镖，被革命党人誉为"第一保镖"。

这样一位"大人物"造访，也难怪光复会的骨干级人物们会深夜守候了。

"蔡会长发来电报，说杜先生近两日会夜访安徽会馆。"所有人坐下后，陶成章对杜心五说，"其实有什么事，大可在电报里言明，又何劳杜先生亲自来北京跑一趟呢？"

杜心五抱了一下拳，说："孙先生近日在谋划一件大事，需要各位的鼎力相助。这件事极为秘密，如果发电报，恐被清廷获知，对孙先生和各位都将不利。”他口中的孙先生，自然就是孙文了。

陶成章问：“不知孙先生在谋划什么大事？”

“不瞒各位，此事我也不知。”杜心五说的是实话，“我只知道孙先生已经派人联络各省各地的山堂和会党，邀请各堂各党的人在八月之前，赶赴日本东京，届时有大事相商。”

“搞这么大的阵仗，难不成要起事？”吴樾脱口而出。他是个急性子，一激动，险些从椅子里站了起来。

陶成章摇头说：“如果要起事，断然不会跑到日本东京去。”

杜心五点头说：“陶先生说的不错。我虽然不知这件大事具体是什么，但曾听孙先生亲口说过，此事如果做成，革命之风潮，必将一日千里，革命之大业，亦可及身成矣！”

陶成章等人面色震动。杨笃生惊叹道：“何事竟能有如此大的影响力？”

杜心五说：“兴中会、华兴会、科学补习所等会党的人员，都已经提前赶赴东京。我在上海与蔡元培先生谈过，蔡先生也已经答应。我此番赶来北京，是想阻止各位行刺清廷高官，以保存革命的力量，并邀请各位随我一道，共赴日本。”

杜心五发出了邀请，杨笃生、吴樾等人，都把目光投向陶成章。陶成章是光复会的副会长，此次北上的大小事务，一概由他决断。

陶成章沉思了一下，说：“既然蔡会长已经答应，我等又何来推辞的理由？只不过此番北上，秘密筹划一个多月，这时候罢手，总是心有不甘呐。”

“来日方长嘛，今日留那几个狗官的狗命，也只不过让他们多苟延残喘几年而已。”杜心五说，“再说了，大沽口到东京的船票，我都已经为各位订好了。”

“杜先生把话说到了这个份上，我陶某人若再不依从，可就显得我太不近人情了。你们几位呢？”陶成章问光复会的其他人，“谁如果有别的想法，尽管提出来，杜先生不是外人。”

“此次如果放弃计划，那我这颗脑袋，就算暂时寄存在这里啦。”一直没有说话的陈独秀，终于开口了，他摸了摸自己的脖子，说，“至于东京嘛，我就不去了，有你们去就已足够。柏文蔚、常恒芳他们还在芜湖等着我，既然我没能以身赴死，那岳王会的事，我可就不能袖手旁观，坐视不理了。”

陶成章点头说：“仲甫兄有岳王会的事待办，我们当然不能强求。其他人呢？”

吴樾思想片刻后，暗暗打定了主意，说：“如果要临时改变计划，那你们先走，我要回一趟保定府。我们还有兄弟守在老地方，我要通知他们才行。到时候我带上他们，自行想办法赶去东京与你们会合。”

“吴大哥如果回保定，那我也跟着回保定！”张榕立刻说。

“我一个人回去就行了。”吴樾的声音不大，但语气不容人反驳。

张榕本来还要说什么，被吴樾瞪了一眼，只好闭上了嘴。

杜心五说：“那也行，到时候我们会有人在东京湾码头做接应，接头的暗号，吴兄弟可要记住了，那是南宋大诗人陆游的一句诗——‘中原干戈古亦闻，岂有逆胡传子孙！’”

吴樾默念一遍，点了点头，示意已经记好。

计议已定，各人回房休息，只等天一亮，就动身出发。

人都走后，耳房里只剩下吴樾、胡客和姻婵。吴樾把房间让给了胡客和姻婵。他走出耳房，拉拢房门，打算去张榕的房间挤一挤，一转身，却发现张榕正站在夹道上。

张榕一把将吴樾拉到无人的僻静处，压低声音说：“吴大哥，你别以为我不知道你想做什么。你嘴上说抽身回保定府，可哪有那么简单！你说，你是不是想瞒着大伙儿，一个人去刺杀出洋的五大臣？”

吴樾不是善于撒谎、藏匿想法的人，面对张榕的诘问，他无言以答。

“你和我当初拜把之时，都曾发过什么誓？”张榕说道，“你现在想一个人去赴死，可没那么容易！如果你铁了心要去，那好，算我一个！”张榕拍着胸脯。吴樾心头登时一热。

“也算我一个。”房角忽然转出来一个人，却是杨笃生。他面带微笑：“别忘了，炸弹在我这里，我如果不同意，你们拿什么东西去搞刺杀？”

彼此都是志同道合的热血青年，事情一说开来，三个人都是心潮澎湃。三人将手臂捉在一起，那就是打定了主意，要一起干这番大事。三个人都没有言语，但此时无声胜有声，霎时之间，彼此间的惺惺相惜之意，已在脸上表露无遗。

光复会的入会仪式

第二天一大早，光复会的人便与杜心五换上客商的行头，一同离开安徽会馆，打算趁天刚亮的光景，早早地离了北京城，以免流连城中多生是非。

胡客和姻婵本打算休养几日再离开北京，但他二人都不是安徽籍，光复会的人一走，二人便没了继续租住安徽会馆的理由。吴樾力邀二人同行，还雇来了一辆马车。胡客尚未定好下一步的打算，无论是去袁州府的日月庄查鳞刺的事，还是去寻找天层的天道，他都没有详实的计划，索性便和姻婵一起坐上了马车，与光复会的人同行，打算出了北京城后，再慢慢地定下一步的计划。

一路向永定门走去，街道上隔不多远就能见到一两个巡警，看这戒严的架势，北京城内肯定又出什么大事了。三大案的热潮还未平息，又会添什么新乱子？陶成章、杜心五等人当然不清楚，也不便寻人问，只管埋头走路。胡客却心知肚明，这种全城戒严的态势，多半就是冲着行刺慈禧而又逃出皇城的他来的。

到了永定门，却发现今天想走出北京城，不是一件容易的事。

永定门是北京外城的正南门，是从南面出入京城的通衢要道。此时的永定门，已被一队巡警封锁，出城的人，必须经过一番严厉的搜身和盘查。

杨笃生暗呼侥幸，幸好昨晚和吴樾、张榕商定，将炸弹先藏在安徽会馆内，等去了保定府又返回北京城后，再取出来使用，如果是带在身上的话，今天可就走不掉了。

陶成章走在最前面，一个巡警伸手拦住他，极不友善地问："出城的凭证呢？"

"凭证？"陶成章面露茫然。

那巡警懒得解释，朝旁边一指，在城墙的墙脚处，贴着一张告示。那告示上红纸黑字，写明了：出城者，必须前往外城警厅开具出城凭证，由警厅厅丞朱启钤亲自签章后，持证方可出城。

三大案时，出城虽然也要盘查，但无须开具什么出城凭证，远不如现在查得这般严。这一回，慈禧这个老太岁头顶的土被人动了，当听说刺客竟然逃出了皇城时，她在储秀宫中雷霆大怒。为了搜捕胡客，清廷这一回是动真格的了。

胡客撩起车帘，朝外面扫视。

“你在想什么？”姻婵见胡客一副若有所思的样子。

“街上没有御捕门的人。”

经胡客这一说，姻婵也发现了，虽然大街上巡警随处可见，永定门也被一队巡警封锁，但却看不见一个御捕门捕者的身影。按理说，索克鲁费劲千辛万苦要抓胡客，应该派人守在各处城门才对。可如今却连一个捕者的影子都看不见。

胡客猜不透索克鲁的想法。他认定索克鲁绝不会就此善罢甘休。但这位双腿残疾的总捕头究竟打什么算盘，胡客实在猜想不出。

“不管御捕门想做什么，总之，先出了北京城再说。”

姻婵说的不错，胡客轻轻点了点头。

没有凭证，就出不了城。陶成章向杜心五等人摆了摆手，准备折返回去，另谋办法。

巡警却把他们拦了下来。“既然到了城门口，不出城也要搜查！”那巡警蛮不讲理，不打算就这么放他们走。

“我们这是准备去警厅开凭证。”陶成章连忙说。

“上头有命令，城里大大小小、各家各户，全都要搜查！何况是你们几个小小的商人！”他招来几个巡警，要强行搜查各人的包裹和皮箱。

“车里是什么人？”巡警用警棍指着马车，“里面的人，下来接受检查。”

马车里没有动静。

那巡警用警棍拍打手心，向马车走近了两步，吴樾急忙拦住他说：“车里头是病人，是病人。”

“别他妈说是病人，就算是死人，也要从老子的眼皮子底下过！”那巡警神气无比，用警棍抵开吴樾，走到马车跟前。

车帘忽地撩起，姻婵探出半边身子来。她说，用盛气凌人的口气：“我家少爷要出城，你们这群狗奴才，竟然敢拦道？”她右手向前一伸，一张凭证和一块腰牌，左摇右晃，抵在那巡警的眼前。

这张凭证，正是出入京城的凭证，那是当日胡客应允刺杀慈禧时，向索克鲁提出的几个条件之一。胡客那时就为自己考虑好了后路。他料到刺杀慈禧后，若有什么意外，自己极可能会被困在京城里，如果有出入京城的凭证在手，出城就会轻松许多，所以才向索克鲁要了一份出入凭证。至于那块腰牌，便是曹彬的捕者腰牌，当日被御捕门搜走了，后在胡客的要求下，索克鲁又归还给了他，这是胡客第二次使用了。

那巡警倒也识货，一下子认出是御捕门的专用凭证和捕者腰牌。但他不敢擅自拿决定，回头找来了另外一个巡警，也就是这一队巡警的领头。领头巡警看过凭证和腰牌后，又看了看陶成章等人的打扮，怎么看都不像是商人，脑筋一转，想当然地明白了什么。御捕门怕是要出京秘办，这才化装成了商人，领头巡警暗暗地想。

当日查封刺客道的头号当铺时，这位领头巡警也在查封的队伍当中，亲眼见过上级——也就是那位姓陈的警探——在索克鲁面前低声下气的姿态。再看姻婵，全然是一副高高在上盛气凌人的姿态。领头巡警知道御捕门不是好得罪的，稍加思索后，摇了摇手，让手下拉开了隔路的栅栏。

陶成章等人见胡客拿出这两样官府的东西，不禁大为惊异。杜心五是孙文的贴身保镖，向来心细如发，更是对此产生了怀疑。

不动声色地出了安定门，走出一段路后，杜心五拦住了马车，开门见山地问这两样东西的来历。

“是我在监狱里抢来的。”姻婵替胡客回答了。那块腰牌的确是她从曹彬那里夺来的。“这事他知道。”她指着吴樾。吴樾简单说了八宝洲秘密监狱的事，杜心五这才释去了心头的怀疑。

“原来二位不是光复会的人。”杜心五昨晚见胡客和姻婵与光复会众人同在西耳房内，还当是一起的，他抱拳说，“但只要和清廷作对，那就是一家人，杜某这里失敬了！”

姻婵轻轻哼了一声，放下了车帘。

离开北京城后，两帮人便分道扬镳，杜心五、陶成章等人朝天津大沽口码头赶路，吴樾、张榕和杨笃生则向保定府方向行走，陈独秀却只身南下。胡客和姻婵暂时未定去向，随同吴樾等人向保定府行走。

当北京城被甩在身后逐渐远去时，胡客的心中，却隐隐约约冒出一种不好的感觉。这种感觉从何而来，他不得而知。

经过涿州时，胡客开始有些明白了。因为他发现，身后似乎有了尾巴。

经过定兴县时，胡客肯定了这种不好的感觉。的确有人，一路尾随在后。

经过徐水县时，胡客开始隐约担心起来。身后跟踪的人，不知何时会采取行动。

等到达保定府时，胡客却暗暗地奇怪。这条尾巴已经跟了整整两天两夜，却始终没有要动手的意思。对方到底想做什么？

怀着这样的疑问，胡客跟随吴樾等人走进了保定府两江公学翠竹轩——光复会在北方设立的秘密集会地点。

在这里，张啸岑、赵声、徐锡麟及其妻子徐振汉等四人，已经留守了一个多月。除此之外，徐锡麟的表妹秋瑾，也已经来此等候有十多天了。

秋瑾是追随表兄徐锡麟的脚步，前来投身光复会的。在得知副会长陶成章和其他人已经先行去了日本后，秋瑾的神情明显有一些失落。

吴樾等人早已听闻过秋瑾的名字。且不说她在上海为营救万福华而奔走，只说当年她那首《满江红·平生肝胆》，早已在革命党内部口口相传。“俗子胸襟谁识人，英雄末路当磨折，莽红尘何处觅知音？”能写出这等诗句的女人，一定是一位巾帼须眉。这是吴樾等人首次见到秋瑾的真容。一身男装的秋瑾，须眉之间英气毕露，果然配得上诗句中的男儿豪气。

吴樾大声笑起来：“要加入光复会，何必讲这许多鬼门子规矩?！”

在既没有会长也没有副会长在场的情况下，吴樾和张榕擅自在翠竹轩中设下了黄帝位，写誓词“光复汉族，还我山河，以身许国，功成身退”十六字于纸上，让秋瑾刺血洒于纸面，跪在黄帝位前宣誓，而后再刺血滴入酒中，由秋瑾一饮而尽。刺血之时，秋瑾眉头不皱，面色不改，看得吴樾等人暗暗点头。

仪式一结束，写有誓词的纸条作为入会的凭证交给秋瑾保管后，秋瑾便算加入了光复会。“等你随表兄表嫂去了日本，知会蔡会长和陶先生一声就行了。你就说是我吴樾推荐的，他俩绝不敢有异议。”吴樾的一番话，惹得大伙哈哈大笑。

笑完后，就是商讨接下来的安排。

当得知吴、张、杨三人准备返回北京继续行刺出洋考察的五大臣时，张啸岑、赵声和徐锡麟等人想方设法要阻止。

“你刚才不是说，杜先生也曾劝阻过你们吗？”赵声的声音急之又急，切之又切，“杜先生说的很对啊！冒着生命危险刺杀几个满清贵族，还会有其他的满人来替代，不如保存力量，以待将来起事！”

吴樾已经打定了主意，以他的性子，认定的事，九头牛都拉不回来。他问赵声说：“当前的形势下，刺杀和革命，孰难孰易？”

“那还用说，当然是前者易，后者难。”赵声脱口而出。

“这就对了，我三人做的是容易事，至于困难的事，就留给你们来做。”吴樾慨然说道，“将来你们提大军北上之日，就是替我三人报仇雪恨之时！”

一番话，说得张啸岑、赵声、徐锡麟夫妇和秋瑾等五人心绪翻涌，阻止的话到了嘴边，却再也说不出口。

吴樾拿出自己撰写的《暗杀时代》，交到了张啸岑的手里。“等我死后，你就把这份文稿交给陈独秀先生，设法加以刊印，公诸天下，必能砥砺我辈中人。到时候化一我而为千万我，前者仆后者起，不杀不休，不尽不止，叫清狗们闻风丧胆！”

吴樾已经铁了心，要以自己的死，来拉开一个时代，一个暗杀主义风行的时代！

吴樾的这番言行举止，让作为旁观者的胡客，也不禁为之动容。有那么一瞬间，胡客心想，若不是身上背负了家族的使命，或许他也会投身于革命的道路吧。

姻婵的决定

胡客和姻婵只在翠竹轩停留了一晚，第二天清晨，便向吴樾等人辞行。吴樾计划返京刺杀五大臣，所以没有挽留胡客。他临歧置酒，与胡客对饮送别。胡客一向极少喝酒，喝酒必定只喝一杯，何况他现在背上还有伤，但这一次却破了例。他不顾姻婵的阻拦，与光复会的人对饮了三杯烈酒。三杯过后，他和姻婵上路了。

胡客的心中没有一个确切的目的地。他和姻婵离开保定府后的几天里，一直在北京、天津和保定这三点之间的区域内，反复地兜圈子。

胡客想以此来甩掉身后的尾巴。

为此，姻婵甚至沿途布置过几个毒阵，其中不乏厉害的尸居龙见阵。

即便如此，这条尾巴，仍然始终没断。

以胡客和姻婵的本事，花费这么多功夫，竟然甩不掉一个跟踪的人。毫无疑问，这一定是个厉害的人物。胡客心知肚明，以他现在背伤的恢复状况，还远远无法与这样的人物交手。

这一日到了静海县，胡客忽然停下不走了。

既然甩不掉，索性留下来直面。胡客倒想看看，连日来一直跟踪尾随的人究竟是何方神圣？又到底想干什么？

然而胡客停下，跟踪的人也跟着停下，总之始终不肯现身。

胡客冷静地思考后，决定分头行动，让姻婵一个人先走。

“这里离天津近，你先去天津，在二号当铺附近的海天客栈落脚。”

“那你呢？”

“我随后就来找你会合。”

姻婵还是不放心将胡客一个人留下。

“放心吧，他若要动手，早就动手了。”胡客很有信心地说，“我就是想看一看，他的目标究竟是谁。”

胡客想法坚定，不容更改，无奈之下，姻婵只好答应，一个人动身去了天津。

胡客在静海县守候了半天，很快发现，这条尾巴不知何时竟消失不见了。

原来目标不是他，而是姻婵！

胡客让车夫加快速度，乘马车赶往天津。

到了天津城，在海天客栈的海二号客房里，胡客找到了姻婵。

“也许是那个刺客猎人，就是把我抓到瀛台的那个女人。”姻婵在独自赶往天津的路上，已经发现身后有人跟踪，她告诉胡客，除了这个女人外，她没有招惹过任何人。

“你还记得日月庄的四兄弟为什么追杀我吧？那个女人就是想要那幅卷轴，”姻婵补充说，“我从日月庄封刀楼里盗出来的那幅卷轴。”

“她在涵元殿里也取走了一幅卷轴，和日月庄的那幅一模一样。”姻婵有些难以置信，“也许，卷轴本来就是两幅吧，一幅藏在日月庄里，一幅却藏在瀛台。”

“我知道了，她之所以跟踪我，却始终不动手，就是想等我自己去取那幅卷轴，我一把卷轴取出来，她就可以半道下劫手。”姻婵恍然大悟，“难怪我们出北京城时，御捕门的人没有加以阻拦，因为索克鲁和她认识，肯定是她让索克鲁放我们走的。”姻婵想起当晚走出涵元殿时，索克鲁和那女人面对面时的场景，很显然，两人是多年的老相识，而且关系不浅。

如果是这个女人在背后跟踪，以她的能力，胡客和姻婵的确难以将其甩掉。

“你就别为此担忧了。”见胡客眉头微皱，姻婵宽慰说，“反正也甩不掉，不如就让她跟着好了，反正她暂时也不会动手。”

恰巧此时，店伙计将订好的菜端来了客房。姻婵走到房门口，将托盘接过来，端回房中，将四道菜一一摆放在桌子上。“先吃点东西吧，这四道都是天津的名菜，我特意为你点的。”

四道菜分别是酸沙紫蟹、挣蹦鲤鱼、金钱雀脯和通天鱼翅，每道菜都称得上是色香味俱全。

胡客心不在焉地拿起筷子，夹了一块鱼肉，送入嘴里。外焦里嫩，酸甜可口，果然不愧是天津的名菜。然而鱼肉入喉的一瞬间，胡客的神思却一下子收回了体内。他对桌对面正坐下的姻婵摇了一下头，轻声说：“不要吃。”

姻婵没有动筷子，问他：“你猜我来天津后，遇到了谁？”

胡客知道店伙计送来的菜已被人动了手脚，他刚才吃下去的那块鱼肉，已将毒带入了他的体内。

姻婵似乎没有发现胡客的异常，仍旧自顾自地说：“我遇到了光复会的人。他们还没有走呢。我中午到的时候，就在街上遇到了他们。原来去日本的轮船出了点故障，直到今天才修好，他们被迫在这里滞留了好几天。”

胡客知道跟踪的人已经动手，也许这人现在就等候在客房外，随时可能冲进来。胡客的脑袋开始出现眩晕的状况。他强撑着自己，小声对姻婵说：“对头来了，你快从窗户走。”

姻婵没有起身，却叹了声气：“你不用害怕，那不是什么毒药，只是迷药而已。”

胡客抬起头，诧异地望着姻婵。

“你知道吗？你在火车上对我下了迷药，我可是一直记着的。”姻婵面带微笑，这微笑里带有几分狡黠，也有几分可爱，更有几分不易察觉的难过，“现在好啦，我们俩的账扯平了，以后我可不欠你啦……”

胡客的意识开始逐渐模糊。

在彻底失去意识之前，他清清楚楚地听见了姻婵的叹息声，一声发自肺腑的哀婉的叹息。在他的脑海深处，这声叹息犹如从亘古飘来，悠悠转转地回荡，回荡……

第十章
远渡重洋，目标孙文

“信雄丸”号

胡客再次醒来时，身边围了好几个人。这些人他全都认识，每一张脸他都见过。他觉得自己的身子在晃荡，犹如漂浮在虚空之中。他想起了姻婵，猛地从床上翻爬起来，不顾身旁人的阻拦，扯开房门，踉踉跄跄地冲了出去，然后就看到了暮色下翻腾涌动广袤无边的大海。

雪白色的海浪交叠拍打，无数的海鸥在浪花之间追逐盘旋，极目之处，那未尽的绯红色天光，正昭示着夜幕的降临。

胡客闭上了眼睛，耳中满是大海的呼啸之声。他平静的外表下，心潮却如呼啸的海浪一般，无歇止地翻涌。

姻婵对胡客下了迷药，让光复会的人将胡客带上了驶往日本东京的“信雄丸”号轮船。胡客后背上的伤经不起折腾，姻婵只希望他能好好地养伤。可是她太了解胡客了，这个男人是绝不肯抛下她不管的。所以她只能想出这个办法。她选择一个人留下来面对那个神秘的刺客猎人，尽管她一点也不想看到胡客再一次从自己的身边离开。只是这一次，她别无选择。

杜心五走出了舱房。他打算宽慰胡客。他原本以为胡客醒来后会生气、会愤怒、会发泄。但是胡客没有。此时的胡客，显得异常冷静，至少外表看起来如此。他手里握着一串项链，那是姻婵留给他的信物，在胡客被光复会的人抬上轮船时，她亲手放入他怀中的。他就那样握着项链，木然着，在夕阳的辉光下一动不动。

杜心五知道他不用再多说什么。他轻轻拍了拍胡客的肩膀，转身走回了舱房。

与大海为伴的日子里，胡客显得是那么的孤僻和不近人情。光复会的人试图与他攀谈，胡客却一个字也不说。他的脑袋里想什么，接下来会有什么打算，没有人能捉摸出一二。

渐渐地，光复会的人都知趣了，也习惯了，不再尝试与胡客接触。每到吃饭的时间，光复会的人把饭菜端到胡客的面前，除此之外，全然当他不存在似的。光复会的人在舱房里谈论世界各地的大事，或聊一些会党内部的秘密，也丝毫不介意胡客这个旁听者坐在角落里。

去日本东京，共计八到十天的航程。

在第三天的这一晚，光复会众人和杜心五谈论起以康有为和梁启超为首的保皇党。

陶成章说，带着评头论足的味道："康梁这二人，在戊戌年确实干过些令人敬佩的大事。可是如今的满清，那就是一艘不上道的破船，是扶不上墙的烂泥。康梁二人，仍旧思想着保救光绪，匡扶清室，还不时在报纸上攻击我辈革命人士，实在是不思进取，切齿可恨！"

"不过他们胆敢入宫刺杀慈禧，倒也算勇气可嘉。"魏兰说，"眼下清廷正考虑立宪一事，梁铁君等人在这当口被捕，不知道能不能逃过一死。"在天津逗留的几日，梁铁君等人入宫行刺慈禧并企图营救光绪，然而计划失败最终被捕入狱的消息，已经传到了他们的耳中。

"我看不会。"陶成章接过魏兰的话，"清廷立宪，依我看来，只不过是做做样子而已。现在奉天之战结束，日本即将打败俄国，已是板上钉钉之事。朝野上下，看到日本这等小国，竟能打赢大国俄国，于是纷纷吵嚷，说这是立宪对专制的胜利，要求清廷立宪。可是慈禧是什么人？这个老女人绝不会同意的。只要慈禧当权，立宪一事，就只能是嘴上说说而已。何况梁铁君等人行刺的并非什么大臣，而是慈禧本人，试想慈禧这样的女人，又怎么会让梁铁君等人活命呢？"

众人都纷纷点头。

“要想救国，保皇和立宪都不可行，唯有彻底推翻满清的统治，才是唯一的出路！只是不知此次孙先生召集大家，究竟要图谋什么大事……”陶成章的话说到这里，忽然舱门急响。

“该是马洪亮回来了。”龚保铨微微一笑。

魏兰离舱门最近，起身拉开了门。

敲门的人果然是外出解手的马洪亮。他面色紧张，一进舱房就掩上门说：“你们猜我看见了谁？”不等众人猜测，他就把后面的话说了出来，“我看见了张太监！”

陶成章愣了一下：“哪个张太监？”

“就是画册上最后一页，那个只标注了姓氏的张太监！”马洪亮说。

陶成章一下子明白过来。光复会成立后，会内人员组织暗杀团时，曾多方收集资料，编纂了一本小册子，里面记录着清廷的皇室、朝臣、宦官当中可恨可杀之人，并在人名旁配有简易的画像。

“你没有看错？”陶成章站了起来。

马洪亮说：“画像上的张太监，嘴角两侧各有一颗黑痣，我看到的那人，虽然穿着商人的衣服，可是嘴角上也有两颗黑痣，脸的轮廓也很像。我相信没有看走眼！”

“如果真是张太监，他不待在宫中，坐轮船去日本做什么？”陶成章既像是在问别人，也像是在问自己。

“你在哪里看到的他？”杜心五忽然问。他是孙文的保镖，孙文将在日本东京谋划大事，清廷这时候派遣一个太监去日本，极有可能对孙文不利。

“就在厕房里！我出来时，刚好碰到他进去，他还有两个手下守在门口。”马洪亮说，“我不敢轻举妄动，所以赶回来通知你们，你们看怎么办？”

“走，不管是不是张太监，先抓住他，问个清楚再说。”杜心五当机立断。

张太监

一行人急匆匆赶到厕房，把门的两个手下已经不见了。

杜心五冲进去，将三个厕间的门一扇扇拉开。前两个厕间里没有人，第三个厕间里蹲着一个中年人，抬起布满惊怖神情的脸，不明所以地望着杜心五。

“不是他。”马洪亮在身后小声地说。

看来张太监已经出完恭走人了。杜心五只好和众人退出了厕房。那中年人回过神来，将厕间的门拉拢，嘴里冒出一大串咕哩咕叽的日本话。

“怎么办？”马洪亮问。

“人有三急，他又不是神仙，肯定还会再来，就算今晚不来，明天也会来。”杜心五指着不远处的一截过道说，“我们就在那里轮流守着，只等这个张太监一现身，就立马将他拿下！”

光复会的人纷纷点头赞同。

说干就干，从晚上到白天，各人轮流守在过道尽头处，假装是睡不着走出来吸烟的乘客，眼光却时不时地瞟向进出厕房的人。

一直等到第二天日出之后，当杜心五和陶成章在此值守时，嘴角有两颗黑痣的张太监，才终于出现了。

仍然是那两个保镖，穿着黛蓝色的长袍，看住了厕房的门。

“我回去叫人。”

陶成章正打算往舱房走，哪知杜心五艺高人胆大，二话不说，迈步就朝厕房走去。

“杜先生！”陶成章见状，急忙追了上去。

两个保镖以为杜心五是来解手的，伸手将他拦下。杜心五不愧是和霍元甲齐名的武术大师，陶成章还没看清是怎么回事，杜心五已经一勾一带，将两个保镖撂翻在地，头重重磕撞地板，顿时摔晕过去。

“你在外面看着。”杜心五走入了厕房。三个厕间中，只有第二个厕间的门关着。杜心五将门一把扯开了。

厕间里的人是商人装扮，他抬起头来，诧异地望着杜心五：“你……你做什么？”嗓音略微拔尖，那是大多数太监所特有的音质。

“你就是宫中的张太监？”杜心五看见了商人嘴角两侧的黑痣。

面对杜心五的问话，商人竟愣在那里，一时不知如何回答，半天才问出一句：“你……你到底是谁？”

“不敢回答，那就是默认了！”

杜心五揪住张太监脑后的辫子，一掌砍在其脖子内侧。张太监受不了痛，顿时晕了过去。

杜心五刚把张太监制服，厕房门口就传来了啊哟的叫声。

杜心五冲到门口，见陶成章已经倒在了地上，右脸颊通红，想是挨了一拳，嘴角竟流出血来。原本被杜心五击倒的两个保镖，有一个竟是假装昏厥，趁杜心五进入厕房的时机，站起来打翻陶成章，夺路就逃。

杜心五几大步追了上去，趁那保镖还没想起放声大喊，一脚将他踹翻在地，在其后颈窝处补了一拳。这回，这保镖是货真价实地昏死过去了。

此时天色尚早，过道里没什么人，只有三五个乘客在看日出后的海景。见到这一幕，几个乘客都愣住了。杜心五站起来，凶狠地瞪着这几个目击者。这年头黑社会横行，几个乘客以为是黑道上的事，自然不敢声张，装作什么也没看见，慌慌张张地躲回舱房中去了。

昏迷不醒的张太监和两个保镖，被抬进了光复会众人所住的舱房里，用布团塞住了嘴。

杜心五搜了张太监的身，搜出了舱房的钥匙和一块清宫令牌。清宫令牌的出现，说明杜心五没有抓错人。

一盆冷水泼下去，张太监立刻醒了过来。如同噩梦初醒般，张太监面色惊恐，想大声呼救，无奈只能发出呜呜的声音。

杜心五左右开弓，啪啪啪啪，下马威似的给了张太监四个响亮的耳刮子。张太监的脸颊登时红肿起来，火烧似的痛，眼中竟流出泪来，却不敢再发出呜呜之声。

杜心五的手段，果然是练家子出身，让陶成章等人不禁暗暗佩服。

杜心五拔去张太监嘴里的布团，问他：“你去日本做什么？”

张太监嘴唇颤抖，不敢呼救，也不肯回答，只是一直摇头。

“不肯说？”杜心五手起掌落，又是啪啪啪啪四个毫不留情的耳刮子。张太监这回连口水鼻涕都喷了出来，细皮嫩肉的脸皮上，一道道的血痕显现得一清二楚。

杜心五不想磨蹭时间，直接拿出一柄匕首，抵在张太监的喉头上。张太监连大气都不敢喘一口，脑袋拼命地往墙上靠，生恐喉头一低，就结果了自己的性命。他嘴角两侧的黑痣上吊长的毛，不停地颤动着，将他此时此刻内心的紧张和恐惧暴露无遗。

“我说，我说……移……移点儿……”张太监的喉头微微抽动，用近乎哀求的语气说。

杜心五微微移开了匕首：“敢耍花招，就去阴曹地府见明天的太阳！”

张太监哽了哽喉结。

“说吧，你不在宫里当差，却乔装打扮，跑去日本做什么？”

这次面对杜心五的问话，张太监不敢再摆头了：“我是去……去见一个人……”

“见谁？”

“我只知道他姓山口，是……是个日本浪人。”

杜心五的两道眉毛微微往中间挤了挤。他在日本待过一段时间，很清楚张太监嘴里的“浪人”是什么。那是明治维新导致日本武士阶层瓦解后，一些下层武士失去了俸禄，因穷困潦倒而无家可归，被迫成为四处流浪的武士，也就是所谓的浪人。这些浪人往往身怀一技之长，体内仍旧流淌着武士道精神，因过往所受的种种凄惨遭遇，使得自身的能量惊人。这类人往往装束怪异，腰悬武士刀，性子骄狂横暴，好勇斗狠，常常无端生事，动辄与人刀拳相见，即便在日本国内，也是寻常人不敢轻易招惹的对象。

“见他做什么？”杜心五继续往下问。

张太监看了一眼杜心五和光复会众人，见他们大部分人都很年轻，隐约猜到了他们的身份。他摇了摇头。这回他是当真不敢说了。他担心一说出来，性命就真的送在这里了。

杜心五将匕首一点一点地刺入张太监的肩头。张太监没想到杜心五这么快就来真的，忍受不了这种痛楚，带着哭腔叫喊道：“你们就放过我吧，那都是老佛爷的旨意，我只是个奴才啊！”

“你把事情一五一十地说出来，我就放了你。”杜心五说。

张太监咬了咬嘴唇，在极短的时间内，便做出了决定：“那你们……你们要说话算数。”他咽了一下喉咙，吞吞吐吐地说：“老佛爷让我用钱收买……收买山口，让山口组织一批浪人，去刺杀逆犯……不，不是逆犯……是刺杀孙文，孙文……”

果不其然，这张太监前去日本，当真是要对孙文不利！杜心五一直弓弯的腰直了起来。他问：“你和山口约好了在什么地方见面？”

张太监一五一十地说了。他之前和山口收发过电报，山口说会派人在东京湾码头接应他，接应的人穿黑衣，手持半朵樱花。张太监只需上前用日语说一句：“今天的樱花开得可真好。”便可与之接上头。

“还有没有别的？”杜心五又问，“若敢有所隐瞒——”他亮了亮明晃晃的匕首。

“我还听说……”在威胁之下，张太监果然又透露了一条消息，“听说御捕门的捕者，已经先行去了日本，好像也是要对……对孙文下手。”

“什么时候去的？”刚刚有些放松的杜心五，听到这话，立刻又紧张起来。

“这我就不知道了。”见杜心五目光凶狠，张太监急忙道，“我是真的不知道，真的不知道啊……”

“你何时听说的？”杜心五问，“又是听谁说的？”

“我临走之前，御捕门的一位熟人请了宴席，他在席间喝多了，不小心漏了口风。”张太监略微回想了一下，“大概是……是八九天之前。”

杜心五暗想：“八九天的时间，御捕门的人多半已经抵达日本了！”

“其他呢？”他继续喝问，摆出一副打破砂锅问到底的态势。

这回张太监只剩下摇头了。该说的，他都已经说了，不该说的，他也都说了。

在问明张太监住在十一号舱房后，杜心五将张太监的嘴又塞了起来。他拿起从张太监身上搜到的舱房钥匙，来到十一号舱房外，打开了房门。

杜心五把十一号舱房仔仔细细地搜了个遍，没有搜到什么有用的东西，只发现了两口大箱子，里面装的全是白银。这便是孙文的买命价了。杜心五叫来龚保铨等人，将两大箱子白银搬回自己住的舱房，以充作将来革命所用的经费。

浪人的实力

“当务之急，是解决山口，端了这伙日本浪人！”杜心五对光复会的人说。他内心很清楚，这次虽然侥幸抓住了张太监，但没有张太监，清廷还会再派什么李太监、王太监来日本和山口接头，所以最根本的，是要教训一下这批日本浪人，让他们吃些苦头，以后不敢再因钱财而与革命党人作对。

抓住张太监的这天深夜，杜心五将张太监和两个保镖打晕了，脱下三人的衣服。他趁着过道里没人，将昏迷的三人一一丢进了大海。

“对付这些满清的狗腿子，犯不着讲什么信用。”杜心五说。他曾答应过张太监，放其一条生路，只要张太监把所有事情毫无保留地说出来。可是他食言了，却丝毫不因此而感到愧疚。

光复会的人，总算认清了杜心五儒雅外表下最为真实的一面。这个年轻时杀过大盗，押过镖车，还曾行刺过慈禧的人，血液里流淌着的，是武夫与生俱来的血性。他连山口是什么人、有多少人手都不清楚，便定下了诛杀山口的计划。他假扮成了张太监的保镖。陶成章不甘落后，自告奋勇地穿上了张太监的衣服，并且在嘴角贴上了两颗用馒头肉染黑后做成的假痣，倒有几分神似。其余人则扮成抬两口箱子的工人。

杜心五把另一套保镖的衣服端到胡客的面前。“义士，”他说，“如果你不嫌弃，这另外一个保镖，就由你来当。”

胡客对此毫无兴趣。

这种置之不理，让杜心五倍感尴尬。但他敬胡客是吴樾的朋友，隐忍住心头的火气，没有多说什么。他把假扮另一个保镖的任务，交给了龚保铨。

五天后，在一个阳光明媚的下午，“信雄丸”号轮船顺利驶抵东京湾码头。

这时已是五月的中下旬，樱花盛开的季节已经过去，曾经锦簇的花团已凋零了大半。胡客又想起了姻婵，他的心情，便如这凋落的樱花一般，落寞伤感中又带着几许无奈。

相比之下，杜心五等人，此刻的心情却是紧张无比。

走下轮船前，杜心五已经瞧见码头上齐聚的迎接人群中，那个站在最前排、身穿黑衣、掌心多了一点粉白色的男人。

杜心五指给陶成章看了。

陶成章情不自禁地摸了摸衣袋，那种硬实的感觉，令他的紧张情绪多少有一些缓和。那是一把手枪，他们这些人里唯一的一把手枪。

踏上码头后，陶成章径直向那男人走去，对那男人说出了接头的暗语："今天的樱花开得可真好。"陶成章通晓日语，咬字发音十分标准，几乎与日本人无异。

那男人点点头，丢掉了掌中的半朵樱花，比划着手势说了句日语，示意陶成章等人紧跟着他，然后往码头的东北侧走去。

那里停泊着一艘仿佛已等待许久的船。

陶成章等人被引上了这艘船，然后船动了，驶到了远离码头的海面上。

在典型的日式船舱里，陶成章等人见到了跪坐在蒲团上的山口，一个肤色黝黑、体格健硕的日本男人。

山口睁开了双眼，直视着陶成章。他的右手伸出少许，示意陶成章入座。两列跪坐的日本浪人，机械地转过头来，看着这群来访的异国人。

杜心五数了一下，单是船舱里，除山口外，就有十二个按刀不动的日本浪人，刚才进舱之前，他还留意过，甲板上站有两个负责望风的浪人，兴许船尾还有。杜心五的心里有了一个清楚的力量对比。如果要硬拼，光复会的人大都是青年学生出身，虽有一腔热血，却绝不是这些职业武士的对手，唯一的胜算，就是他在电光石火之间擒住山口，以擒贼先擒王的手段，威服这群日本浪人。

陶成章用日语和山口交谈，无非是刺杀孙文的相关事宜。陶成章虽然手心里捏了把汗，但他的言辞之间却不显山不露水，让山口没有产生怀疑。

谈妥行刺孙文的期限，又谈妥行刺的具体细节后，就到交付买命钱的时候了。

魏兰等人将两口箱子抬到山口的身前，杜心五走上前去，揭开了第一口箱子的盖子，向山口展示箱中的白银。他随即移步到右边，准备揭开第二口箱子。

当白花花的银子出现在眼前时，山口的脸上露出了合作愉快的笑容。他丝毫没有意识到，巨大的危险，正潜藏在第二口箱子中。

杜心五掀起箱盖，右手忽地伸入箱中一抄，一柄匕首已以迅雷不及掩耳之势，抵在了山口的下巴颏上。山口的反应已经足够迅速，右手已握住武士刀抽出三分，但还是没能快过杜心五。

两列跪坐的十二个浪人猛地起身。杜心五用日语厉声喝道："坐下！"十二个浪人见山口被擒，不敢轻举妄动，按着刀柄，缓缓跪坐下去。从舱外冲进来的两个浪人，也被喝退到角落里。

一举成功，陶成章等人松了口气，脸上露出喜色。

然而就在这时，山口的头忽然向后急缩！杜心五右手急忙一送，匕首朝山口的脖颈直刺而去。山口的身子向左一歪，匕首噗地刺入他的右肩胛，刀尖直抵琵琶骨！山口趁机捉死杜心五的手腕，使他无法拔出匕首再刺。舱中的十四个浪人见机，猛地如狼群起，一半攻击杜心五，救援山口，一半则攻击陶成章等人。

陶成章掏出手枪，只管朝扑来的人射击，顷刻间便打完了六颗子弹，分别打死打伤四个浪人，却也有两枪打偏。龚保铨、魏兰等人掏出早已准备好的匕首、短刀等武器，迎击扑来的敌人。船舱中顿时陷入一片混乱。

这批日本浪人不愧是武士阶层出身，身手厉害不说，意志力也十分强韧。两个被子弹打伤手脚的浪人，竟浑没把留在身体里的子弹当回事，反而更加疯狂地攻击陶成章等人。

很快，光复会众人就纷纷负伤，且战且退，被逼到了东北角。

那边杜心五遭到七个浪人的围攻，虽说是国内的武术宗师，但在这逼仄的船舱里，好汉敌不过人多，匕首难挡武士刀，尽管毙了两人，他却也被砍伤多处，败退至另一处角落里。

眼看手下占尽优势，山口急忙厉声呼喝，要手下的浪人们将这群人乱刀剁碎，不给敌人以任何反抗的机会。

他的呼喝声刚一落，东北角就传来了回应。

将光复会众人逼入舱角的五个浪人，竟纷纷发出惨叫，血肉横飞之中，纷纷倒地。一个逃得快的浪人，捂着流血不止的小腹，退到山口的身前，半跪在地上，浑身发抖，竟再也站不起来。在光复会众人的身前，胡客岿然而立，右掌中，问天已赤得发紫，浪人们的鲜血顺着弧形刃口划落，一滴滴地滴落在木制的船板上。

怪只怪一个现已横尸在地的浪人不知好歹，将一直没有做任何动作的胡客当作了敌人，使劲地砍去了一刀。胡客这些天虽然表面木然，可心中却阴郁到了极致。父亲的死去，姻婵的安危不明，“夺鬼”之争的被迫出局，在那个神秘刺客猎人面前的无能为力，以及家族使命的重压，无一不让他心情抑郁。这种消极的情绪，甚至一点点地蚕食尽了他体内的自信。一度，他的情绪十分之低落，是这一生当中从未有过的低落。他甚至觉得自己就是那大海上的孤帆，一路行去随浪颠伏，四周尽是苍茫的海水，仿佛永远没有抵岸的那一天。

武士刀砍来的时候，胡客下意识地抽出了问天。反击的一刀过后，便是第二刀，第三刀……他丝毫没有意识到，他的每一刀挥出去，都是在发泄连日来积郁于胸的各种负面情绪。他现在正需要这样的发泄。否则，他就快从一个活生生的人，变成一块没有生命的肉，一块在阴暗潮湿的环境里腐烂发霉的肉了。

杜心五的条件

山口从没有见过如此凶悍的人！

如果他知道，此时胡客后背上初愈的伤口已经撕裂，正产生阵阵疼痛的话，恐怕他会加倍震惊了。

山口大声地叫喊，围攻杜心五的五个浪人，只留下两个，另外三个，一齐朝胡客猛扑过去。那个受伤后半跪在地的浪人，也在山口的厉喝下，拼死站了起来，朝胡客冲了过去。

然而事实证明，这只是以卵击石。

胡客没有花多少时间，四个浪人便悉数倒下了。

到此为止，已有八个浪人成为胡客的刀下亡魂，六把精铁打造的武士刀，在问天的锋刃下变为残肢断节。

另外两个浪人，不再攻击杜心五了，而是退守到山口的身边。山口的脸上，肌肉紧绷如同痉挛。他缓缓地抽出了武士刀，竖握在身前，以示宁可一死，也绝不退缩。

杜心五浑身是血，扶住舱壁站住了身子，惊讶地看着胡客一步步地向山口和两个浪人走去。

他看着胡客击倒了两个浪人，看着胡客一刀接续一刀地攻击山口，直至山口倒下，浑身血淋，再不动弹。

胡客的每一次出刀，在杜心五看来，无论角度、延伸，还是后续的变化，都是最简洁而又最狠辣的方式。从胡客的身上，杜心五仿佛看到了一类人的影子。他猛地一下猜到了胡客的身份。放眼天下，唯有刺客道的青者，在击杀对手时，才能祭出这样的攻击方式。

在杜心五惊讶的同时，陶成章等人，早已一个个呆若木鸡，甚至忘却了身上伤口的疼痛。

当胡客解决完所有问题后，他背上的衣衫，已被伤口撕裂后渗出的鲜血浸湿了一大块。但是他胸中长时间积郁的不快，却如雨后屋檐上的灰尘，顷刻间一扫而空。

曾经的自信、冷静，在这一瞬间，又悉数回到了他的体内。

在离开这艘充溢着血腥气的船之前，几乎全身都裹上了止血布的杜心五，在甲板的舷边，找到了胡客。

胡客正安静地凝望着大海，这晴空万里下蔚蓝一色的大海。他听到了脚步声，然而却没有任何反应，甚至连视线都不曾偏转一下。

杜心五走到胡客的身边，也抬眼望向大海的远方。

“你是道上的人吧？”杜心五忽然问。

胡客不置可否。

杜心五知道，他没有猜错。

正因为如此，杜心五打算求胡客一件事。

如果张太监没有撒谎的话，御捕门的人已经来到了日本东京，他们的目标是抓捕逆犯孙文。毫无疑问，孙文已经处于十分危险的境地。几个月前，御捕门曾派过五个捕者来到日本，但被杜心五和湖南“拳王”王润生联手击退。如今御捕门再次派出人手，无论人数还是实力，肯定会比上一次增加不少。杜心五已经身受重伤，即便他完好无损，加上王润生，恐怕也难以抵挡。

放眼御捕门成立后的百余年，唯一能同御捕门正面抗衡的力量，就是明末横空出世的刺客道。御捕门的捕者和刺客道的青者，如同烈火与冰水，相互间知根知底，却又是与生俱来的天敌。杜心五很清楚这一点。如今胡客就在身边，他已经见识了胡客的能力，要想对付这帮御捕门的捕者，单靠他和王润生，外加一帮青年学生组成的卫队，是极难办到的，但是如果能得到胡客的援手，哪怕只是判断御捕门的动手时机和进攻方向，也对保护孙文有百利而无一害。

杜心五行走江湖多年，对刺客道的事有所耳闻，甚至曾与刺客道的青者打过交道。他对这类人的脾气和性格，多少了解一些，知道这类人就如同四四方方的石头，又冷又硬。他很清楚，向胡客求助，光是空口，单凭什么救国救民的大义，是绝对成不了的。所以他拿出了对等交换的条件。他知道，这个条件一旦出口，胡客就绝难拒绝。

“我听说你们道上有一条天道。”杜心五开始摆出他的条件。

“或许，”他的语气一如既往的平缓，但加入了一些引诱的口吻，“我可以告诉你，这条天道在哪里。”

胡客参加兵门的“夺鬼”之争，正是为了进入刺客道的天层。现在他被视作刺客道的叛徒，已无法成为兵门的“鬼”，甚至在九龙道上宣称自己从此脱离刺客道。他想进入天层完成家族的使命，只剩下唯一一个办法——找到那条传说中指引天层所在地的天道。然而三百年来，刺客道的天层隐藏极深，这条天道究竟藏在何处，道上的十几代青者中，竟从没听说过有哪位青者知晓一二。这也正是胡客在“信雄丸”号上郁闷失落的原因之一。

刚刚从各种负面情绪的泥沼中走出来，意外之喜便从天而降。胡客转过头来，原本眺望大海的目光，定格在杜心五的脸上。

在这张温文儒雅却阅尽沧桑的脸上，胡客寻找不到哪怕一丝一毫的欺瞒。

第十一章
东京谜案

黑龙会

就在胡客转头望向杜心五的那一刻，在他和杜心五都未注意到的码头方向，有六艘小船忽然驶离了岸边，如同离弦之箭般狂飙而来。

这六艘小船上的乘客，都是携刀束服的日本武士，人数不少，约有三十来人，很快便将杜心五等人所在的船合围起来。架上踏板后，这些来势汹汹的日本武士用最快的速度登船，火速包围了甲板上的杜心五和胡客，又冲入船舱控制住了陶成章等人。

一切发生在转瞬之间，正在包扎伤口的陶成章，以为是山口的同伙赶到，眼见对方势大，心不由凉了半截，暗想即便胡客再次发威，恐怕今天也难有活路了。

在控制住整艘船后，一个穿着打扮和神态举止都略显高贵的日本武士最后一个登上甲板。因为见到杜心五，他的眉心有些轻微地挤皱。

“杜先生，”他忽然用日语说，“如果我安插的眼线没有错，这一艘，应该是全神会的船吧。”全神会是日本德川幕府时代最大的武士组织，后因遭当局政府的大力打击，几乎消亡殆尽，只剩下残支余脉苟存于民间。

那日本武士的话音刚落，有四个日本武士便从船舱里抬出了两口大箱子，搁在他的跟前，掀开箱盖，露出满箱子明晃晃的白银。

那日本武士的脸色瞬间如变了天般，黑得阴云密布。他手指白银，语气极为愤怒：“你应该知道全神会和我们是死对头。你既然已选择与我们合作，那这些又作何解释？”

“你到船舱里看一眼，自然便会明白。”杜心五伸出右手，请他入舱。

那日本武士走到舱口，朝里面望了一眼。只是这一眼，他便看见了那些倒在血泊中的日本浪人。他的脸色立刻松缓了许多，走回来对杜心五说：“这艘船，我会处理好的。至于在这船上发生的事，恐怕需要杜先生亲自向我们首领解释一下了。请杜先生上船。”

有日本武士走出，请杜心五、胡客和光复会众人移步小船。

陶成章想搞清楚到底发生了什么事，杜心五却只是对他微微一笑：“陶先生不必担心，这些都是朋友。”陶成章将信将疑，但在这种情况下，自己也没得选择，只好带领会众上了小船。

胡客却没有挪脚。

“你随我走，我会找时间与你详谈。”杜心五低声说。

“如果骗我，你知道会是什么后果。”留下这句冰冷的话，胡客迈脚上了踏板。

等所有人都上了小船，有日本武士将船划至岸边，接引众人上岸，朝北方行走。

陶成章小声地问：“这是去哪？”

“锦辉馆。”杜心五回答。

杜心五口中的锦辉馆，位于东京神田区，是一座日式仿古建筑。

当杜心五等人走到目的地时，被要求先在锦辉馆的大门外原地等候。

有日本武士入内通传，很快返回，将杜心五等人领入馆内，直奔武厅。

武厅的空间不大，但因没什么装饰，反而显得宽敞。雪白的墙壁上，悬挂着一幅太阳旗和一幅大东亚地图。在太阳旗下，一个赤裸着上身的日本男人，正与三个武士对搏。地上躺了五个或压腹或抱膝做痛苦状的武士，显然是刚被击倒不久。这个赤裸上身的日本男人约三十岁左右的年纪，眉开脸阔，体格健硕，浑身上下早已大汗淋漓。他用了一招转身横踢、一招侧踢和一招下劈阻击，很快将三个武士一一击倒。侍立在旁的下人急忙递来干敞的毛巾。他擦净汗水后，穿上衣服，对杜心五等人礼节性地鞠了一躬，用日语说："久等了。"

杜心五抱拳回礼，称呼其为"内田先生"，并引见了陶成章等人。

内田先生吩咐下人将贵客们引入茶房用茶，只留下杜心五一人，显然有事要单独商谈。

来到茶房，等下人备好清茶并退出后，龚保铨才小声地说："看见了吗？刚才那个什么内田先生的衣服上，绣着'黑龙'两个字！"

马洪亮点点头："看是看到了，在左边胸口上。那是什么意思？"

龚保铨说："如果我没猜错的话，这里很可能是黑龙会的地头。"

陶成章显然是知道黑龙会的，龚保铨一说完，他就神色忧忡地点了点头。

"杜心五不是说这些人是朋友吗？难不成孙文在和黑龙会合作？"一旁的魏兰一口道出了陶成章心头的担忧。

"黑龙会？"在光复会这几个人中，只有马洪亮是第一次来日本，也只有他不知道黑龙会是什么来头，"黑龙会是什么？"

龚保铨朝门口望了一眼，压低声音问："你知不知道玄洋社？"

马洪亮摇头。

"那你听说过天佑侠吧？"

这回马洪亮点起了头。"天佑侠"他当然知道，这个组织在中国国内早已臭名昭著。这是十二年前日本陆军参谋总长川上操六策划成立的浪人组织，曾秘密潜入朝鲜国内进行颠覆活动，并最终变相导致了甲午年中日两国战争的爆发。

"天佑侠的那些浪人，全都是玄洋社的成员。"龚保铨说，语气义愤填膺，"四年前，玄洋社在日本国内搞臭了名声，于是改头换面，另起灶炉，组建了现今的黑龙会。据说这黑龙二字，指的是我们东北的黑龙江，黑龙会之所以成立，就是妄图把我们的黑龙江流域谋变为日本的领土。"

马洪亮顿时又惊又怒："孙文和这样的组织合作，岂不是成了天大的卖国贼？"

龚保铨、魏兰等人都不说话，但马洪亮的话，正好戳中他们的心思。

一直保持沉默的陶成章，此刻终于开口了："事情没有弄清楚之前，你们谁也不要胡乱猜测。孙先生是兴中会的领袖，曾在广州等地多次举义，我相信以他的为人，不会做出这样的事。退一万步讲，就算孙先生真的与黑龙会合作，也肯定有他的道理。我们既然响应他的号召来到了日本，就应该少几分怀疑，多几分信任。"

龚保铨等人点了点头。

在茶房里没等多久，杜心五就来了。他很清楚陶成章等人心中的疑问，所以没等陶成章等人开口，就抢先一步说："各位别着急。住处已经安排好了，先随我过去，等安顿好了，我再向各位详细解释。"

住处安排在相邻的赤坂区，是一幢不起眼的三层民宅楼。楼底入口处，贴满了各种纸单，大都是招工、寻租一类的广告。所有人的房间安排在二楼。

在二楼安顿好后，天色已然昏黄。

杜心五没有隐瞒，当着光复会众人的面，他承认了刚才去的神田锦辉馆，的确是黑龙会的地盘，武厅里的那个内田先生，正是黑龙会的首领内田良平，而现在所住的这幢民宅楼，也是黑龙会的幕后老板、自称为"天下浪人"的头山满名下的房产。

"道不同，未必不相为谋。"杜心五说，"孙先生和黑龙会，的确是在合作，这种合作从去年就开始了。"

"和黑龙会这种组织，有什么好合作的？"龚保铨毫不客气地问。

"不瞒各位，黑龙会每年向孙先生提供一定的经费，用来支持孙先生的革命活动。"杜心五解释道，"要知道，光靠办报刊和募捐所得，远远不够每年的开销。这一点，想必陶先生也是深有体会吧。"

办报纸刊物主要是为宣传思想，随时可能被官府查封，本就赚不了什么钱，海外华侨也大都是底层的华工，原本就收入菲薄，募捐不了多少钱财。陶成章是光复会的副会长，需要运作整个组织，这其中的艰辛，他当然体会良多。

"那黑龙会能得到什么好处？"龚保铨却不管什么经费不经费的问题，只是一味地刨根问底。在他看来，黑龙会肯向孙文提供资费，当然会从孙文那里得到相应的回报。

"黑龙会是替日本陆军办事的组织，他们从成立起，就想把满蒙和西伯利亚一带谋夺为日本的领土。黑龙会支持孙先生，就是希望孙先生能在南方举事，牵制清廷的军事力量，使他们有入侵满蒙的机会。”杜心五实话实说，“但孙先生从来没有答应过出卖国土，只是暂时利用黑龙会而已，绝不会与其同流合污！一旦驱除鞑虏成功，恢复了汉人天下，又岂会坐视日本侵占国土？暂时与黑龙会保持合作关系，这不仅是孙先生的想法，也是黄克强和宋教仁两位先生的意思。”

黄克强即黄兴，当年维新变法和自立军起事失败后，黄兴毅然投身革命，在三十岁生日当天，设宴约请宋教仁、章士钊等人，在长沙共组华兴会，黄兴被推为会长，宋教仁任副会长。黄宋二人在革命人士当中有着极高的名声和威望，有他们二人支持孙文与黑龙会合作，作为光复会副会长的陶成章，也就没有什么可说的了。他向龚保铨使眼色，示意他别再往下追问。

陶成章站了起来，问杜心五道：“不知道孙先生眼下在不在东京？如果在的话，我想尽快与他会面。”

“孙先生前段时间身在香港，我北上找你们时，他正打算去欧洲组织募捐，现在应该在去欧洲的路上，估计以最快的速度，也要两个月后才能返回东京了。”

“那就是说，我们要在这里等上两个月？”

“陶先生不用担心，孙先生虽然不在，但兴中会、华兴会、科学补习所等会党的义士们都已经来到了东京。这两个月的空闲时间，正好供大家相互认识，共商革命大事。”

“如此倒也好。”陶成章点了点头。

事情已经说清楚，杜心五打算告辞了。

“饭堂设在一楼，请的是国内的厨子，各位可以随时去用餐。如果另有什么需要，尽管对我开口。明日一早，我就带各位去见其他会党的义士。”

杜心五向所有人抱拳见礼，离开了房间。

他没有下楼，而是去了楼顶。

在那里，胡客正等着他。

天道的代码

正是夕阳西下、暮色苍凉的时候。

站在这个名为“日出之国”的土地上，从异国他乡望向日沉的地方，远眺那殷红如血的晚霞，胡客禁不住神思悠悠。当他不知是第几次想起姻婵，那位在湘江畔与他束发共髻的妻子时，在他的身后，响起了轻细的脚步声。他不用回头，就知道是杜心五来了。只有身怀真功夫的人，才能将脚步走得如此既轻且快。

无须过多的言语，在夕阳的注目下，时年三十六岁的杜心五，向年仅二十二岁的胡客，讲述起了十六年前发生的那件往事。

“那是我在川、黔、滇一带走镖的第三个年头。”杜心五说，“记得那一次，我是护送一帮马队去黔南，随后独自一骑返川。我走的那条山道，是蜀身毒道的支线，向来有不少马帮商队行走，所以山道上经营着不少山野客店。在川黔交界的那片深山老林里，我误入了一家黑店，夜里和店主动上了手。”

杜心五讲述的这件事，发生在光绪十五年的秋冬之交。他所说的那家黑店，是由几间勉强能遮风挡雨的破草屋拼凑而成的，毕竟在深山老林的崎岖山道上，不会有什么丹楹刻桷、层台累榭的豪华建筑。他所说的黑店店主，是个亡命的江洋匪盗，在夜里翻入房间对他动黑手时，被他发现，于是过上了手。

这个江洋匪盗长得牛高马大，手提一柄方头菜刀，而他的对手，只是一个身材瘦削、赤手空拳的年轻人。看起来，江洋匪盗的胜算很大。

只可惜，他面对的不是普通人，而是杜心五。

那时候的杜心五，虽然只有二十岁出头，但自身的本事，却已相当惊人。

杜心五年少习武，七岁时随石彪学习暗器手法，八岁时师从严克学习南派拳术，十三岁时四处挂牌求师，声言：“小子不才，诚心求师，惟须比试，能胜余者，千金礼聘，决不食言。”此后打遍慈利县所有挑战者，未逢敌手，最终是一位来自四川的叫徐矮师的武师，送给了他第一败。杜心五不服，在输了第一场比试后，又数度发起挑战，然而皆告负，最终心服口服。杜心五兑现了诺言，随徐矮师入川，拜入自然门下，在峨眉山上负重踩桩，练习内圈法，直到十八岁那年艺满下山，入了重庆的金龙镖局做了一名镖师。

所以在杜心五的面前，这个吃惯了江湖饭的江洋匪盗，充其量只是一个会些三脚猫拳脚的草莽匹夫罢了。

“他并非我的对手，几拳几脚便被我撂倒在地，刀也被我夺了。他倒也老实，在我的喝问下，没敢隐瞒，交代了干过的劣迹。我依照他的交代，救出了关在地窖里的几个妇女，找到了压在床下的几大箱财物，拾回了山沟里的散碎尸骨，然后一刀结果了他的性命。”

除掉那江洋匪盗后，杜心五把几大箱财物分给救出的几个妇女，让她们自行归家。几个妇女千恩万谢后，结伴走了。杜心五把那些捡回来的无名尸骨重新葬在山后。弄完这一切后，天已黑尽，杜心五打算在客店里休息一晚，第二天一早再继续赶路。

“就在那天晚上，我刚睡下不久，山道上忽然传来了马蹄声，听起来不止一骑马。那阵蹄声来得很急。夜里山道漆黑，胆敢如此纵马狂奔的，不是传递边关紧急情报的驿夫，恐怕就是亡命的匪徒了。这阵马蹄声在客店外忽然停了，然后传来了拍门声。我杀了那店主后，虽然把尸体扔进了山沟，但大堂地上的血迹还没清理。为了避免是非，我没有去大堂开门，而是躲在穿堂门后，心想他们多半是要投宿，不见有人理睬，敲一会儿也就走了。哪知片刻后哗啦一响，外面的人竟然踢断门闩，硬闯了进来。”

闯入客店的人大喊了几声，见无人回应，于是自行掌了灯。躲在穿堂门后的杜心五，瞧见灯光映照出三个男人的脸，其中一个鼻梁上有一道刀疤的男人，神色委顿，浑身上下缠满了铁链，像是犯了什么事的囚犯，另外两个男人手握武器，脸色严肃，看样子是在押解这囚犯。

“当时我以为是衙门的官差押解案犯，暗想我杀掉的虽是开黑店的主，但空口无凭，如果被他们瞧见地上的血迹，徒然惹来是非。哪知那两人见到了地上的血迹，却浑然没当回事，一个人大咧咧地拉出长凳坐了，眼睛盯着那囚犯，另一人则拿水袋去厨台汲水。坐在大堂里那人，喝问囚犯把代码交给了谁。听那人的口气，似乎原本有九个人负责追捕，结果一路上竟被那囚犯干掉了七个，但那囚犯也在拼斗中受了重伤，最终力竭被擒。那囚犯什么也不说，跟木头似的蹲在地上。那人问不出什么，也就不再问，等同伴取来水，两人掏出干粮，就着水吃了起来，却将那囚犯饿在一边。

“填饱肚子后，一个人语气恭敬地问：‘赶了一天的路，你看要不要休息一晚，明儿个再走？’另一人说：‘不休息，直接赶夜路，省得夜长梦多。’两人拿起武器，站起来，灭了灯，准备押那囚犯出门。灯刚灭时，眼睛看什么都是一团黑，所以那两人起身的一瞬间，我什么也没看清，只隐约看见那囚犯的身影动了动，然后听见铁链子稀里哗啦地响了几响，接着嘭嘭两声，大堂里便没了动静。我在穿堂门后等了片刻，始终没传来半点动静，于是壮着胆子走出去，点燃了桌子上的油灯。”

借助灯光的照明，杜心五看见那两人已经倒在地上，身下有鲜血流出，看样子已经死了。那囚犯靠住土墙坐着，身上还缠着铁链，但双手已经抽脱出来，腹部插着一柄弧形刀。油灯点亮时，那囚犯翻开眼皮，目光微微向上斜，盯着杜心五。从那囚犯的眼睛里，杜心五读出了十分真诚的恳求。杜心五知道，那囚犯恐怕不行了，而在死前，似乎有话要对他说。

“事后我才发现，原来厨台的清水和柜台上的米酒都被下了蒙汗药，想来是那黑店店主干的。那两人喝了从店里汲的水，多半受了影响，所以那囚犯在灭灯之时拼尽全力一搏，这才击杀了两人，但那囚犯自己却也被弧形刀刺中腹部，眼看是活不成了。我觉得他有话要对我讲，所以凑过去，问他是不是要说什么。他在我耳边断断续续地说道：‘去御捕门……找白锦瑟……就说天道……天道的代码，藏在我……我心里……’可是他没来得及将代码的内容说出，便咽了气。”

一夜之间，莫名其妙地来了三个人，这三个人又莫名其妙地同归于尽了。杜心五不知道这些人之间有什么仇怨，他无法知道也不想去知道。只是不知为什么，他心里觉得有些悲凉。第二天天亮后，他将三具尸体搬到山后，准备将三具尸体埋在那些无名尸骨的旁边，使他们不至于死无葬身之所。

“我先埋了那两人的尸体，然后埋那囚犯的尸体。那囚犯身上还捆绑着铁链，我想他死后能轻松些，所以俯身去解那些铁链，哪知却被我发现了一个奇怪之处。

“我解开铁链后，发现他的左侧胸膛隆起，比右侧胸膛明显高出了许多。我拉开他的衣服，发现他身上有很多伤疤，多半是与那些抓他的人拼斗时留下的。在他的左侧胸膛上，有一道很长的伤口，已经缝合起来。

“我走镖时少不了与山匪贼盗动手，自己也受过伤，知道受了刀伤后如果没处理好，就会感染脓肿，但无论如何，也绝不会肿胀到那等吓人的程度！我当时觉得有些反常，于是伸手按了按那囚犯的左胸，立刻发现了异样。我冒着对尸体的大不敬，用匕首挑断他左胸伤口的缝合线，拨开伤口，发现肉里面竟然藏着东西。那是一节竹筒！

“我这下子猛地明白过来。左胸膛就是心脏所在，那囚犯临死前曾说，天道的代码藏在他的心里，原来竟是这个意思。我猜想那囚犯在拼斗时，左胸受了重伤，知道难以逃脱，索性在被抓住之前，将东西放入竹筒，藏进了左胸的伤口里，并用线缝合起来。也难怪那两人找不到了，还喝问他把代码交给了什么人。别说他们了，谁又能想到，一个活人，竟敢把东西藏在自己的肉里呢？这需要承受多大的痛楚啊！”虽说已过去了十六年，但杜心五回想起这些事时，仍不禁摇头，显得仍难以置信，“我取出了那节竹筒，我知道所谓的天道的代码，就藏在竹筒里。当时我心想，就冲那囚犯缝肉藏物的勇狠之气，无论如何，我也要去御捕门找到白锦瑟，将这节竹筒亲手转交。”

找一个人转交一样东西，看起来，这是一件十分轻松的事。至少当时杜心五是这么认为的。但后来发生的事，却让他改变了这个看法。

埋好尸体后，杜心五回到了重庆。他已有些厌倦，不想再继续走镖，于是趁这机会，辞去了金龙镖局的生计，独自一人去了北京。

到北京后，他找到御捕门总领衙门，但守卫拦住不让进，于是他向守卫打听，向进进出出的捕者打听，哪知竟没一个人知道白锦瑟是谁。

杜心五不死心。他仗着拳脚上的本事，在京城里找了一份看守皇城大门的活路，一边赚钱糊口，一边打听白锦瑟的下落。几个月里，他问过平头百姓，问过进出皇城的大小官员，但还是没人能告诉他白锦瑟究竟是谁。似乎白锦瑟这三个字，只是一个杜撰出来的人名。杜心五暗暗奇怪，心想总不成是那囚犯临死前说错了人名，抑或是他听错了吧。

“我白找了几个月，心里烦闷，有一晚拿出竹筒端详，越想越是生气。再加上那时候我年轻气盛，好奇心又越来越重，终于没能忍住，打开了那节竹筒。那节竹筒用蜡封着口，我用匕首戳开封口，发现里面塞了一团白布。我取出白布展开一看，上面写着一串古里古怪的代码，读起来十分拗口。”

说到此处，杜心五忽然打住了话头，静静地望着暮色微凉的西天空。

胡客很清楚，刺客道内部传递消息时，譬如串人向青者传达刺杀任务，为避免泄密，常使用代码来传递，青者用特定的脚文对照，才能解读出代码的含义。所以外人看起来古怪的代码，在刺客道青者的眼里，反而显得十分正常，只须找到对应的脚文，就能成功加以破解。

杜心五说到关键处，故意打住不说，自然是为了牢牢握住与胡客继续商谈下去的价码。对于这一点，胡客同样心知肚明。

“你想让我做什么？”胡客直截了当地问。

“留下来，帮我一个忙，”杜心五收回远眺的目光，转头看着胡客的眼睛，“帮我保护孙先生。”

“多久？”

“两个月。”杜心五说，“只要保证两个月内不出事，让御捕门的人无法得逞，让孙先生可以心无旁骛地做成这件大事，我就把白布上天道的代码告诉你。”

“那把弧形刀有什么特征？”胡客没有做出是否应允的答复，而是忽然问出了一个让杜心五略感茫然的问题。

“什么弧形刀？”

“在那家黑店里，刺中那囚犯腹部的弧形刀。”

杜心五回想了一下，说：“我只记得，弧形刀的刀身上有七个圆孔，具体的样子，我已经记不起来了。”

七星月刃！胡客暗暗点了点头。七星月刃的主人，绰号“北斗”，是刺客道兵门一位有名的青者，在十六年前忽然销声匿迹，这件事，胡客听姻婵提起过，道上也有过各种传闻。杜心五能说出弧形刀的刀身上有七个圆孔，再和十六年前“北斗”离奇消失的事联系起来，那么杜心五所说的这件发生在川黔交界地带深山老林中的往事，基本上可以断定是真的。

胡客的内心开始了纠结。

能从杜心五这里得到天道的代码，这是极难一遇的机缘，然而他若在日本逗留两个月，远在大海另一端的姻婵，她的安危，却又让胡客不得不担心。若非杜心五在船上忽然提到天道的事，或许胡客早已买好了回国的船票，此刻已踏上了归国的路途。

“两个月太长，我等不了那么久。”胡客斩钉截铁地说，“无论什么时候，只要我解决了御捕门的这批人，你就必须把天道的代码，一字不漏地告诉我。”

张太监和山口那帮浪人已经解决，如今威胁孙文安危的，只有这群不知藏身何处的御捕门捕者。只要将这群捕者除去，自然就能保证孙文平安无事。“好！”杜心五一口答应，“你需要什么，不管是人是钱，尽管开口。”

“我只要一样东西，”胡客说，“东京的城区地图。”

锜刺

杜心五的办事效率极高，只用了不到两炷香的时间，就把最为详实的东京城区地图找来了。

展开地图，看了片刻，胡客问：“孙文到东京后，要去什么地方？”

“锦辉馆。”杜心五指着地图上的一个点，“就是我们下午去过的那里。”

“这三条路都是通的吗？”胡客用手指在地图上划出了三条路线，都是连接东京湾码头和神田锦辉馆的道路。

“全都畅通无阻。”

“孙文会走哪条？”

“尚未决定。”

胡客想了一下，忽然收卷起地图，向房门外走去。

“你去哪里？”杜心五扬起头问。

“出去走走。”胡客没有多说，径直出门下楼，踏上了夜幕下的街市。

东京的夜市灯火阑珊，胡客却没有丝毫流连之意。他穿行于人流之中，按照地图上的标示，将连接东京湾码头和神田锦辉馆的三条路线完整地走了一遍。

接着他回到了住地，休养了一晚。他后背上的伤口，在与山口等全神会的浪人拼斗时撕裂，急需足够的时间来静养。然而一个晚上的时间，对于他而言，已经足够奢侈。

第二天一大早，光复会众人尚在熟睡，胡客已经穿好衣服，走出了民宅楼。等到杜心五来接应光复会众人前去与其他会党的人碰面时，胡客早已不见了踪影。

在上午、中午和下午三个时间段，胡客又分别将那三条路线重走了三遍。

他想借此来了解三条路线在不同时间段的人流情况，并且熟悉每一条街道两旁的建筑情况和路口的分布情况。

经过一天的观察，他最终确定了一个地方——东京湾码头。

站在职业刺客的角度，综合所观察到的所有情况，胡客判断，御捕门的捕者如果动手，最好的选择，无疑是东京湾码头。在三条线路上和锦辉馆附近动手，都不容易成功，只有当孙文乘客轮抵达东京时，趁着人流密集，直接在码头上动手，成功的几率最大。

晚上回到民宅楼，一整天没有见到胡客的杜心五，正在房门外等候。

两人进入房间。胡客展开地图，以东京湾码头为中心，圈出一块半圆状的区域，对杜心五说：“你派人去这一带，查清楚有哪些房屋提供外租。”

“好，我这就去接洽黑龙会的人，让他们去办。”

杜心五连夜赶去了神田锦辉馆，与内田良平见了面。内田良平答应了他的请求，派出了一队十人组浪人，连夜赶去码头周边，调查房屋外租的情况。

黑龙会名义上是为日本陆军服务的军国主义组织，但用通俗点的话来讲，它是一个由日本浪人组成的黑道组织，其势力遍布全日本，在东京尤为集中。东京的平民百姓们，对黑龙会的惧怕，比对当地的警察更甚。黑龙会的浪人前去调查房屋的外租情况，应该说，这只是小事一桩。

但有的时候，一桩芝麻绿豆般的小事，也能转变为一件天大的大事。

这队浪人去了之后，当晚没有回来，第二天早上也没有返回，等到日上三竿的时候，仍然不见踪影。

这就有些异乎寻常了。

内田良平坐不住了，他派出手下去东京湾码头查看。去的手下很快回来禀报，说没找到这队浪人。内田良平又派出更多的手下去寻找，但一直到日头西斜，仍然没有好消息传回。

一整个白天就这样过去了。

当东京彻底被夜幕笼罩时，黑龙会的所有人，包括内田良平在内，终于接受了一个事实——昨晚派出去的这队十人组浪人，不知出于什么原因，已然一去不返，仿若人间蒸发。

“再给我找！”内田良平脸色阴沉，“生要见人，死要见尸！”

黑龙会动员了大半的人力，想尽各种方法展开调查和搜寻，仍然找不到丝毫线索，直到两天后的那个清晨。

当第一缕天光洒落人间的时候，在东京湾码头东北侧的海面上，出现了诡异的一幕。一具具的尸体漂浮在海面上，被早潮的海浪一推一涌地送到岸边，堆叠在外码头的石台下方。这一幕立刻引来了众多围观者。有好事者仔细数过，尸体不多不少，正好十具。

死了十个人，这绝对是一桩极其重大的刑事案件！

东京警视厅立即动员大批警力，由警视长亲自率领，赶到码头，各大报社的记者们早已蜂拥而至，黑龙会的人也闻风而动。最终证实，这批尸体，正是黑龙会三天前派出去的那队十人组浪人。

尸体一具具地被打捞了起来，依次摆放在铺开的白布上。

经过海水的长时间浸泡，十具尸体都略显浮肿，并且残缺不全，完整些的只是少了些许皮肉，恐怖些的几乎只剩下了半边肉身，连森森白骨都露在外面，大概是沉在海水里时，被鱼虾噬咬所致。

这些都不重要，重要的是，在这十具尸体中，有七具尸体的心窝处，皮肉是完好的。而这七具尸体的心窝正中，有一个一模一样的伤口，一个绝对不是鱼虾所噬咬出来的伤口，一个显而易见是因利器刺入而留下的伤口。这个伤口的形状十分奇怪，既非长条状，也非孔洞，而是一个规则的三角形。

经过警视厅法医的查验，死者是死后被抛尸入海，正是心窝处这个三角形的伤口，穿心而入，夺走了这些浪人的生命！

在警察们忙着调查、记者们忙着采访、黑龙会的人忙着义愤填膺之时，站在围观人群中的胡客，因为目睹了这些三角形的致命伤口而心绪振荡！

在黑龙会的这队浪人消失的近三天时间里，胡客不得不亲自去调查了码头附近的房屋和民宅的外租情况。然后他假装是迎接亲友的人，每天守在东京湾码头上。他留意着每一处提供外租的房屋和民宅，尽可能地留意每一个出入其中的人。他相信御捕门的捕者一定会在码头附近找地方住下，这样既可以方便监视抵达码头的轮船，观察船上是否有孙文本人，同时也能在准备动手时，获得时间和空间上的便利。

捕者也是人，是人就免不了吃喝拉撒。这些捕者一定会现身的，胡客心想，他们不可能一直待在住处而不外出活动。只要这些捕者现身，依靠胡客的眼力，一定能够辨认出来。

但是在这三天的时间里，出乎胡客的意料，他竟然没有发现一个可疑的人。

这一天一大早，胡客便来到了码头，正好碰上案发，于是看见了夺去这些浪人性命的三角形伤口。

寻常的锐器伤不是条状，就是孔洞形态，三角形的伤口却十分少见。

但胡客却识得这样的伤口。

"锜刺。"他在心中默念。

第一时间窜入胡客脑海的"锜刺"，是一种古代兵刃的名称。

锜刺最早出现在春秋时期。《诗经·豳风·破斧》中有句："既破我斧，又缺我锜。"便已提及。这种兵刃的刃身呈笔直状，带有三棱刃口和三面血槽。这种独特的造型，使得锜刺的杀伤性极为恐怖。一旦某人被锜刺刺中，三面血槽立即放血，且拔出后伤口呈三角形，使止血和愈合变得十分困难，所以被锜刺刺入皮下三寸者，无论伤在哪个部位，若不及时止血，短时间内就会因失血过多而毙命。

但锜刺的缺点在于，它只能刺，连砍和削这种简单的功能都不具备，攻击时的功能过于单一，对付寻常人很有效，但在与真正的高手对决时却极为吃亏，所以这种兵刃在历史上早已被淘汰。胡客知道在兵门之中，每个青者的兵刃几乎都不一样，但是没有哪个青者使用锜刺这种兵刃，因为每一个青者都深刻地明白一个道理：使用锜刺，无异于自取灭亡。

但眼前这些尸体的致命伤，分明是锜刺所为，只有锜刺，才能在人的身上留下如此罕见的三角形伤口。

胡客有意无意地抬起头，向四周打量。

案发现场已经聚集了很多人，还有更多的人像蝗虫一样黑压压地聚拢过来。围观是人类的天性，不管是在哪个国家，尤其是当一件惨死十个人的大命案发生在身边时。

忽然间，胡客看见了一个人，一个戴黑色帽子的瘦削男人。这个男人原本站在圈子的最里面，这时却悄悄地挤出了人群，朝码头的西侧移动，脚步稳中带疾。

这一阵脚步出卖了他。

只有练家子，才能拥有这样的步伐。

而他在所有人都围拢看热闹时，却逆着人流快步走开，这让心思缜密的胡客，感觉到其中可能暗藏着蹊跷。

瘦削男人走到西侧的一幢双层小楼前，回头向四周望了一眼，然后一闪身进了小楼。

短时间内，警视厅的人恐怕调查不出什么线索。胡客果断舍弃了案发现场，同样逆着人流，朝那幢双层小楼快步走去。

两天前，胡客曾来这幢双层小楼问过，房东说，二楼上有四间房，已经全部租出去了，租客是个中国女人。

小楼底层的入口处，设置了一个小房间，那是房东看守大门的地方，此刻却没人。想必房东也赶去码头上凑热闹了。无人阻拦，胡客轻松地进入了小楼。

走完一截廊道，来到破旧的木质楼梯前，胡客停下了。这样的楼梯，走上去是不可能不发出声响的。正在他犹豫之时，二楼上传来了对话声，说的是汉话。

“我早就说过，尸体不能抛入海里，姓薛的娘们就是不听。现在倒好，果真应了我的话。”

“薛娘子什么时候回来？”

“她带人去查那几伙人的行踪，原本说好中午就回，不过现在不能等了。我这就去找他们，你一个人留在这儿，把紧了风。”

“只盼这件事不要捅出什么娄子才好。”

“早听我的，放完血，拉到荒郊僻野一把火烧了，一了百了，又何必现在来瞎担心？”

这句抱怨的话说完，就有嘎吱嘎吱的声音响起，有人正踩着楼梯往下走。

胡客急忙躲进入口处的小房间里。片刻后，脚步声临近，一个穿灰色衣服、留有半根辫子的男人从小房间外快步经过，出了小楼，往东边去了。

等那男人走后，胡客再一次来到破旧的木楼梯前。

听刚才的那番对话，二楼上的这帮人，正是杀死黑龙会十人组浪人的凶手。这帮人来自中国，又有这等本事，即便不是御捕门的捕者，也绝非善类。此时二楼上只剩一个人留守，这是十分难得的机会。胡客虽然背伤未痊愈，但若论单个对决，他仍有十足的把握。

为了搞清楚这里面藏着什么事，胡客取出了问天，藏在袖口里，小心翼翼地迈脚踏上楼梯。

嘎吱嘎吱，楼梯如往常那般呻吟起来。

二楼上那个戴黑色帽子的瘦削男人已经听见了。他问：“你怎么又回来了？”当他看见转角处出现的不是自己的同伴时，立刻紧张地从凳子上弹起，右手迅速地滑进衣摆下。

胡客没有给瘦削男人任何机会。他忽然间加快脚步，楼梯吱吱呀呀地狂响起来。当瘦削男人刚刚拔出一把锋利的短刀时，问天已经鬼魅般割开了他的咽喉。在他有机会呼救之前，胡客已经箍住他的脑袋，狠厉地一扭！而在此时，身后木楼梯的吱呀声，才刚好停止。

留下喷涌一地的鲜血和死不瞑目的尸体，胡客走进了二楼的廊道，推开了四扇房门。前面三间房都是住人的卧室，并无什么特别之处，最后一间房里的景象，却让胡客驻足吃惊。

暗扎子的始祖

推开最后一扇门，扑面而来的，是阴暗的红色。房间内的墙壁全都用红纸包裹起来，连窗户也被封死了。胡客闻到了刺鼻的血臭味，原来这些裹墙纸的红色，是用真正的血涂染而成的。这种血的暗红，令整个密闭的房间，充斥着一种让人喘不过气来的压抑感。

地上摆置了许多没有点燃的烛台，拼接成一个完整的圆形，将一张圆面的桌子圈在其内。桌子用红布罩住，红布很长，下摆耷拉到了地上。桌上摆放着五大碗已经凝固的血，以及一个香炉。香炉里插的不是香，而是一柄兵刃，确切地说，是一柄暗红色的锜刺。

房间里的这些摆置，看起来像是某种神秘的祭祀仪式，而祭祀的对象，则是桌后墙壁上悬挂的一幅画。

胡客原本以为祭祀的肯定是某个人物，但当他跨过地上的烛台，却发现画上并非人像。

画上绘有几根虬枝，枝上花朵盛开，粉色点点，乃是开得正艳的桃花，在虬枝下，一条溪流横着淌过整幅画卷。画的内容只有这些，其余地方都是留白，没有批注任何文字。

尽管如此，胡客还是一眼就洞悉了这幅画的含义。

溪流、桃枝，画上这两样简单的东西，直指中国古代刺杀史上一个极为有名的人物——刘桃枝。

刘桃枝，南北朝北齐人，被后世称为“北齐第一御用杀手”。

刘桃枝出生于北魏分裂、天下大乱之时。据《北史》《太平广记》等典籍记载，北魏末年，权臣高澄听说有一位“目盲而妙察声”的江湖术士，便找来这位江湖术士，想看看他的本领如何。这位江湖术士虽然是个瞎子，但擅长听声相命。他在听见了一个人的说话声后，当即断定此人将来必定大富大贵，并用一句话来概括了此人的一生：“王侯将相，多死其手；譬如鹰犬，为人所使。”

江湖术士口中的这个人，正是刘桃枝。

诚如这位江湖术士所测，刘桃枝从起初一个小小的苍头奴，一步步地晋升，最终裂地封王，的确是大富大贵的命；他一生精于刺杀，且不说那些丧命其手的小人物，单是死在他手中的帝王将相，便有六位之多，“王侯将相，多死其手”，诚然如是；刘桃枝一生中先后侍奉过北齐的五位皇帝，而令人称奇的是，在当时极度动荡不安、人人勾心斗角的环境里，这五位皇帝，竟都将刘桃枝当作心腹并加以重用，正因为他“譬如鹰犬，为人所使”，所以无论哪位皇帝倒台，都无法影响他在宫廷中的地位。

刘桃枝刺杀的手段也是别具一格，非常之奇特。史书上记载，刘桃枝刺杀时常采用“拉杀”。按照北方民间的说法，“拉杀”就是俗语中的“套白狼”，意即将绳索套在某人的脖子上，然后背着人跑，跑出一段路后，人便死了。

这位曾刺杀北齐永安王高浚、上党王高涣、赵郡王高睿、琅琊王高俨、咸阳王斛律光的北齐第一御用杀手，因其传奇的御用杀手生涯，被唐朝以后的暗扎子尊奉为始祖。

现在一切都可以解释了。

这房间布置成这样，很明显是在祭祀刘桃枝，那么租用这间房的人，必定就是暗扎子。刚才被胡客杀死的戴黑色帽子的男人，毫无疑问，便是这群暗扎子中的一员。

胡客对暗扎子向来没有好感。当初他曾遭到暗扎子连续一个多月的疯狂追杀，并且在衡州府清泉县的巡抚大院里，被数十个暗扎子围攻，致使他身受重伤，最终被迫让御捕门擒获。

胡客原本是在查找御捕门捕者的下落，想不到却误打误撞闯进了暗扎子的巢穴。对于这群暗扎子为什么不远万里漂洋过海来到东京，胡客不想去理会。既然来错了地儿，那就速速离开为好。

然而当他走到房门口时，却听见了一阵熟悉的嘎吱嘎吱声。楼梯方向忽然传来大呼小叫，想必是楼梯口的尸体已被人发现，随即便有脚步声朝房间迫近。

不可能再从正门出去了。

胡客当机立断，撕开一块红纸，露出窗户，一缕刺眼的阳光急急忙忙扑射进来。他胳膊肘一顶，将窗玻璃击碎，随即返身躲入供桌底下。遮盖供桌的红布足够长，垂落下来后，将胡客遮得严严实实。

胡客刚躲好，便有五个人相继冲入房间，其中就有那个留半根辫子的男人。辫子男冲到破碎的窗户前，向外面张望，只看到一条空荡无人的巷子。

“跑掉了！”辫子男丝毫没意识到这是胡客声东击西的伎俩，他说这话的时候，眼睛望向五人中唯一的一个女人。

这个女人就是薛娘子了。她的年纪在三十岁左右，浑身上下散发出一股冷媚之气。“回来！”她厉声喝道。两个正准备下楼追击的暗扎子打住了脚步。薛娘子说道：“从三皮的伤口看，此人出刀角度诡异，落刀又狠又准，绝不是普通货色，你们就算追上了，也是去送死。”

“我离开不过片刻，会是谁下的手？”辫子男皱眉道，“会不会是那几伙人干的？”

薛娘子揣测说：“那几伙人里，既有南帮的同行，也有御捕门的捕者，还有一些看不上眼的东西。尽管目标都是姓孙的，但彼此井水不犯河水，想来他们也不敢干这种事，没来由得罪北帮。”

“那会是谁？”辫子男疑惑不解，“能在这么短的时间里一刀击杀三皮，还能逃得不留踪迹，绝非等闲之辈。”

薛娘子走到窗前，看了看玻璃的碎口，又揩了揩窗棂上的灰尘。她转回头来，仔细地观察整个房间。很快，她的目光锁定住了供桌上的香炉。香炉里插着的锜刺，原本是笔直竖立，现在却略微向左倾斜。

“尸体在码头上被发现，很快就会有警察挨门挨户来查问。我们杀得了闯进来的浪人，可总不能公然与警视厅作对。依我看，还是先暂避一下为好。”薛娘子一边说话，一边朝供桌一指，比划了四根手指。另外四个暗扎子会意，轻轻抽出武器，朝供桌悄无声息地靠拢。

薛娘子继续镇定自若地说：“不过今天是始祖的忌辰，房间都已摆置妥当，总不能不用。这样吧，不等晚上了，我们现在就祭拜，拜完便走。”伴随说话，她的右手在空中画了一个圆。四个暗扎子缓缓散开，从四个角包围了供桌。

“跪！”薛娘子在供桌正前方单膝跪下，四个暗扎子也纷纷单膝跪下。

薛娘子冷冷地吐出一个字：“拜！”伴随这个字的出口，她的手掌竖起，干净利落地做了个下切的手势。

供桌四个角上的暗扎子早已蓄势待发，得到动手的命令后，手中的武器闪电般刺出，穿透红布，刺入供桌之下！

薛娘子

四件武器刺入桌下的一瞬间，一团黑影忽然从供桌的正面蹿出，正是胡客！

供桌的正面，是薛娘子下跪的地方。她右膝跪地，这是一个无法快速起身的姿势。从桌下蹿出的胡客，以雷霆万钧之势，向正前方的薛娘子攻去。擒贼先擒王，胡客这一击志在必得！

然而薛娘子同样信心十足，她的嘴角甚至带着嘲弄的微笑。她的右手拂开了衣摆，露出了左膝膝盖。那里平放着一张小型机弩，一张早已扣弦搭箭、只等猎物现身就祭出致命一击的飞卫弩！

胡客看见了这致命的武器，但是已经太迟了。弦开箭出，短箭如一道黑色的闪电，朝胡客飙射而来。咫尺的距离，因为前扑得太狠，胡客根本收不住力。他没有任何躲闪的余地。

临危之际，胡客手中的问天变攻为守，与生俱来的敏锐感让他在电光石火之间准确地找到了那个点。就是在那个点，问天的刃身不偏不倚地挡住了箭镞！这一箭的力道实在惊人，胡客的右手竟然有发麻的感觉，身子也歪向了一边，而偏折方向的短箭，嚓地一声钉在了供桌的桌腿上，箭镞全部嵌了进去。倘若这一箭射在胡客的身上，保准来一个前穿后透。

虽然逃过了一劫，但胡客的攻击受阻，后方四个暗扎子趁机扑上来，形成合围之势。薛娘子疾步退到房门口，再一次扣住弩弦，搭上了一支黑色短箭。“你是谁？”她将飞卫弩抬起三寸四分，箭镞如同秃鹰的眼睛，死死地盯住了胡客。

胡客没有答话，他习惯用行动来做出回应。问天一拐，弧形刃口笔直地削向右侧的暗扎子。一动则全动，四个暗扎子立刻报以反击。

以一敌四，尽管背伤未愈，胡客却一点也不吃亏。强大的攻击能力，匹配问天的锋利无匹，让他很快压制住了四个暗扎子，迫使四个暗扎子转围攻为围守。四个暗扎子虽然没有胡客那种近乎恐怖的能力，但相互间配合得极好，一旦有人陷入胡客的攻势，另外三个人必定转死守为强攻，不惜一切代价施以救援，从而弥补个体上的攻守不足，防止胡客从某一点突围。与此同时，远处的薛娘子如一条盘身蓄势的毒蛇，间歇间吐出信子，用飞卫弩给胡客以致命的偷袭，以配合四个暗扎子的合围。

尽管如此，片刻之后，四个暗扎子中仍然有两人负伤，同时有一柄武器已报废在问天的刃口下，合围之势眼看就要告破。

“当心他的刀！”薛娘子喊了一声，同时连发三支短箭，迫使胡客分神应付。四个暗扎子趁机移位补位，重新结成围困之势。

胡客不希望陷入消耗战的泥潭。他的每一次沉肩摆臂，已经开始牵动后背上的伤口，痛楚正一点点地加剧。他不能再等了，眼下必须速战速决。

如果说之前胡客还有所保留，只用了七成力的话，那么现在他将倾尽全力进行攻击!

暴风骤雨般的攻势漫天铺开，四个暗扎子立刻左右支绌，顾此失彼，缺口很快出现。远处的薛娘子连开弩箭，妄图挽救败局，然而接连用光了六支短箭，却仍无济于事。她知道今天遇到的对头，是从未遭遇过的厉害角色，当即丢了飞卫弩，从香炉里抄起锜刺，朝胡客刺去!

五个暗扎子拼尽全力，仍然阻拦不住眼前的对手。

十几个攻守回合后，一个暗扎子胸口和腹侧连续中刀，终于无法支撑，败下阵来。好似大堤防洪，哪怕只是极小一处的崩塌，也会累及整条堤坝的决堤。胡客趁势而进，三个暗扎子先后倒地。

只剩下使锜刺的薛娘子了。

薛娘子脸上的冷媚之气已然不见了踪影，取而代之的是难以言表的惊讶和恐惧。她很清楚自己不是胡客的对手，当即几个跃步，退到祭祀的画像前，问道:“你到底是谁？”

“御捕门的人在哪里？”胡客踏前一步。他之前躲在供桌下时，曾听薛娘子提到了御捕门的捕者。这正是胡客连日来苦苦搜寻的目标。

“你不是南帮的人？”薛娘子问，“那你到底是什么人？为什么要寻我北帮的晦气？”

胡客再向前踏了一步，这一次却不再应答。

薛娘子知道危机已然逼近，她已经没有谈条件的机会。“御捕门的人，”她急道，“在码头西南岸的红船上！”

薛娘子的话，让胡客瞬间恍然。他早已判定御捕门的捕者隐伏在东京湾码头附近，但他一直把搜寻的目标锁定在岸上提供外租的房屋中，却忘记了海面上游弋的船只。

就在薛娘子说出御捕门捕者的下落时，嘎吱嘎吱的声音又一次响起了。有人正沿着木楼梯飞奔上来。听脚步声的激烈程度，似乎来的人不在少数。

冲上楼来的，是东京警视厅的几个警察。这些警察原本为挨家挨户调查码头的凶杀案而来，没想到一走上楼梯，便发现了沿木阶淌下的鲜血，随即看见了横在二楼楼梯口的尸体。这些警察立刻大呼小叫起来，掏出枪支，向廊道尽头处传出响动的房间扑去。

一冲入房间，这些警察的心立刻提到了嗓子眼，不仅因为扑鼻而来的血臭味和满屋子暗红的压抑色调，也因为一场血战过后的惨烈场景。这些警察纷纷举起枪，对准胡客和薛娘子，嘴里呼喝叫嚷。

带头的警察摘下了警员帽，向其他警察吩咐了几句。几个警察走向胡客和薛娘子，看样子是打算逮捕两人。

胡客根本没把这些警察放在眼里。他的眼睛始终盯着薛娘子。

当这些警察走近一些后，胡客忽然用极快的速度，撩起了供桌上的红布。红布一抖，五大碗凝固的血被打翻在地，香炉也被弹上半空，几个翻转，香灰顿时弥漫开来。房间里的光线原本就极其昏暗，这样一来，根本没办法再看清东西。走近的几个警察顿时慌了神，嘴里乱叫个不停，又不敢开枪，生怕在混乱中误伤了同伴。

在香灰倾洒遮住视线的瞬间，胡客动如脱兔，朝薛娘子攻去。胡客早已在心中计算好了招数，三个起落，便将薛娘子的锜刺封在外围，将其生擒。接着，趁房间内混乱不堪，胡客击倒两个企图堵门的警察，擒了薛娘子冲出门去。

出了双层小楼后，胡客的脚步不但没有放缓，反而加快了不少。

薛娘子已经看出来了，胡客是在朝码头的西南岸走去。性命掌控于他人之手，她倒也识趣，既不当街呼救，也不挣扎，只问了一句：“你是刺客道的人？”敢与暗扎子作对的，思来想去就那么几拨人，从胡客的身手敏捷度和下手的狠劲儿，薛娘子多少能推断出一二。

胡客没有作答。薛娘子的心中却已然有数。

码头的西南岸十分冷清，连个人影都看不到，所有的人，都围堵到东北侧的命案现场去了。

胡客放眼望去，港湾内没见到什么红船，远处的海面上也不见任何帆身船影。他手底加重了劲道，问：“船呢？”

“巡海去了。”薛娘子忍着手腕处的疼痛，“我盯过他们，红船每到清晨就外出巡海，傍晚时回来。”

“到底有几拨人盯着孙文？”胡客还记得薛娘子在房间里说过的话。

“不在少数，姓孙的可是香饽饽。”

“到底有几拨？”

“就我知道的，”薛娘子说，“有五拨。”

“有些谁？”

“你躲在供桌底下，想必都听到了。”薛娘子说，“还要我再重复一遍吗？”见胡客冷漠不应，她叹道：“好吧，算我怕了你。除了我北帮的人以外，还有南帮的同行、御捕门的捕者，此外什么保皇党、洪门之类的，倒也来了不少。”

说着，薛娘子微微向胡客的方向侧头：“刺客道就只来了你一个？”她哼了一声，“想不到刺客道也会打姓孙的注意。既然目标一样，你我何不合作？到时候你收你的任务，我拿我的赏金，可谓两全其美。”

“御捕门来了多少人？”胡客对薛娘子的提议置若罔闻。

“看来传言不假，刺客道的青者，果然个个自恃清高。不过这么多人抢姓孙的人头，单凭你一个，休想拿得下来。”

“说！”胡客加重了语气。

“十五六个吧。”薛娘子顿了一下，像是想明白了什么，“你该不会是想把我们各个击破吧？”她从始至终都视胡客为竞争对手。胡客刚刚端了她的巢穴，现在又在寻找御捕门的下落，她自然而然地以为胡客是打算在孙文抵达东京之前，尽可能地扫除所有的竞争对手。

“这些捕者由谁领头？”胡客问。

薛娘子不答而言他：“刺客道与我北帮向来互不相犯，为了区区一个孙文，你竟与我北帮撕破脸皮。你知道这样做的后果吗？”

薛娘子的话，让胡客立刻想起了他在巡抚大院里所受的伤，所流的血。那群从北直隶一直追杀他到湖南省清泉县的暗扎子，正是出自北帮。这个仇，他暗记于心，从没有忘。“你北帮又可曾想过，与我胡客作对，会是什么后果？”他冷冷地回应。

薛娘子的脸色，因为听到这个名字而有了显而易见的震动。“你就是……”她出自北帮，自然知道北帮出动上百号暗扎子，千里追杀胡客却失败的事。这件事早已传遍暗扎子内部，成为了北帮在暗扎子界的奇耻大辱。

“御捕门到底由谁领头？”胡客不想再磨蹭时间。

“他们化装成渔民，领头的额带黑疤，至于是谁，我怎么知道？”薛娘子的话里明显带上了敌意，“我现在巴望不得你赶紧找到他们，你如果能最终死在他们的手里，最好不过！”

已经问不出来更多的东西，胡客便将薛娘子带回了位于赤坂区的住处，交给杜心五看守。薛娘子这回终于搞清楚了情况，原来胡客之所以端她的巢穴，还要去寻御捕门的晦气，并非为了抢夺孙文的人头，而恰恰相反，是要保护孙文。

“堂堂刺客道青者，居然给朝廷钦犯做起了保镖。”在手脚被捆绑起来时，薛娘子语带讥讽，用一脸的冷笑对着胡客。

胡客没有理会她。他离开了民宅楼，再一次来到了东京湾码头的西南岸。

胡客不想迁延时日。

他打算今晚就解决御捕门的问题。

种下祸根

一切都与薛娘子所说的吻合。傍晚时分，一艘红漆斑驳的船出现在海面上，朝港湾内驶来。这艘红船体型较大，行驶至离码头十几丈远的浅水区，便停了下来，落锚泊定。

红船上很快升腾起了炊烟。看样子船上的人并不打算靠岸上陆，而是要在海上度过一宿。

此时的胡客，坐在码头上的一间食店里。他平静地注视着海面。现在还不是动手的时候，须等到天色黑尽。毕竟听薛娘子所言，御捕门此次来了十五六个捕者，胡客不敢掉以轻心。

夜幕很快降临了。

伴随黑夜而至的，还有一场雨，一场又急又密的大雨。这场雨浇走了一切。码头上很快寂静了人声，落寞了繁华，连夜色也跟着寒凉了起来。

与码头上的情况正好相反，从始至终，红船上都十分热闹。

船上一直灯火通明，船窗上投射着觥筹交错的人影，船舱内正在进行的，一定是一场酣畅淋漓的酒局。

胡客已经在暗处等待了许久。他一直盯着红船上的窗户。只要还有人影在晃动，动手的时刻就没有到来。

时间慢慢地流逝着。

很长一段时间后，码头上的灯火已经熄灭得差不多了，红船上仍然亮着光，只是船窗上已经没有了来往走动的人影。

看起来，船上的人要么已经喝醉，要么就已睡下。

胡客仍不放心，又耐心等了一阵，确定船上真的没有任何动静时，这才开始了行动。

他熟练地操控船桨，将一艘小舟从码头的侧湾里划出，朝沐浴在雨幕中的红船划近。

雨声完全盖过了桨声，小舟得以停靠在红船船头的右侧，而不被人发现。红船的甲板上空空荡荡，无人看守。胡客轻松地勾住锚链，用娴熟敏捷的动作，向船舷攀去。

然而就在此时，一连串剧烈的咳嗽忽然传来。一束光落在了甲板上，一道人影由短变长，从船舱里摇摇晃晃地走了出来。

胡客不得不停下攀爬的动作，抓住锚链悬于半空。此时他离船舷只剩下一条手臂的距离。

从船舱里走出来的人，一步步地走到了船头，几乎就在胡客的头顶上方停了下来。这人没有撑伞，任雨水淋在身上。他似乎是想淋雨。他在雨中叹息，显得心事重重。

胡客等了片刻，头顶上的人没有半点要走回船舱的意思。一股浓烈的酒气钻入了胡客的鼻孔。胡客凭借这股酒气的浓厚程度，判断头顶上的人即便没有完全醉，也至少晕了七八成。

胡客不能再等了。他悬吊在半空，分分秒秒都在白白地浪费力气。他抽出了问天，并在心中计算好了接下来的一击。他必须保证，这一击出手，便能置对方于死地，同时不弄出过大的响动。

胡客抓紧锚链，忽然在船身上用力地一蹬，借着这股由下而上的力道，如一只苍鹰般腾空而起。问天似一道赤虹，切断雨线，朝船舷边站立的人斜斩而去！

那人下意识地往后一缩，胸口传来了一丝刺骨的凉意，痛楚随即而至。但这千钧一发之际的一缩，使得问天并没有立即夺走他的性命，只是在他的胸口留下了一道半寸深的伤口。

胡客的脚踏在了甲板上。问天一击未果，后续的攻击，便如摧山覆海般源源不断地涌出。

甲板上那人的醉意，瞬间消失得无影无踪。他从腰间抓起一个黑色的东西，对准了胡客。

在看见对手掏出武器时，胡客已经做出了闪避的动作。当“砰”声响起，子弹从枪口里射出，胡客已经成功避到了左侧。咫尺之间，子弹几乎是擦着他的肩头飞过。

那人还没来得及第二次扣下扳机，问天的锋芒已经迎面逼来。刺耳的咔嚓声中，手枪硬生生地断成了两截，随即如雷似电的快八刀接踵而至！

那人已经没有反抗的机会了，一丝一毫也没有。他几乎没有感觉到疼痛，双腿便弯曲了，略显臃肿的身体，跪立在雨幕中，然后缓缓向前扑倒，最终重重地砸在甲板上，激起四溅的水花，以及咚的一声闷响。

直到此时，听到枪响的人，才从船舱里七扭八歪地冲了出来。

这些人全都拿着枪。他们被眼前的场景吓到了，一时间没反应过来，竟忘了朝胡客开枪射击。

面对的既非刀，也非剑，而是十几支枪。胡客不是打不死的神仙，该如何选择，他心知肚明。他以最快的速度跃过船舷，一头扎进了冰寒刺骨的海水里。

冲出船舱的人这时才反应过来，纷纷扑到舷边，朝水花炸开的地方射击。胡客以最快的速度潜向红船的船底，以图躲避子弹。然而他的右小腿还是传来了疼痛，一颗子弹已经击中了他。其余的子弹，纷纷射空，沉向海底。

一通子弹打光后，冲出船舱的人飞快地将被胡客击杀的那人抬入船舱，企图抢救，然而无济于事。

这群人赤红了眼睛，扑回到船舷边，盯住水面，要看胡客何时冒头。

“在那！”一个人忽然指向码头，大吼了一声。

胡客已经半潜半游，趁黑游到了岸边，翻爬上了码头。胡客的位置，已经超出了子弹能杀伤的范围。红船立刻起锚，飞速靠岸，不等搭上踏板，十几个人便跳落下地，一边放枪，一边朝奔逃在前的胡客追去。

胡客的右小腿中弹，脚步迟缓了不少，这给了后面十几个人追赶的机会。但是这几天中胡客所下的苦功夫，此刻终于收到了回报。如同进紫禁城前，胡客将皇城布局图烂熟于心一样，他对东京的城区地图，同样熟悉到了极致。他在大大小小的街巷间轻松自如地往来穿行，仿佛行走在生活了数十年的地方。依靠夜色的帮助，在三四条街之后，胡客已将身后追赶的十几人抛没了踪影。

胡客回到了位于赤坂区的民宅楼。

在楼下的街口，杜心五正撑着伞，站在一扇窗户漏下来的亮光里，神色焦急地等待着。

“出事了！”见到胡客归来，他急忙迎上前说，“那女的跑掉了！”

原来在临近傍晚的时候，杜心五有事去了一趟锦辉馆，让光复会的人帮忙看守薛娘子。薛娘子想办法磨断了手腕上的绳索，将负责看守的龚保铨击倒，若非陶成章听到叫喊声，拿着手枪及时冲入房间，恐怕龚保铨早已丢了性命。薛娘子见陶成章有枪在手，急忙翻窗逃走。

对于薛娘子的逃脱，胡客并不怎么在意。他径直上了二楼。

杜心五发现胡客的小腿受了伤，打算去请医生，却被胡客断然喝止。如果请来了医生，治好枪伤固然是好，但如果红船上的那群人寻医馆一家家地打听，总能寻到这位治伤的医生，从而得知有人受了枪伤，顺藤摸瓜地寻来。

胡客让杜心五走了，然后回到了自己的房间，关上了门。

他检查了小腿上的枪伤，情况比想象的要乐观。子弹在射中他之前，被海水抵消了部分冲击力，所以子弹没有伤到筋骨，只是射穿皮肤，陷在腿肚子上的肉里。

胡客用酒清洗了伤口，做了简单的消毒，然后用问天切开了枪眼，用弯曲的刀尖挑出了陷在肉里的子弹。他又用酒清洗了一遍，然后才用纱布包扎妥实。整个过程，胡客没有在嘴里咬上什么东西，他甚至从始至终面无表情，仿佛这条腿根本不属于他。

弄完这一切后，胡客在床上躺了下来。

他开始回想刚才的经历，并隐隐约约猜到自己杀错了人。

当船舱里冲出十几个拿枪的人时，胡客便已感觉事情有些不对劲了。他和御捕门的捕者打过不少交道，知道这些捕者遵循祖制，墨守成规，向来只使用冷兵器，而弃火枪不用。船上那群人在追赶他时，表现得也十分差劲，如果真是擅长缉拿的御捕门捕者，绝不可能在三四条街的距离，就被小腿中了枪的胡客彻底甩掉。

一定是薛娘子说了谎，胡客暗想。红船上的人，压根就不是御捕门的捕者。

但薛娘子能说出红船清晨外出巡海傍晚归来，说明她的确盯梢过这艘船。那么这艘船上的人，即便不是御捕门的捕者，也至少是盯住孙文的几拨人之一。在南帮、保皇党和洪门等势力中，胡客觉得，南帮最有可能。

胡客的猜想没有错，红船上的那拨人，正是南帮的暗扎子。

暗扎子以秦岭淮河为界，分南划北。北方人尚武，所以北帮的暗扎子大多是练家子出身，走的是传统意义上的江湖路，通常使用冷兵器行暗杀之事，冰冷而无情；南方多黑帮，所以南帮的暗扎子或多或少都拥有黑道的背景，暗杀时多使用枪械，简单而直接。几年前，南北帮为抢夺赏金榜上的单子，结下了不少血仇，后来两帮约法三章，只揭各自地界内的赏金榜，从此各走各的生意，互不干涉。尽管如此，两帮并未化敌为友，关系仍处得十分紧张。孙文常年避居海外，既不属于北帮的地界，也不属于南帮的范围，所以这一次揭孙文的赏金榜，南北帮都来了人。两帮人一到东京，还没怎么管孙文的事，倒先盯上了对方，毕竟当年为了争夺赏金榜而头破血流的往事还历历在目，是以不得不防。两帮人都把对方视作最具威胁的竞争对手，无时无刻不在窥探对方的动静。

薛娘子是北帮的暗扎子，被忽然杀出的胡客端了巢穴，随行的几个暗扎子伤的伤，死的死，再想暗杀孙文，基本上是不可能了。她向来看不起使用枪械的南帮同行，如今她被胡客端了巢穴，首先想到的竟不是如何从胡客手底下逃脱，而是绝不能让南帮捡这个现成的便宜。所以她误导胡客，让胡客去寻了南帮的晦气，即便胡客斗不过南帮，至少也能杀一杀南帮的锐气。无巧不巧，被胡客杀死在甲板上的暗扎子，正是这十几个南帮暗扎子的领头。对于这些事，胡客虽然只能猜想，却也猜了个八九不离十。

背伤未愈，又添新伤，且伤在腿上，这直接限制了胡客的行动能力。他不得不暂时停止寻找御捕门捕者的行动，尽管他心中很不情愿这么做。

在胡客受伤后的第三天，一条消息突然传来。

杜心五接到王润生发来的急电，说孙文的行程已经改变。因为在去欧洲的轮船上被人跟踪，为保证安全，孙文已在中转港悄然下船，现已在返航途中，并计划将从台湾乘坐“信浓丸”号货客轮，于六月初九左右，抵达日本东京。

对于胡客而言，这条消息说好也好，说坏也坏。好的方面，胡客不用等两个月那么久，离六月初九只剩下半个月的时间，胡客可以更快地解决孙文的安危问题，从而自杜心五处得到天道的代码，尽早回国；坏的方面，胡客新受了枪伤，要赶在半个月之内痊愈，从时间上来讲，有一些紧。

由于东京湾码头上的命案，以及薛娘子等人祭祖房间的被发现，东京警视厅派出了所有能调用的警力，展开全城搜捕行动。整个东京城区，随处可见往来穿梭的警察，可谓是满城风雨。正因为如此，那几路视孙文为目标的人，仿若冬眠的蛇般深居洞穴，潜伏得更加深了。杜心五亲自带人查找过几次，没有任何发现。

与这几路销声匿迹的人正好相反，在接下来的半个月里，聚集于东京的革命党人，越发多了起来。

这些革命党人，要么来自国内的山堂和会党，要么是留学于日本其他府县的学生。这其中既有革命党内德高望重之人，如蔡元培、章太炎、胡汉民等；也有小有名气者，如陈天华、吴玉章、徐锡麟等；当然也不缺乏满怀一腔热血的年轻后辈，如汪兆铭、方君瑛、秋瑾等。

在革命力量与日俱增之际，杜心五也没闲着。他和内田良平、各会党党首多次密会商谈，最终选定了三条路线中偏左的一条，并拟定好了沿途保护孙文的方案。黑龙会和各会党都答应一定尽全力组织人手，保护孙文从东京湾码头安全到达锦辉馆。

在方案敲定后，杜心五来到赤坂区的民宅楼，准备详细讲述给胡客听。

“陆上走不通。”胡客只听了一个开头，便打断了杜心五的话。

被一口否定的杜心五，拧起眉头望着胡客。

“御捕门隐伏不出，南帮枪械厉害，半个月也足够北帮再组织人手，此外还有其他几路人马，”胡客指着地图上的三条路线，“这三条路必定危险重重，如果对方在途中埋下炸药，勉强走的话，难保不会有闪失。”

“陆上走不通的话，那依你之见……”杜心五语气上扬，“走水路？”

胡客摇了摇头。

在东京湾码头和锦辉馆之间，胡客伸出手指，划出了一道向东面凸出的弧线，随即又沿着这道弧线反划回来。

杜心五的目光随着胡客的指尖在地图上游移。当他明白过来胡客的用意时，霎时间眉舒目展。

六月初九，一个分外晴朗的日子。

这一天，杜心五等人一大早就来到东京湾码头上，早早地等候。

可是一直等到中午，海面上仍然没有任何轮船的影子出现。

杜心五不禁抬头看了看天，已经日上三竿了。他又扭头看了看四周。令他感到奇怪的是，码头上聚集的人并不见增加，甚至与往常的同时段比起来，还要稀少一些。杜心五不得不加重了担心。作为在蜀身毒道上走过镖的老江湖，他深知这种情况意味着什么。

平静如镜的水面下，往往是汹涌的暗流；看起来越是安全的地方，往往潜伏着越大的危险。如果说企图对付孙文的几路人，全都聚集在明处，倒还容易对付，可现在这几路人全都暗伏不出，反而增加了变数。

当杜心五在等待中煎熬、在煎熬中等待时，站在他右侧的胡客，却一直保持着沉默。

杜心五时不时会瞧上胡客一眼。和心感焦急的杜心五不同，胡客一直面色平静，仿若无思无欲一般，双眼凝望着墨蓝色的海面。

“来了。”胡客忽然嘴唇微启，轻轻吐出了两个字。

杜心五忙摊开手掌遮住眉额，举目远眺。

日头已过，海面上阳光微倾。

在涌叠着金光的水天相接之处，一艘轮船的轮廓正在慢慢成形。载着孙文的“信浓丸”号，在如疯似颠的汽笛声中，正朝着东京湾码头的方向，劈波斩浪而来！

《暗杀1905》第2部即将出版，精彩预告：

孙文到达东京，一场暗杀与反暗杀的竞逐在东京城区上演，保皇党、洪门、御捕门、暗扎子、日本黑龙会等多股势力纠缠其中，情势凶险，杀机四伏。胡客力保孙文的安全，并从孙文的保镖杜心五处得到了刺客道的一条神秘代码。在拒绝孙文关于加入中国同盟会暗杀部的邀请后，胡客只身返回国内。

回国后的胡客，成为刺客道“竞杀”的对象。在与众多刺客和神秘刺客猎人的轮番争斗中，胡客了解到了刺客道的秘密，并找到了刺客道天层的藏匿地。御捕门也同样找到了天层的藏匿地，决定围剿天层。一场惨烈的大战就此展开。与此同时，一个布了二十一年的局渐露眉目，胡客发现自己只是局中的一枚棋子……

敬请阅读《暗杀1905》第2部。

红顶商人
胡雪岩
珍藏版大全集
长篇小说
高阳 著